女神把我煉成了玩家

U0050808

她說，你想得到他，必須要證明你不需要他。

因為一個女神，竟然令我變咗做個玩家。

唉瘋人

目錄

序

「知唔知點解呢個世界咁多人寧願做一個仆街?」

「唔好同我講咩『要保護自己呀』等等嘅老套理由囉。」

「梗係唔係啦。」

「咁係咩?」

「因為做好人就要好似唐三藏咁,經歷唔知幾多苦難取得真經至可以成佛,仲要分分鐘行埋回程條路至叫完成任務,但做壞人只係需要做一件事,就係放下屠刀立地成佛,你話著數幾多呢?」

「哈哈,笑話嚟㗎?」

「悲劇嚟嘅,只不過驟眼睇似喜劇同笑話。」

本故事屬賤男行為紀錄,道德高地L勿進,因為我怕你們看完後會崩潰,女權主義者歡迎內進,我絕對可以就這個話題與你們作出深入討論,但前題你要是一個美女。

激昂的異國歌曲在我耳邊響著,有一個喝得醺醉的女生問我:「點解幾乎晚晚都會見到你嘅?你冇拍過拖㗎?你有冇鍾意嘅人?有冇一個你放唔低嘅人?」

「你真係想知?」

「想知呀。」

我看著眼前十數杯的 Jägerbombs 說:「鬥快飲晒佢,你飲得快過我嘅就同你講,好唔好?」

她點了點頭……

結果，腳步輕浮的我摟著該位半醉的女孩走在尖沙咀的街頭，而她的名字我也忘了過問，任由放縱狀態的她那片薄唇徘徊在我的臉頰和耳窩，迎面而來了數個路人，他們詭異的目光沒有使我不自在，畢竟與一個美女在深夜的尖沙咀街頭上行為不檢是一件羨煞旁人的事情。

我怎會傻到獵物到手也不找間時鐘酒店享受愉快而滿足的一晚，而是一直漫無目的地在街頭走著？大概我也有點醉意，別以為把海量的**Jägerbombs**喝掉是不用付出代價的。

更令我意想不到的，是我們竟然一邊親熱著一邊有說有笑，由諾士佛臺走到尖沙咀天星碼頭！

知道嗎？這對於兩個醉酒的人來說是多遙遠的距離？

當我享受著撲面而來的海風，本該夜闌人靜的碼頭傳來陣陣的結他聲，一陣風一闋歌，讓我把剛才對女孩說過的往事，再回憶多一遍……

Chapter 1
初戀

Ladies and gentleman，細路哥 and 大人！你們好好記住，所有異性在我眼中都是獵物，而我則是獵人，這是我的故事。

手機的鬧鐘一響，我在凌亂的衣物堆中找回我的手機，然後再找回我的內褲，把衣服穿上，環顧一下酒店的房間，打量著躺在床上的女生，接著再到浴室梳洗整理一番。

從浴室走出來的一刻，有一個連姓名我也不知道的女性，用上33C的身材擁抱著我，在我耳邊說了一聲：「早晨。」

我對她使了一個眼色：「返工啦。」

然後她把一張卡片塞進我的褲袋，我卻又從褲袋把卡片拿了出來，仔細一看是她的電話號碼——Sally 6xxxxxxx。

她輕聲對我說道：「下次再去飲嘢call我。」

我點了點頭，然後該位名叫Sally的女孩打量著我問：「你好熟口面！我係咪喺邊度見過你？」

我自豪地說：「電視嘞？個個都話我似明星㗎啦。」

她撒嬌地「咦」了一聲，作狀地拍了我的胸肌一下，然後再來一個輕吻。

輕吻過後她攤開了手掌心：「你好似未畀你電話我。」

正當她準備悄悄地從我的褲袋取出電話之際，我對她道：「我寫畀你。」

她眨了眨眼：「Okay！」

我隨手拿了一張酒店的便利貼，寫上字後再把便利貼對摺放在床頭。

「咁我走先啦，你沖涼啦。」

她柔聲地笑說：「Okay，係呢，我仲未知你叫咩名？」

我回眸拋下了一句：「叫我阿Ken。」

這個當然不是我的真名，只是我在酒吧或者夜場的化名，正所謂「人在江湖飄，哪有不挨刀，人在慾海浮，最怕搭沉船」，人家打電玩也會開分身，我找女人「打丁」會開分身也不算奇聞。

當我離開房門的一刻，昨晚的激戰所使的招式、覆雨翻雲的場景便會拋諸腦後。

以上是我接近每個星期的「日常事」。

我叫肥基，不過這是我初中時期的別名，高中後人人都叫我「基神」或者Keisson，當然「人人」這個定義只限於朋友和同事。

首先我絕不是同性戀，只不過是中文名有一個基字，至於我的全名……算吧，知道得太多會被我滅口的。

話說初中時期的三年間，我的確是一個胖子，在暑假的機緣巧合下，經過一場長達七日的高燒和持續一個月的食慾不振，我便瘦了下來。

照著鏡子，我開始為自己的身形而自豪，只要稍為操練一下，再配合完美的180厘米身高比例，便成為了高中時期的男神。嚴格來說，瘦了下來的日子才是我人生的開始，至於以前的日子簡直是黑歷史，我只能當作從未發生過，因為那時期確是印證了「你的樣子如何，你的人生也必如何」的說法。

暑假過後，即是中學生涯的第四年的第一天，當一個全新的我踏進校門，便展開了我光彩人生的第一頁，同時結識了我的初戀——Amanda許善瑜。

初戀

有兩個名字，我一輩子都不會忘記，許善瑜是其中一個。

不知道是否女生發育得太早，Amanda 在初中時期已經擁有傲人的身材，由於她的樣貌可人，很像當年台灣的無名女神——小予，因此追求者眾。

她總是穿著一件四季皆宜的長袖冷衫，還故意拉長衣袖遮掩半隻雪白玉手，一條稍為過短的校裙和一對婆仔鞋，不但挑戰著訓導主任的底線，也把那些年的「MK」時代表露無遺；同時，這種裝扮亦考驗著誰是老師最愛錫的學生，因為只要老師喜歡，稍為觸犯儀容校規也是可以被包容的。

就在中四開學日一個風和日麗的早上，小食部的最後一盒蘋果綠茶剛好被我買下，排在我身後的 Amanda 聽到小食部姐姐道出售罄這個壞消息後，她的一聲嘆息惹來我的回眸，我見狀把剛買下的蘋果綠茶遞到她面前，然後那刻的眼眸交錯如像一束電流，在我倆的眉梢眼角間流竄。

「你係轉校生？之前好似未見過你嘅？」

像她這樣受人注目的女孩，怎會留意過從前那個不堪的我？

全級最受男生歡迎排名第三的女生竟然主動和我聊天，以前只能在暗角遠觀的我，現在竟然可以和她交談，那一刻簡直雀躍得猶如中了六合彩！

說實話，我寧願她把我當作是轉校生，總好過讓她得知我那曾經不堪入目的身形和模樣。

「係呀，我新嚟㗎，多多指教呀。」

話音剛落，Amanda 不禁失笑說道：「咦，你好 Kai 呀。」

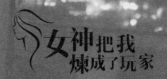

「我都認我幾Kai㗎，有冇興趣知道我有幾Kai？」

「有呀，你叫咩名？」

「叫我Keisson。」

「Keisson？基神？真係冇印象有呢個人？你Form幾？」

「Form 4囉。」

她訝異地問道：「我都係Form 4喎，但以前我真係未見過你。」

我深信除了老師以外，過去沒有那麼多人會察覺到我的存在，就算我的身形龐大，但是由於我沉默寡言，而且放學鐘聲一響便回家，所以我基本上沒有和班上其他同學有過交流，存在感簡直如同空氣一樣。

直到變瘦以後，我開始覺得自己的性格、打扮、談吐完完全全變了另一個人。

其實每一個人青春期時總會經歷過這個階段，突然間便會來一個大轉變，連原因甚至導火線也沒有，這單純地想改變便改變的念頭，應該算得上是青春期的熱血吧。

「所以我咪話我係轉校生囉，你又唔信。」

「嘿，信住一半！咁你咩班？」

「4A，你呢？」

Amanda笑說：「4E。」

「嘩，理科精英班喎。」

她聽到後自豪地嘲諷著我：「A班都係精英班呀⋯⋯」

Chapter 1
初戀

「格鬥系精英班。」

我校的政策很有趣，A班聽起來好像是精英班，實際上是閒置在所謂新翼教學大樓暗角的一群人，那個地方是除了校長和老師外，其他學生甚至是領袖生都很少經過的「禁地」，主要由讀書不成、黑社會或者成績極差的人所組成，內裡亦有少數像我這樣不是讀書不成，而是懶得讀書的人。

由於以勇武而聞名，所以沒有其他班級膽敢來招惹，除了校內，A班的惡名也是聞名於整個區域校網，話雖如此，但活在「禁地」的人也為免招惹我校最惡兼最勇武的三個訓導主任，所以亦極少離開「禁地」，更何況這裡的男女比例剛好，能夠自給自足，故此校內的人不太熟悉我們也不足為奇。

而我四年來都是A班的學生，能在這班生存，圓滑的外交手腕是必須的，否則只要說錯一句話，你的手腕便會有可能斷掉，所以過去的我會選擇沉默，或者任勞任怨地當上稱職的沙包，不過我深信今年起會有重大的改變。

另外，E班聽起來好像是「傻仔班」，實際上是由一群成績優異的資優生組成，不過形容E班是「傻仔班」都沒有錯，因為這班每一個男生的樣子都是「Kai」和怪，至少當時的我是如此天真地以為。

語末我倆不置可否又是一笑。

「但聽講你嗰班男仔多喎，唔通你真係基嘅？」

「嗯，你都可以咁諗嘅，咁……係唔係代表你對我唔會有戒心呀？」

Amanda莞爾一笑答道：「哈，都係㗎。」

「咁你當我係基啦。」

　　剛好，集會的鐘聲響起了，Amanda便對我說：「你唔問我叫咩名嘅？」

　　「你咁出名點會唔識你呀？」

　　「嗱，仲捉你唔到？仲話係轉校生？」

　　「你出名到連轉校生都知你個名囉。」

　　Amanda得意洋洋地笑道：「放學有冇嘢做？」

　　「想約我？今日返半日咋喎。」

　　「咁……我返屋企囉。」

　　難道這是傳說中以退為進的誘惑？但……我接受。

　　「咁……你返完屋企，我再約你睇戲。」

　　「考慮下先啦，哈。」

　　話音剛落，Amanda不知從何取出一支藍色的原子筆，然後在我校服的衣袖上寫著，再向我報以輕挑的笑意後離去，我看著她漸漸遠去的背影，對於當時情竇初開的我而言，校花、優異生、誘人的身材和略帶傲氣的笑容和自信，加起來簡直是一種挑逗。

　　我翻起衣袖，把衣袖上倒轉的字解讀出來：「一點學校門口等啦，格鬥系精英班A班的基神。」

　　看著寫在衣袖上的文字，有一股暖在心頭的情意讓我打從心底發笑起來。

　　那一刻，有一種直覺在我腦海掠過，我覺得自己要戀愛了。

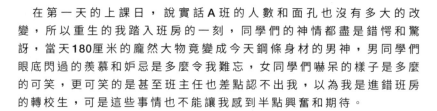

Chapter 1
初戀

在第一天的上課日，說實話 A 班的人數和面孔也沒有多大的改變，所以重生的我踏入班房的一刻，同學們的神情都盡是錯愕和驚訝，當天180厘米的龐然大物竟變成今天鋼條身材的男神，男同學們眼底閃過的羨慕和妒忌是多麼令我難忘，女同學們嚇呆的樣子是多麼的可笑，更可笑的是甚至班主任也差點認不出我，以為我是進錯班房的轉校生，可是這些事情也不能讓我感到半點興奮和期待。

因為最值得期待的事情即將發生。

哈哈，有人會以為「毒L最忌有自信」、「毒L最容易愛上人」或者「毒L最容易FF戀愛了」。

我只能對這些人說一聲，別羨慕，因為幸運只會發生在「型男」和「索女」身上！

不中聽嗎？這只能說明你不是幸運的一群。

只要站在既得利益者角度和立場看世界時，人就會因事不關己的想法變得自私，所以人會為了取得優越感而尋求差別。

我也是一個正常的普通人，只不過樣貌較為俊俏一點而已，腦袋裝著的是普通人的想法，至少我從不相信沒有人在中學時期沒有試過取笑、戲弄甚至欺凌過弱勢同學。

下課後，我自信滿滿的踏出校門，可是左顧右盼卻都看不見期待了半天的倩影，那一刻，我的腦海泛起了疑惑，難道這證明我不是俊男？所以幸運亦不會降臨到我身上？

五分鐘過去，同學們一張一張的歡欣笑臉在我面前擦過，只是經歷短短五分鐘的時間，我的自信由高處墜進谷底，正當我準備失望地提起腳步回家的那個瞬間，戲劇性的情節便降臨在我身上，果然......電視劇的情節只會發生在俊男或美女身上！

「唔好意思呀，遲咗落堂。」

女神把我煉成了玩家

看見Amanda徐徐地來到我面前，我感受不到她有半點因約會遲到而趕急的心情，那時我才學會了在香港這個地方，女生遲到是慣例，而道歉亦不是必然。

「我仲以為你唔嚟添。」

「點會呀？不過我正話行過嚟嘅時候，就見到你好似想走喎。」

「梗係啦，你都唔嚟，我就梗係返屋企喇啦。」

Amanda的眼底閃過一絲愕然：「吓？但……你唔會諗住等耐啲？你係同我去街喎！」

我知道Amanda在校園內受盡寵愛，上至校長老師和訓導主任，下至各班級的男同學都對她寵愛有加；嚴格來說，一直是天之驕女的她，應以為自己主動邀約一個男同學已經是恩賜，但結果卻遭受冷漠對待。

某程度上，當時我發自內心不解異性的說話，竟然在Amanda心中產生了莫名的化學反應。

我淡淡地道：「不嬲都唔會等人㗎啦，除咗你之外。」

她打趣地說道：「係咪㗎？咁……我係咪已經好幸運？」

「大家咁話啦。」

「囂張喎，同學。」

我眨了眨眼沒有回應，然後彼此眼神交錯，好像已認定了對方在這刻是一個不平凡的人。

在我和Amanda離開校園範圍的路上，我看到了無數羨慕、妒忌、驚訝和恨之入骨的眼光，可是我沒有把這些目光放在眼裡，因為既然我是這刻的勝利者，便要以勝利者的姿態驕傲地走下去，大概，這是年輕人的傲慢，雖然日後在社會和人生的磨練中，許多特質和性格都逐漸改變，但唯獨這分傲慢，我仍然保存至今。

初戀

　　當年就算是絕非凡品的女同學亦沒有過度追求物質上的滿足和虛榮，「食好西」這個短語還未出現，第一次約會的菜單也只不過是麥當勞的脆香雞翼餐，一口薯條、一啖可樂，已經足夠令我們聊上許多話題。

　　學生時期的我們對一切都是十分隨性和純樸，只為追求快樂，沒有那麼多的比較，正所謂醉翁之意不在酒，只為期間的暢談，至於過程是否冠冕堂皇，真的不太重要。

　　一頓簡單的午餐過後，Amanda 提議去看一齣最近上映的新電影，但說實話，我以往去看電影都是和家人一同前去，至於跟別的女生都是第一次。

　　回憶起來，往日的自己真是愈想愈不堪，我恨不得把過去從腦海中全數刪除。

　　來到旺角的百老匯戲院，這間戲院沒有優雅的環境，影院的地方不是很大，但卻非常之有親切感，因為滿載的是每個人的回憶；我也不例外，和 Amanda 的第一次約會，和家人以外的女生看的第一套電影正是發生在這個地方。

　　當時我們所觀賞的電影正是《歌舞青春3》，電影中最浪漫的一幕，是男主角放棄參加畢業舞會，改為悄悄地出現在女主角面前，和她在大學校園裡翩翩起舞，這麼經典動人的情節，使我和 Amanda 的大腦分泌著多巴胺，讓我們情緒亢奮，而這樣亢奮的情緒使得我們意亂情迷，Amanda 慢慢地靠在我的肩膀上，我則大膽地仿效電影中的男主角，主動托起女主角的下巴，想也不想便吻了下去。

　　在吻下去的一刻，我發現美少女嘴唇的質感是世上最為軟滑的，就像軟雪糕一樣，香甜可口。

從前的愛情看來十分荒唐，很輕易便喜歡上一個人，很容易便吻了一個人，很容易和一個人交往，甚至很簡單因為一刻的心動而和一個人發生了關係，但對比起成長後的愛情，那時候的愛情觀只有喜不喜歡、願不願意，沒有過多複雜和現實環境的考量。

就這樣，我的初戀便來臨了。

有人說過，初戀是人生真正的開場，因為這是我們第一次與異性相處交往，同時亦是每個人愛情觀的轉捩點。

那天以後，我注定成為一個獵人，在情場上把所有獵物手到拿來。

Chapter 2
第一次

　　我和Amanda在戲院一吻定情，然後手牽著手離開戲院，自那刻起不到一天，我們戀愛的消息便傳遍整間學校，年少輕狂和衝動的代價就是違背了想把「黑歷史」掩藏，然後低調地度過中學時期的意願。

　　我一邊享受著戀愛的甜蜜和旁人羨慕的快感，卻又一邊膽戰心驚，生怕某一天突然跑出了一個名叫程咬金的人渣，然後對Amanda訴說我的黑歷史，那個時候恐怕我的初戀便會宣告「GG」了。

　　「返學等放學」，這道盡了大部分人的中學生涯，除了那些名列前茅的精英們之外。

　　讀書時期的戀愛最令人享受的，是放學後與別不同的生活，單身的人只可以選擇回家打電玩、乖乖的做功課、溫書或者結伴閒逛，而戀愛中的人多了一個選擇，就是沉淪在兩個人的甜蜜歡聚時光，那種暖入心扉的快樂並不能從打電玩和閒逛中獲取。

　　剛戀愛的一個星期，我和Amanda的浪漫熱點由餐廳轉戰到公園，但利申，我們在公園沒有「野戰」，只不過是不停重溫戲院時的熱吻，回味著少女嘴唇的軟滑質感，由熱吻到濕吻等等「吻術」，除了「巴黎鐵塔反轉再反轉」外，彼此都向對方討教過。

　　直到第二個星期的周末，早上沒事幹，剛好Amanda早上的補習班也取消了。

　　當時是還沒有WhatsApp，而SMS還在風行的年代，基本上只要是不同台的話已經可以說拜拜，因為不同台的話便要收取服務費用，對於當時還是學生的我來說簡直是「天價」，幸好當時我和Amanda所使用的正是最多人用的電訊商，俗稱「人仔台」。

　　「BBG，你起咗身未呀？我今朝唔使補習呀，補習老師請咗假！」

　　放在床頭的手機一震,我睡眼惺忪的張開雙眼,然後回覆著Amanda的SMS:「啱啱起身呀,咁你轉頭諗住去邊呀?」

　　「要你陪我,如果唔係聽日方得見呀,要去學琴同埋學法文。」

　　「咁你諗住去邊呀?」

　　「冇咩地方想去呀,去搵你?你屋企有冇人呀?」

　　我探頭望出去客廳的時鐘和日曆,想起今天父母仍然要上班,家中既沒有人,Amanda又說要上來,我心中閃過一絲邪念。

　　順帶一提,我的父母是從事餐飲業的,所以星期六、日等假期根本不會早放更不會有假期。

　　另外我的家境算得上是小康之家,我是家中的獨子,有兩個還未供斷的私人物業,為了養家供樓,父母都要外出工作,所以在家的時間並不多,幾乎每晚八點後,他們才回到家做飯(我承認我是最早期的港童,但我可以自行沖涼,更懂得自己換衫),以前我會覺得這是孤獨,但現在成為了另一種方便。

　　「去我度?我屋企冇人呀。」

　　「可以上去你度坐陣?跟住一齊去食嘢?我三點左右至返屋企啦,因為我哋阿媽話去咗補習至唔使同啲親戚飲茶咋。」

　　既然如此,作為Amanda的男朋友怎會忍心看著她受苦?於是我決定伸出援手收留這個可憐的小女孩數小時。

　　「可以呀,但你知唔知喺邊呀?」

　　「知知地,你住廣田?我喺巴士站等你接我咪得。」

Chapter 2
第一次

「係呀，你到咗巴士站落車打畀我，我去接你！」

「好呀，掛住你呀。」

「我都係。」

「咁我而家去搭車啦。」

「轉頭見啦。」

「我要你錫返。」

「梗係好啦。」

回覆了Amanda的短訊後，我打了一個呵欠，懶洋洋地梳洗，當我把一切準備就緒後，就只是等待Amanda的一通電話。

女生遲到是預料中事，但我意想不到需時二十分鐘的車程，Amanda竟然用了一個小時多才到達，直到她到站致電給我時，真嚇得我霍地跑到車站恭迎她的大駕。

當我喘著氣來到Amanda的面前，看到今天便服裝束的她欠了一點少女味道，熱褲、白t-shirt配上Converse，確比不上校服的誘惑和婆仔鞋給人的無限想像。

「衰人，等咗你好耐啦。」

Amanda女王附身的模樣，加上她的神情、語氣甚至態度，總令我的原始雄性基因蠢蠢欲動想作出反抗，那是一種不願被征服和想把眼前高傲的獵物征服的心態，大概每一個男性都會對某些看似難以征服或冷傲的異性著迷，愈難征服愈想征服，愈難得到更想得到，愛不到才會更加想愛，這是人的內在好勝心。

至於把無慾無求掛在嘴邊的人就只有兩種人，一種是真正的聖人，另一種是自卑而不敢爭勝再假裝聖人的失敗者，他們不是無慾無求，只是受過挫折不敢多求而已。

以前我是後者，但由重生的那一天開始，我便決意保持著那份好勝的傲氣。

「吓？我都等咗你成個鐘啦。」

「咁……我去搭巴士之前經過商場行到忘咗形咋嘛。」

話音剛落，Amanda一言不發的別過臉，我當然知道對任何人包括女朋友，都需要軟硬兼施才可以保持關係的平衡，於是，我二話不說走前一步把她擁入懷中，再親了她的額角一下。

她嬌嗲地說：「成日都咁惡，讓下我唔得咩？」

我沒有回應，只是再親了她的額角一下，卻換來她不滿地嚷：「淨係錫額頭咋？」

語末，我們在人來人往的巴士總站，對站內候車的人視若無睹，來了一個現在回想起也會感到尷尬的「世紀之吻」。

吻過後，她微笑地對我道：「都係唔夠喎。」

「咁而家再畀多一個你！」

正當我準備再親一口之際，她別過臉羞答答地說：「上咗去你度先啦。」

這句說話在我牽著Amanda回家時聲聲在耳，讓我期待著即將要發生的事，亦勾起了腦海無盡的遐想，還不停地過分解讀這一句說話內裡的真正含意，滿足了不斷地湧溢的邪念。

應該沒有人想知道過程，只想知道結果，對嗎？

每逢第一次來訪別人的家居，尤其是情人的住處，我們總是裝得客套起來，不敢多走半步，只是乖乖地遵從著別人的指示坐下或者悄悄地把環境打量一番。

Chapter 2
第一次

　　因為人會在陌生的環境警覺起來，而Amanda亦絕不例外，一向有主見和立場的高傲女生，在我的領域內瞬間變得像一隻溫馴的小花貓，一聲不吭的坐在梳化上，真是可愛極了，於是我見狀便把她擁入懷中並在她的耳邊輕聲笑問：「你……怕羞？」

　　Amanda沒有回應，只是莞爾一笑的點了點頭，我笑著回應：「我哋嘅Amanda女王竟然會怕羞？」

　　她害羞地說道：「嗯，攬實啲呀。」

　　正當我準備抱緊她時，想不到Amanda竟藉故轉守為攻，我猜是剛才的問題和嘲諷激起了她內心潛在的野性，高傲任性的女王豈能溫馴得像一隻小花貓任我魚肉？

　　Amanda趁機把我推下，然後壓在我身上俯瞰著我，那種居高臨下既有挑逗性又充滿傲氣的眼神，簡直令人既愛又恨，眼神的交錯間還好像不停對我說著：「有本事就把我征服吧。」

　　在她熱情的攻勢下，心癢的感覺教我苦不堪言，猶如把糖衣毒藥贈送給我以後，再不紓解我的毒癮，任由毒癮把我折磨得死去活來；她觀看著別人癮起痛苦難當的模樣，渴求著別人對她的哀求，再從中取得快感。

　　當時的我被她玩弄於股掌之中，畢竟是第一次，我確是輸了經驗，可是明明這裡是我的住處，是我的領域，而我居然在自己的領域任人魚肉，簡直辱了門楣。

　　Amanda的種種挑逗和我內心的羞愧感，不但刺激了我的生理本能，還挑起了把眼前高傲女生征服的慾望，於是一個轉身反客為主的想法令我壓在Amanda身上，此舉使她措手不及，接著我的嘴角微微翹起，從上而下看著她那寧死不從的眼神，恰似在對我訴說：「來吧！看看最後誰把誰征服？」

從那一刻開始，我發誓再沒有任何女生可以在床上像獵鷹般俯瞰著我，然後把我看待成獵物玩弄！

由於當時是小弟的第一次，對於進和出都只是紙上談兵，一切只是概念，我不停地嘗試，靠著過去看動作電影的經驗，終在頃刻間把概念變成現實，我猶如去到主題樂園開展了一趟奇妙之旅。

直到我的下半身的一下抖顫，幸而我趕及清醒過來，沒有為我的破處之旅添上意外的惶恐。

激情冷卻下來後，只見「小基」和梳化沾了血，幸好梳化是仿皮製成，血跡一抹即走，否則的話便「GG」了。

等等，難道她……是第一次？

我的腦袋沒有因為高潮過後而冷靜起來，我一邊擁著汗流浹背的Amanda，一邊對她把第一次給了我感到驚訝和興奮。

在回味著剛才的奇幻之旅時，剎那間，世事好像被我看透了。

從征服中所獲得的快感真是令人欲罷不能，難怪歷史上會出現過如此多的獨裁者。

那一刻我恍似明瞭當年秦始皇統一六國後，成就前人未能達到的境界時那種興奮不已的心情。

想著想著，我感到有點倦怠，只見Amanda愣住了一陣子，當她察覺到我的視線時，她吻了我一下，再打了一個呵欠對我柔聲說：「不如入你間房睏一陣？」

我點點頭，兩個人合力把「戰場」稍為整理一番後，便拖著疲倦的身子衝進睡房小睡。

Chapter 2
第一次

　　我們兩個人光著身子相擁而睡，由於她始終是一個美女，而我是血氣方剛的男生，當我們從夢中睡眼惺忪過來後，在朦朧間不知是誰先親吻了誰，漸漸地清醒過來的時候，我倆已經被激情蒙蔽了理性，結果我們再來了一次。有了剛才的經驗，我已經由 Level 1 的新手搖身一變升為 Level 20 的可刷副本的玩家，直到下半身再來一下抖顫，結束了第二趟的奇幻之旅後，我們都累得喘著氣，而 Amanda 則撇嘴打量著我問：「有啲肚餓呀。」

　　「咁……轉頭同你落去食嘢？」

　　她輕輕捏了我的臉頰笑道：「你都飽啦，仲食咩呀？」

　　「而家好似係你未飽喎，嘿。」

　　「都唔知點解會同你咁咗……」

　　「後悔呀？人哋第一次都畀咗你呀，我個處男貞操……」

　　「吓？呢句應該係由我講囉。」

　　「我個第一次呀……」

　　「開心完就開始講風涼話啦，係唔係？」

　　「嗯……開心就一定有嘅，哈哈！」

　　「你要負責任呀，你食咗我。」

　　「知道知道。」

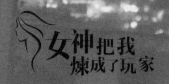

「聽住！我唔要你之前，你唔准唔要我，我唔開心嘅時候你要攬住我，我開心嘅時候你要喺我身邊，總之你要聽晒我話。」

「嗯......」

「唔准諗，即刻答呀！」

「好呀。」

話音剛落，我們輕輕吻了起來，然後......再來了一回。

這就是年輕和青春！

那一次是我人生中第一次也是唯一一次輕易答應女生的承諾，從前我認為承諾別人是一件困難的事情，後來我發現對別人承諾並不困難，最困難的是那個逼使自己許下諾言的人，沒有幾多個可以見證著自己把那個諾言遵守至人生的盡頭。

那天以後，我認為不負責任的形象才是最負責任的態度，至少給予別人心理準備和我走近會受到傷害；有準備的話，所承受的傷害只會一陣子，但如果沒有準備，突如其來的傷害卻是一輩子。

初戀的貪婪（上）

在第一次戀愛或者性愛之後，我們在往後的情感關係裡再也找不到這一種恍若如夢的感覺，大概伴隨著自己的成長，自身的視線和想法會變得複雜，或許在第一次受情傷以後，我們便失去了單純地為愛情付出的那顆心。

深信每個人都有像我這樣祈求過的時候，祈求過眼前伏在懷裡的那個人一輩子都不會變，不論是性格、想法和關係，甚至身分，一生一世都不會改變。

當時的我縱然擁有俊俏的外貌、成熟健朗的外形，但內裡卻藏著對愛情幼稚得像嬰兒的真心。

在戰後的兩個星期，我們都不知有過多少次激戰，幾乎每天放學然後都回家開戰，我真想不到Amanda的需求也頗大，每次戰後我都會拖著疲倦的身子送著精神抖擻的她回家，那個時候我就已經心生疑問，為什麼性交過後女生總會比男生精神奕奕？

直到現在，我從無數次的學術研究下也找不到答案，所以我會一直追尋下去。

雖然這樣的糜爛日子簡直是在燃燒自己的生命和青春，但是我喜歡！嘿嘿。

我們有了第一次的親密接觸後，關係自然愈走愈近，而人們的嫉妒心則日漸萌生，直到第二個星期的某個上課日，放學時我一如以往的在校門等她，可是迎面而來的Amanda卻用難以置信和彷徨的神色來打量著我，正當我走過去時，她甚至變得不知所措，我頓感疑惑，然後第六感讓腦海突然閃出一道靈光，大概我已經對事情略知一二。

我果然是聰明絕頂，可是現在不應該是讚美自己的時間！

Amanda倒抽一口涼氣，似是整頓了自己的思緒才開口問：「點解你要瞞住我呀？」

「吓……」

Amanda從當年最時髦的紅色背包中,拿出一張往年A班的班相,而我當日肥腫難分的模樣,正好被一個紅色圓圈圈起了,更寫著:「你條仔一年前嘅樣,哈哈。」

Amanda剛才的冷靜只不過是暴風雨的前夕,她把照片遞到我面前後,心中那股怒火燒光了她的理性:「你知我最憎人瞞住我同呃我囉,跟住仲要畀條死姣婆歐子瑜同佢哋兵喺班房笑我呀!」

呢,歐子瑜是全校排名第二最受歡迎的女孩,成績略遜Amanda,但是在打扮和身材方面,Amanda絕對比不上她,因為對於歐子瑜,只能粗俗地形容她為「淫底」。

順帶一提,由於歐子瑜比Amanda大一年,所以歐子瑜叫「大瑜」,而Amanda許善瑜則叫「小瑜」,可是Amanda本來就是一個強勢和咄咄逼人的女孩,亦即是「女王派」,她容不下有人比她能幹,會用盡一切方法超越前方的對手,現在無緣無故被人嘲笑,試問像她這樣性格的人怎會服氣?

平時Amanda已經受不了他人的半點謊言,被討厭的人恥笑更是火上加油,情況只會是一發不可收拾。

話音剛落,我看見不遠處有三名往日在班上欺負過我的長髮MK和兩名不認識的領袖生在注視著我們,想不到始作俑者居然會主動投案,而且更覺得「偷看」得如此明顯是一件高明有趣的事情,可見他們內心幼稚的程度是不容忽視。

他們二人身上紅色的領袖生名牌和樣貌,是多麼惹人注目,多麼吸引別人的視線,好讓我在往後的日子容易尋仇。

「我……」

初戀的貪婪（上）

Amanda兇巴巴的說道：「解釋唔到啦？」

那一刻，我的內心明明已經自信滿滿地想出許多動人心弦的藉口，可惜在面對現實的環境因素下，我竟然變得不聲不吭。

她壓下聲線說：「咁唔使你解釋啦。」

在Amanda轉身離去的瞬間，我驟眼看到她的眼角沾著失望的淚珠，我打量著她漸漸遠去的背影，心情如墮深淵，對過後的事情感到迷惘和不安，難道我們就這樣便會完結了？

其實我早應該知道，有些事情根本不能隱瞞得太久，同時亦心知肚明在真相被揭開的那一天，便是我們戀情終結的日子。

但這樣就終結的話，真的有點不太真實。

在不安的思緒盡頭，聽著遠方的竊笑聲，一行五人彼此擊掌，恰似為計劃成功而慶祝，使我萌生出一股怒火……

我知道沉默只會換來過度的欺壓，其實我們這樣的行為絕非沉默，只是用沉默這個名詞來掩飾啞忍，是既懦弱又愛面子的表現，不過，現在的我已不再弱勢，我也要用我的傲氣和怒火來告訴他們，他們絕不是強權，他們的嫉妒也是徒然，至少我得到過他們得不到的。

年少輕狂的威風事跡不用詳細說明，到了最終以每人一個小過和留堂一星期來結束這場鬧劇。

這間學校唯一最公平的莫過於訓導主任對男生們的懲罰，從來都是一視同仁，絕無偏袒。

那天回家過後，除了手和身上的疼痛外，空虛襲來的心痛感是最讓人防不勝防，其次就是耳朵的痛，因為母親看見我身上的傷痕後，一邊扭著我的耳朵，一邊在我耳邊說教了大約一個小時，唉！

雖然衝動是魔鬼，但這天的衝動意外地換來了往後中學生涯的平靜，這更令我明瞭沉默是有限次數的，要是無限量地沉默的話就會變成啞忍。

　　那晚我睡不了，腦海一片空白，連手機的SMS都是如此平靜，縱然傳送了數十個對不起的SMS，致電了不下二十次，卻換不到Amanda任何回覆。

　　看著放在床頭的手機，無時無刻期望會有Amanda的來電或者短訊回覆，期望伴隨著時間一起流逝，在寧靜的環境下，時鐘滴滴答答的猶如奏起了一闋催眠曲，最終我的眼皮再也撐不住，不知不覺昏睡過去，張開雙眼的時候快要八時，意味著我已經遲到了。

　　遲到的同學聽從領袖生的指令一字排開站在烈日當空的操場，一邊忍受著訓導主任的怒目相向，一邊聽著校長冗長的早會講話，情況如像用牙籤撐著眼皮不准睡覺，簡直是不人道。

　　我和一眾同學苦苦支撐著校長的魔音的同時，又要畏懼訓導主任的死亡視線，有人輕輕拍了我的肩膀一下，瞬間使差點喪失意志力的我回過神來，別過臉更喜見樣子有點不爽的Amanda，我見狀還未說得出話來，她已經主動走到我身旁站著，然後不屑地輕聲說道：「今日係我中學生涯第一次遲到，你知唔知點解？」

　　我裝作幽默打趣地答道：「係咩？乜咁啱呀，我都係中學生涯第一次遲到喎。」

　　Amanda一聲冷笑，接著一臉嚴肅地說：「你知唔知點解我會遲到呀？」

　　「唔知呀。」

　　正當Amanda準備訓斥我之際，昨日受傷的其中一個領袖生竟然不識相走過來對我破口罵道，誤以為藉此可以獻殷勤：「喂，遲到嘅企好啲啦，死肥豬！你一日係肥仔，一世都係肥仔咋。」

　　昨日這個混蛋還被我打得絕無還擊之力時還苦苦求饒，現在居然恃勢凌人！

Chapter 3
初戀的貪婪（上）

　　我不屑地瞪著他，好讓他回想起昨日的慘況，在他的眼神顯得有點膽怯的瞬間，Amanda打斷了我們的對峙：「收聲啦！你邊位呀？我同我男朋友嘈緊交關唔關你事？輪唔輪到你話佢呀？」

　　我敢說，Amanda是我人生中見過最霸氣的女生。

　　該位領袖生無奈地說了一聲抱歉，然後假裝沒事離開了。

　　Amanda二話不說看著我：「一日都係因為你我至失眠，跟住就遲到啦。」

　　「Sorry囉。」

　　「第一，唔使你講sorry，講sorry係冇用，要行動至最實際，第二唔好加個『囉』。」

　　「係……」

　　話音未落，Amanda從裙袋中取出一支筆，然後捉著我的手臂逕自寫著，嚴格來說，她是在我的手臂上紋身……

　　「寫完，今日之內唔准抹咗佢，少少花同少少化咗都唔得，lunch嘅時候我會check你！」

　　「你……唔嬲我啦？」

　　「哈，睇你表現啦。」

　　說罷，只見Amanda的嘴角微微翹起。

　　我側著頭，看到她在我的手臂重複寫了：「我以後唔敢呃Amanda女王！」

驚訝的心情還未平復，上課的鐘聲已經響起，一眾遲到的同學在訓導主任的「生死簿」上寫下自己的名字後便可以回到班房上課。Amanda在離開之際指著我手臂上的「紋身」拋下一句：「乖啦，聽話啦！」

Amanda這一句說話已經惹得在場的同學們暗地譁然，訓導主任們好奇和鄙視的目光聚焦在我身上，更有一些羨慕和妒忌的眼神朝著我這邊的方向凝著。

說實話，雖然有點尷尬，但……我喜歡！

臨別之間，Amanda還依依不捨的對我眨了眨眼。

從那時開始，我漸漸享受失敗者妒忌的目光，聆聽著他們酸溜溜的評論，看著他們做出一些自以為是的小動作，不論從哪一個觀點看來，他們都是這麼滑稽兼可笑。

人要是喜歡的話，那怕是胖虎唱歌都會變成天籟之音，要是討厭的話，那怕是林俊傑唱歌也會把他當作胖虎。

因為要是心中有愛的話，情人犯的錯誤猶如一根巨柱亦可視而不見，心中無愛的話，那怕只是一條小刺，也容不下更恨不得把它除掉。

初戀的貪婪（中）

午飯的鐘聲徐徐響起，我亦從濃濃沉睡中清醒過來，授課的老師說再見後便立即離開，想必他面對著我們這班無心向學的學生，心情難免是意興闌珊。

我們這班上課向來都是十分寧靜，靜得只有老師的聲音，正確來說是只有老師在自說自話，因為同學上課時都是睡覺或聽歌，甚至是打電玩，這些行為在這間課室內是默許的，主要原因是任教的每一個老師都不想理會這班學生。

我伸了伸懶腰，打了個呵欠才起來，環顧一下班上的同學，自從昨日怒打領袖生事件後，不知為何他們看我的眼神都有數分怯懦，大概領袖生和訓導主任是班上同學一直以來都不敢招惹的人物，這不是因為他們很惡，而是他們很懂得耍手段，而且報復心重，同學都絕不希望因為得罪他們而被剝奪難得的「自由」──打機、上課睡覺，更不希望頭髮和儀容被過度的管制。

就因為我打了領袖生，從此以後再沒有人敢說我半句閒話，亦沒有人再欺負我。

我學懂了沉默和啞忍只屬一線之差，我們總是濫用沉默去美化啞忍的行為，正如學校經常教導學生「以德報怨」，實際上孔子只是說過：「何以報德？以直報怨，以德報德。」

我精神奕奕的離開課室，來到被正午的朝陽照著的走廊，果然一覺醒來，世界便變得不一樣。

我在走廊緩緩地走著，同時俯瞰還在操場上興高采烈地打排球的女同學，當一邊聽著她們的笑聲，一邊仔細地觀察她們的外貌時，我的內心總會心生邪念，期望會有意想不到的春光乍洩，這種心理相信每個男人在學生時代都經歷過。

正當我看得入神之際，有人用力拍了我的肩膀一下，再大聲地嚷：「請問呢位先生操場有咩好望呢？」

聽到這把聲音便心知不妙，於是假裝不屑的神色搖頭道：「嘖，班女打得好差囉，波『笨』唔係咁打架。」

Amanda皺皺眉說：「冇你咁好氣，行啦！去食飯啦。」

午飯過後，我主動邀約Amanda放學後一起回家，然而Amanda卻只是淡淡地答道：「不嬲放學都一齊走㗎啦。」

話音剛落，Amanda便轉身離去，她回覆的語氣雖然冷淡，可是意味著她真的原諒了我，所有事情都回復正常，我立即鬆了一口氣，彷彿壓在心頭的巨石已被移開了，從此不用每天再擔驚受怕那些黑歷史被人揭發，不用再倒數著還能一起多久，結果那班始作俑者的詭計並沒有成功，我真是恭喜他們。

放學的鐘聲從來就是如此美妙，因為它意味著結束一天冗長的上課日。

離開課室走到校門，只見Amanda早已等待著我，她對著我笑了一笑，然後二話不說在眾同學面前挽著我的手臂，惹來趕著放學回家的同學們所注視，她表露出自信滿滿的神情，拉著我在人群中穿梭，走了一段路後再對我笑說：「意唔意外呀？驚唔驚喜呀？」

說實話，有時候真的難以適應Amanda忽冷忽熱的性格。

她時而冷傲時而熱情，這種欲拒還迎，令人欲罷不能繼而不知不覺對其著迷，或許這就是她的魅力所在。

還是那一句，可能太容易得到的事情，人便不懂珍惜！大概在男生眼中，難以得到的是女神，容易到手的是普通女生。

Amanda無時無刻都能夠捉摸得到我的心理，適當時候只需一句說話、一顰一笑或一個小動作，不用任何性感的挑逗已經使我心跳加速並慾火焚身，她簡直是我見過最難以對付的女人。

Chapter 4
初戀的貪婪（中）

送 Amanda 回家的路上，雖然有巴士直接到達，可是由於想見多一會，我們每一次都會拋開疲累的感覺，手牽著手徒步回去，欣賞著沿路的風景；但這一次，Amanda 走到半路便累得很，更要求我背著她走餘下的路；她二話不說跳了上來，幸好她算是身子輕巧的女生，否則我不敢想像接下來的路有多艱辛。

背著 Amanda 的時候，剛好有一陣清風吹來，她擁得我更緊，接著在我耳邊訴說心事、說著情話：「其實我好憎人呃我，應該係話⋯⋯好憎人呃我唔到。」

「對唔住。」

「傻啦，我尋日諗咗一晚，每個人都會有黑歷史，都會有啲唔想畀人知道嘅過去，我唔理你以前係點，我鍾意嘅係開學日認識嘅你。」

「以前⋯⋯唔好講話拍拖呀，連同女仔講嘢都唔敢，一場高燒病到我半死，死唔去就變成而家嘅我。」

「哈哈，咁你口甜嘅功夫喺邊度學？」

「天分嚟嘅，突然間領悟到！」

Amanda 嘆了一口氣說：「係嘅，人生的確有好多突如其來嘅轉捩點。」

「點解咁講？」

她喃喃地道著：「屋企以前好好環境，後來⋯⋯Daddy 信錯朋友畀人呃晒啲錢，仲破埋產，跟住屋企嘅環境就由獨立屋變公屋，正所謂貧賤夫婦百事哀，父母經常會因為錢嘅問題而嘈交，Daddy 就覺得咩都冇所謂，打份工就心滿意足，但聽阿媽講 Daddy 以前係一個雄心壯志同好有威嚴嘅人；阿媽成日同我講起啲親戚嘅嘴臉同說話就會眼濕濕㗎啦，我每一次見到都會好心痛，幸好我讀書成績由細到大都好好，為屋企人爭返啲面子，阿媽正正因為咁樣就將所有嘅希望都寄託落我度。所以由細到大，無論屋企點窮都好，阿媽都會投放好多錢畀我去學琴、學外語。」

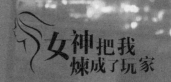

　　話音剛落，我聽到Amanda哽咽了一聲，然後我便感到有一滴淚珠落在我的脖子上。

　　「每次一諗起阿媽嘅淚水同埋佢講嘅嘢，仲有Daddy而家嗰種閒雲野鶴嘅心態，我就發誓會努力讀書搵錢，未來唔會再有呢啲日子出現，我一定會攞得返失去咗嘅嘢，當完成呢個目標之後，我好想見識呢個世界。」

　　這些經歷和家庭背景造就了Amanda不甘後人的個性和強烈的好勝心，當時的我只顧見證著太陽最後一抹的餘暉湮沒於空中，感受著醉人的氣氛，沉醉於她溫柔的情話，無可否認這是我人生中見過最美的日落，讓我一直愛著這段回憶，另一邊廂，我卻被這段回憶壓抑著內心，同時也忽視了Amanda內心對世界一切慾望的追求。

　　大概，每個人牽著同行伴侶的手時，都只顧欣賞著沿途的風景、陶醉在浪漫的時光，卻偏偏忘了同行的戀人有可能只是路過的風景。

Chapter 5
初戀的貪婪（下）

「唔好唔開心啦，有我支持你，至少你而家嘅人生都走得唔錯呀，讀書又叻，又有獎學金。」

「人生就係咁，你哋遠睇會覺得係喜劇，係好精彩嘅人生，睇到拍案叫絕，但有幾多人知道內在其實係悲劇？」

有人說過，每一個笑匠的內在都是一個悲觀主義者，正如懂得哄人笑的人，實際上他們並不懂笑。

從那一天開始，我已忘了自己背著 Amanda 走過這條路多少次，只記得沿途的風景很優美，水平線上是靜穆與輝煌的落日，我不是聽著她對我說情話，就是靜靜地聽著呼呼的風聲，在夏日感受落日時的涼意，在冬日時感受彼此的體溫來取暖。

直到太陽落盡，璀璨的晚霞消失之後，天空便成了灰黑色；在兩個人相處的時光，我們忘掉了春去秋來，也忽視了時間在流動，人在不知不覺間成長，心態想法悄悄地改變。

當時的我實在是年少無知，察覺不了 Amanda 在言行和動作間的細微改變，甚至發現不到她過往的經歷會成為日後對事情的價值觀；畢竟一個人的過去會造就他日後的性格，言行會透露他的內心世界，只要細心觀察一個眼神一個舉動，也許已經會有答案。

就這樣，中四的一整個學年就在彼此的嬉笑怒罵中度過，中五的學年也悄悄地來臨。

想當年還未有中六 DSE 文憑一試定生死的概念，畢竟還有中五會考和中七高考，故此明明公開試在即，當時的我確實沒有任何緊張和備試的心態，Amanda 不厭其煩地提點了我許多遍，面對著強權的施壓，我不敢無動於衷，但我卻確是沒有動力去溫習，畢竟四年以來，我從未真正好好地拿起課本，都是渾渾噩噩地度過，對課本內容的了解也只屬片面。

九月首天的開課日，其他班別已如臨大敵，而我班的同學則依舊打電玩和睡覺，老師亦只是溫馨提示了數句，再拋下一句「你們好自為之」，便繼續派發新一年的時間表，可見老師們都已經放棄了我

們，甚至希望會考快一點來臨，看扁我們不能原校升讀預科，接著再也不用對著我們。

當天放學的時候，只見 Amanda 抱著數本厚厚的類似筆記本的物體，皺著眉頭朝著我的方向走來，接著還怨氣叢生的對我呢喃：「唉呀，望住呢疊嘢就覺得好煩啦！」

「咩嚟㗎？」

「吓？咩嚟？阿肥基哥哥（她不知何時開始喜歡這樣稱呼我），今年會考啦，呢啲梗係 past paper 啦！」

「學校派嘅？」

她煩厭地答道：「梗係唔係啦！我問同學借㗎，我啲同學用一個暑假就操完呢一疊嘢，但我暑假就仲喺度操緊佢哋上個學期操緊嘅卷，我到而家先開始操呢疊，一諗到呢度就已經覺得好煩啦！」

我支支吾吾的安慰著 Amanda：「咁⋯⋯唔係叫操得多就一定考得好嘅，又唔係操得多就贏。」

我的安慰說話卻換來她的不滿：「噴！你都冇心應試就梗係講得輕鬆同冇所謂啦，你嗰班啲人都唔讀書嘅，我真係唔想我男朋友好似佢哋咁囉。」

話音剛落，她把數疊害人不淺的歷屆試題塞進我的手中，然後一聲不吭便跑到前方，我見狀緊緊追隨著她的步伐，默不作聲的走著她身後，直到她打破沉默停下腳步對我說了聲抱歉：「唉，真係 sorry！我唔應該發你脾氣，但我真係好想有個人同我分擔一下，我好想同你一齊努力溫書應試。」

我點了點頭：「知道。」

她無奈地說：「可能每個人都有唔同嘅選擇同道路，逼你唔到！但你應該好清楚知道我嘅目標，我都好想我嘅男朋友可以同我同步呀，你明唔明？」

初戀的貪婪（下）

當時的我以為Amanda這一句話的意思是想努力應試，同時希望男朋友和她一起努力讀書，卻領悟不到她當時的說話是別有用意。

有人說過，公開試是人生的其中一個重要關口，實際上公開試的前夕也是每一段關係的挑戰，有多少對情侶可以在試前約定好並肩作戰，在試後甜蜜依然？有多少對小戀人為了應試而放棄戀情，或者在忙碌間不知不覺地走遠，然後無疾而終？

「我會支持你所選擇嘅道路。」

Amanda嘆了口氣：「咁……你幫我搬啲past paper返屋企？我想一返到去就開工啦。」

「好呀。」

這天起，我們放學相聚的時間愈來愈短，每天只是一起放學，然後送她回家，在路途上我再沒有背著她看風景，只是靜靜地聽著她訴苦，或者任憑她藉對我的百般埋怨釋放壓力。

到目前為止，的確只有Amanda可以不停挑剔我的缺點，而我是乖乖地任由她訓斥。

愛情這回事很奇怪，有些關係看似是牢不可破的城牆，任憑千軍萬馬來襲也不能輕易攻克，可是一個細微不顯眼的事情，可能正是這道城牆的致命點……

一場愉快的戀愛是時間的加速器，而等待則會把時間的流逝變得更緩慢，有時候我更會開始懷疑，從前沒有戀愛、沒有自信的黑暗時期是如何捱過來的？

接下來的每一天，除了每天午膳和放學的短聚，假日見面的時間愈來愈少，原本Amanda的假日已經被外語和興趣班所塞滿，現在加上了操練歷屆試題，情況便變得更糟糕；後來，我們更沒有了假日約會這回事，因為Amanda相約了班上的同學到自修室溫習，慢慢地，她再沒有任何來電，短訊則維持每天十至二十條，內容全是簡單的噓寒問暖。

　　我知道我已被 Amanda 冷落，但同時我只能無可奈何接受現實，畢竟如臨大敵地準備應考是正常的事情，只是我絕不正常而已，大概這就是不思進取的死廢青心態。

　　每當 Amanda 在埋頭苦幹操練著試題時，我則魂遊太虛地呆望著她給予的歷屆試題，無時無刻都在嘗試開始操練，但明明眼前看著的是中文，我卻偏偏理解不了問題和內容。

　　文章背後的寓意？我猜想連作者本人也答不出吧。

　　至於英文和數學，每翻一頁都如像在解讀古埃及文字，每解一道問題都猶如在拆解宇宙的奧秘。

　　直到某天下課的時候，我照舊在校門外等待，而 Amanda 則神色恍然地走過來對我說：「今日你放學一個人返去啦，阿 sir 畀咗份 mock 我哋做，我約咗幾個同學留低喺自修室操試題。」

　　我的心底不禁一沉，因為連放學後的短聚時光也終於被攻佔了。

　　「咁好啦，你做完試題打畀我呀。」

　　「嗯，我做完 SMS 你啦。」

　　我靜靜地看著她，她無語，然後，她頭也不回轉身走回校園內，朝著前方兩男一女的方向走去，估計他們就是她的同班同學，男的都頂著一把「冬菇頭」加上一副眼鏡，而女的則有點像「表姐」，果然不愧是精英班的學生。

　　我一邊從校門外嘲笑著遠處的精英班學生的外形，另一邊廂卻有一種不安的感覺，恰似現在的嘲笑，是在諷刺著未來的自己，取笑著自己的膚淺。

　　既然沒有人陪伴，我只好回家，但當我正準備回家之際，竟有一種不安的感覺令我卻步，為了釋除不安的感覺和為了滿足自己的好奇心，我決定悄悄地跟上去到自修室一探究竟。

初戀的貪婪（下）

　　每走近一步，呼吸便變得愈來愈急促，每踏上一級樓梯亦如履薄冰，濃濃的緊張感侵襲我的思緒，第六感恍如在為我撥開內心的迷霧，可是伴隨著迷霧散去，不安的感覺亦漸增，理性在提點我應該回頭，但當我糾結著應否回頭之際，我已經到達了自修室門外。

　　從自修室門外的玻璃悄悄地看進去，只見其中一個「冬菇頭」和「表姐」正埋頭苦幹地操練著歷屆試題，但另一個「冬菇頭」和Amanda則不知所終，第六感使我的視線移向右手邊的新翼大樓，我突然確信Amanda和另一個「冬菇頭」就在新翼大樓的後樓梯！

　　別問我是如何肯定，但當時的我確信這個突如其來的直覺。

　　要是用邏輯推斷的話，新翼大樓從來只有每一級的A班使用，那個地方不但是禁地，而且是難得的校園清幽之地，因為A班的同學下課後多會離開校園，而老師、校工和其他同學也甚少踏足此處，正所謂「愈危險的地方則愈安全」。

　　我朝著新翼大樓的方向前進。當這段日子所發生的事情和Amanda的冷落，再加上腦內補完的幻想串連起來，便會成為一個合情合理的故事。

　　有時候，人最懼怕的不是自己的想像力，而是害怕那些精彩的故事是真有其事。

　　想著想著的同時，果然聽到後樓梯的防煙門後傳來一男一女的對話聲，其中一把是我最為熟悉不過的嗓子。

　　「Raymond，呢段日子好在有你陪我一齊操卷咋。」

　　「唔好咁講啦，話咗要同你一齊共同進退。」

　　「你真係好呀，其實我好羨慕你去過咁多地方旅行，讀書成績又咁好。」

　　「你讀書成績都好呀，我媽咪仲讚你又乖又善解人意。」

「佢真係咁讚我?」

「係呀，我媽咪仲話會考完咗之後，請埋你一齊去日本旅行等放榜。」

「嘩！真係㗎?」

「我冇呃你！你睇下你幾開心。」

「唔開心就假啦，其實……我好鍾意同好想去旅行。」

「咁……以後去旅行都預埋你?」

「多謝你，你真係對我好好。」

「有咩好呀，都唔夠你男朋友又靚仔又有型。」

「唉，有咩用呀？我係想要一個可以同我同步嘅人，以前未認識你嘅時候，我會覺得搵一個人同我同步係好難，但認識咗你之後，我信真係會有。」

「咁……轉頭快啲做完份mock卷，我媽咪叫你上去飲湯。」

「好呀。」

那一刻，我才如夢初醒，內心的怒火在燃燒著我的理性，敗給一個英俊有錢的高材生，我絕對心服口服，可是我竟然輸給一個富有的……「冬菇頭」，說真的，他的外表有點像電視劇《海派甜心》的那個，雖然他冬菇的程度沒有電視劇的那個誇張！

一直以來，我以為有著俊俏的外貌已經得天獨厚，果然，我才是最膚淺的人，E班的人一點也不傻，相反最傻的就只有A班的我們。

正當我愈想愈生氣之際，後樓梯的防煙門剛好被推開，令我跟他們撞個正著，Amanda見狀嚇得尖叫了一聲，縮在「冬菇頭」——Raymond的身後，我怒不可遏的徐步走前，而該死的「冬菇頭」Raymond則嚇得結結巴巴兼雙腿發抖地道：「係！我……我哋已經瞞住你一齊咗一個月！對……對……對唔住囉，你要打嘅，打我啦。」

初戀的貪婪（下）

話音剛落他脫下了眼鏡，看來他已經有心理準備受死了。

這傢伙剛才酣暢淋漓的在後樓梯對我女朋友許下山盟海誓，更說好什麼要一起旅行，一起共同進退，現在竟然怕得連說句話也結結巴巴。

當我再走近一步，看見眼前的對手如此窩囊的模樣，更想到自己竟然敗在他手上，心裡愈是不忿，最終理性被怒火所燒盡，正當我揮出拳的一瞬，Amanda竟然主動擋在他面前，更在迅雷不及掩耳之勢，率先摑了我一記耳光。

那一巴掌在空蕩蕩的新翼大樓走廊中聲聲作響。

那一巴掌把我的怒火一掃而空，同時更把我的內心掏空。

那一巴掌很痛，痛得我熱淚盈眶。

Amanda牽著「冬菇頭」的手在我面前走過，臨別時拋下一句：「Sorry！其實我哋追求嘅嘢已經唔一樣，年少無知嘅愛情遊戲應該要game over！」

Amanda說著這句話的時候，她已經不再是中四開學日時我所認識的Amanda，也許在我沉湎在落日的優美時，她在途中已找到了比愛情更值得追求的東西，在那時開始，兩顆心的軌跡注定再也不會重疊。

又或者我從來都未有認識過真正的她。

有人說過，一段關係的終結，才是兩個人認清對方的時候，要是想一直甜蜜依然的話，最好別把事情看得太清。

回看著她和新歡漸行漸遠的背影，我確切地知道了心痛的感覺……

我眼眶溢出的一滴淚珠滑過臉頰，然後伴隨我的內心一起碎落滿地。

我的初戀如同那滴淚水，落在地上後就再也沒有然後。

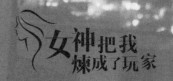

女神把我
煉成了玩家

愛情會讓人盲目，盲目得會令人看不到悄悄接近的危機和近在眼前的傷害，所以戀愛是最甜蜜的，也是最苦澀的。

那是我人生中第一次為異性而哭泣，我發誓從此再也不會輕易落淚。

邱吉爾說過，世上有兩件事我們無能為力，一是倒向這邊的牆，二是倒向另一邊的女人。

那天以後，我明白到一起和分手只是需要同一個理由，就是愛不愛，而處理的方式就是「認真便輸了」。

那天回家以後，我把自己關在睡房中一整晚，我感到異常憂傷但偏偏沒有淚水，我撓破頭皮也想不通何解情感是如此兒戲，結果在輾轉反側間，在不甘和不忿的盡頭，我好像開了竅，好像開始了解到世間所有的遊戲規則。

回顧我們活在的現實社會，人會用金錢地位來區分他人的等級，在校園裡我們亦會以成績來論英雄。

對！現在的我已經今非昔比，只要我願意重新站起來，我的傲氣依然還在。既然希望自己的存在是要招人妒忌，那麼讓失敗者的目光投向我處，讓他們羨慕得咬牙切齒也是我的心願，那麼一直躲在哀傷之中自怨自艾只是白費時間。不管這個是否中二病發的先兆，但我還是確實感受到無盡的空虛和憤怒；而報復的方式也絕對不能幼稚，否則我只會淪為Amanda、「冬菇頭」和全校的笑柄。

當時的我認為，既然有著無盡的空虛和憤怒，就用成績、成就和情感來填滿，我深信那是一件挺帥氣的事情，雖然聽起來有點中二病，可是發奮讀書對自己是百利而無一害，不但可以出一口烏氣，更可能用著成績來做幌子，讓校園的女性為我著迷。

那天晚上，我用了本該睡眠的八小時來自我治療失戀的傷痛，實情上撒謊是人之本性，在大多數時間裏我們甚至都不能對自己誠實，然後自欺欺人的面對翌日的晨曦。

人生贏家（上）

翌日早上，縱使整晚徹夜無眠，但基於內心的熊熊烈火，使我沒有半點倦意，踏出房門梳洗過後，換上整齊的校服，更難得的把恤衫揞好，看著鏡子中的自己，那股傲氣仍在。

父母今天恰巧還未上班，於是我便滿懷雄心壯志的對他們宣布我的會考應試大計。

「阿爸阿媽。」

他們異口同聲的回答：「係？早晨！」

我深呼吸一口氣後，一本正經的對他們說：「我決定報補習班，趁仲有機會好好溫書，考好個會考。」

父親疑惑地問道：「你......今個月用晒啲零用錢？」

母親不忘補上一句：「唉，生仔你估唔知仔心肝咩？你尋晚連飯都唔食，收埋自己喺房就係為咗諗呢條計？」

父親點了點頭和應：「仔！雖然你呢兩年變化都好大，但......今次個理由諗得差咗啲。」

他們......真是我的親生父母嗎？

「我認真㗎......」

母親好奇地問：「嘩，你話你想補習呀，咁......你諗住補邊科？」

「全餐。」

父親突然訝異地說：「唉呀，夠鐘返工啦！老婆，出門口啦。」

母親一邊穿上鞋子，一邊對我說：「仔，我哋今晚再傾你個補習計劃呀！返學唔好遲到啦。」

說罷，他們真的就這樣把話題扯開，接著頭也不回便離開了。

女神把我
煉成了玩家

　　雖然是炎炎夏日，但我卻感到一陣寒意，我不禁心想，難道我不是他們的親生兒子嗎？

　　果然，萬事起頭難這一句話並沒有說錯。

　　世事總是充滿轉折，它有時候讓人熱血沸騰地期望、滿腔熱血地奮發向前，卻突然在一下瞬間潑你一把冷水。要是你的熾熱雄心沒有因此被冷卻的話，捱過去便會走向成功，否則就會成為一個平凡人。

　　我深信自己並不平凡，也深信每個人都會覺得自己並不平凡，不過我倒要跟你們說一聲對不起，因為在我面前，你們都會被比下去。

　　回到校園，我留意到精英班的人都帶著嘲笑的眼神，似乎在我背後說三道四，不過細心回想，其實在這件事上我並不是完全虧大了，至少……我得到校花的「第一次」，而且那是「冬菇頭」Raymond今生今世再也得不到的東西，那怕他的家再富有，最終還是只有替人結帳的份兒。

　　在我的班上，雖然同學暗地裡亦有所聞，可是他們並不膽敢取笑，大概他們真的害怕了我，可是……我真的有那麼可怕嗎？

　　小息的鐘聲響起，同學們如像黑奴得到解放般的雀躍，正當我準備離開班房上洗手間之際，有一個外來的女生闖入禁地，走進我們的班房，並用上猶如Amanda的霸氣找上了我。

　　「肥仔！係你啦。」

　　該位不怕死的女生，擁有著不亞於Amanda的霸氣，正是Amanda的死敵——歐子瑜。

　　昔日我只是從不同人的口中聽過歐子瑜的威名——姣婆、淫蕩、天生發電廠等等，雖然我也從一個遠觀的角度望過她的容顏，但是能夠在接近零距離的情況下面對面聊天和端詳著還是第一次。

人生贏家（上）

　　可是無緣無故，為什麼Amanda的死敵、全校第二受歡迎的女生會指名道姓找我？

　　而且某程度上，她亦有可能是揭破我的黑歷史的幕後黑手。

　　「係，歐子瑜同學，你竟然敢入嚟A班搵人，我寫個服字畀你。」

　　歐子瑜冷冷地笑了一聲：「哈，服嘅話就跟我出嚟，有嘢搵你傾。」

　　話音剛落，她便轉身離開了班房，而她的舉動正正挑起了我的好奇心，於是我跟隨著她的步伐，來到那條該死的新翼大樓的後樓梯。

　　從後看著歐子瑜微微翹起的校裙和修長白皙的雙腿，比例較Amanda更合乎黃金比例，至於她的相貌，則與日本AV女優明日花綺羅有點相似，犯規的身材加上那雙勾魂的眼睛，水靈間卻透出堪比十萬伏特的電壓，輪廓分明得有點像外國混血兒，外在的柔弱掩藏著不遜於Amanda的野性和剛強，面對如斯剛柔並濟的尤物，要是稍欠定力的話，必定會把持不住在後樓梯將其正法。

　　歐子瑜看著我笑說：「聽講尋日你同Amanda散咗喎。」

　　我心裡嘆氣並暗想，難道她是來挖苦我嗎？

　　「嗯。」

　　「仲要係我嗰班全級第一名嗰個畀帽你戴。」

　　歐子瑜言至於此，不禁使我的怒火中燒：「咩話，條仆街唱我？」

　　我一邊說著一邊摺起衣袖，而歐子瑜見狀再度取笑著我：「唉，幼稚頭腦簡單，個樣幾靚仔都係假啦！喺呢間學校邊有秘密呀？」

　　難怪Amanda一直以來不敵歐子瑜，因為歐子瑜的一張嘴確實是絕不饒人。

「咁歐小姐，你搵我咩事呢？有話直講啦！」

「你咁心急做咩？」

好吧，我放棄了滿足自己的好奇心。

「咁我走啦。」

「喂！我搵你係想你幫我報復，串下Amanda呢條八婆都好。」

敵人的敵人就是自己人！而且更是一個相貌娟好間帶點淫蕩的女生，視覺效果上我是絕對得益。

我有點感興趣地問：「做咩事呢？」

歐子瑜呢喃地道著：「條八婆而家有佢男朋友幫手，佢份mock卷高分過我呀！佢今日仲扮晒嘢咁問我幾多分呀？」

我苦笑問道：「歐小姐，你因為成績而畀人串，但你去A班搵人幫你報仇，難道你想打佢一鑊？定係你以為A班係精英班？」

歐子瑜的嘴角微微翹起：「難道你唔想報仇？做一件好過打條八婆十幾鑊嘅事？仲有可能激到佢嘔血？」

「咁你有冇idea？」

歐子瑜瞬間臉色一沉，無奈地說道：「暫時未有！所以至搵你傾傾。」

就在那個瞬間，我的腦海閃過一道靈光：「幫我補習！如果我會考成績可以高分過佢嘅，仲唔激死佢？」

歐子瑜苦笑：「你......係發緊夢定係想玩我呢？如果係咁我寧願去打佢一鑊算。」

Chapter 6
人生贏家（上）

這些日子間，我學會了激將法在好勝心強大的女生面前永遠管用。

「我好認真㗎，不過係你做唔到咋，連 Amanda 都可以教到我有一定基礎，而你竟然做唔到？」

她抬頭想了一會後答道：「好！我幫你補習，但要收返錢點睇？」

我沒好氣地道：「咁你都係去打佢一鑊算啦。」

歐子瑜見狀緊張地答允：「喂呀！好啦，我幫你補習啦，唔收錢！但如果你成績廢過佢咁點？」

我自大地說：「如果我衰咗你話乜都得！」

「好呀，如果你呢個死肥仔報唔到仇浪費我嘅心血，放榜嗰日你同我操場裸跑三個圈。」

「好呀，驚你呀？另加一條女裝蕾絲底褲笠頭跑！」

這個故事教訓了我，做人說話不要太絕，因為說出去的話，猶如潑出去的水。

這張空頭支票開得有點大，可是在騎虎難下的情況，一切都是迫不得已。

歐子瑜滿足地笑道：「哈，我而家覺得呢場交易幾好玩，唔錯唔錯，如果可以見到你拎住張成績表當面串佢就梗係好啦，但睇住有人笠住條女裝底褲喺操場裸跑都唔錯，真係諗起都興奮。」

「一言為定！今日開始？」

歐子瑜搖了搖頭：「唔得閒呀！約咗朋友行街呀，聽日放學後105室等啦，嗰間班房冇人用，我成日都用呢間班房溫書同避開條八婆。」

隨著我的一聲「嗯」和歐子瑜的一下點頭，我們便成為了盟友，當她轉身離開的一刻，看著她那婀娜多姿的背影，我才發現連小基也一直挺起頭來，參與是次復仇計劃。

那一刻，我深信天無絕人之路，而Amanda一直恨得咬牙切齒的歐子瑜，竟然在這個關頭成為我的及時雨。

這次絕對是破釜沉舟，只許成功不許失敗，因為要是失敗的話，便會在舊恥上添新恥，深信我以後都不能見人。

翌日下課後，我率先到達空無一人的105室等著，本以為歐子瑜很快便會到來替我補習，怎料半個小時後，竟然還未見到她的身影。

我開始有點懷疑歐子瑜昨日是否空口說白話，我不禁在課室裡不耐煩地呢喃，而且不時探出課室門外左顧右盼，當我失望地準備回去拿起書包離開時，卻在門口與歐子瑜撞個正著，她二話不說打量著我問道：「咦，去邊呀你？」

「以為你唔嚟準備走囉。」

「喂，遲咗落堂，再去locker放返啲past paper都差唔多時間啦。」

我洩氣地說：「冇辦法啦，畀人呃過嘅人係唔信人㗎啦，而且我好憎人遲到囉。」

歐子瑜不屑地反駁：「女人就係咁㗎啦！你哋一係接受，一係就byebye囉！真係就算變瘦咗同靚仔咗，內在都係啲死港男心態。」

「……」

歐子瑜看著茫然的我，再補上一句：「天下間所有嘅一隻手係拍唔響㗎，有時其他人做嘅嘢只係催化作用，明唔明？」

她再道：「好簡單咁講，即係感情世界同現實一樣都係汰弱留強，只係睇當事人用邊一方面去分析一個人嘅強弱。」

大概，我開始明白到歐子瑜為何一直都以壓倒性的姿態超越Amanda，至少她這樣的想法，目前為止我沒有聽過，亦正正因為如此，不經不覺間，她某程度上改變了我的心態和想法。

人生贏家（上）

我點著頭說：「難怪你有咁多仔啦……」

她無奈地說：「係啲仔媾我，okay？更何況拍拖其實我唔太需要，只係有時覺得無聊。」

「但你有男朋友。」

「今朝講咗分手啦。」

「……」

歐子瑜這種女生，絕對不是一個合格的情人，跟她戀愛和尋死沒有分別，但絕對是一個有趣的朋友。

我們聊著笑著，過了一個小時，當太陽快要下山的時候，我們才回到正題取出課本，至於過程……確實是有點愚公移山，說實話，歐子瑜坐在我身旁講解課本的時候，我的眼睛總是不安分，只要稍為分神轉移視線，看一下她那翹著的二郎腿和那引人犯罪的校裙長度，還有被她該死地玩弄著的婆仔鞋，小基便會不自覺地漲了起來。我很怕被她看到自己的生理反應，在既驚又喜的情緒下，在視覺和聽覺的交替間，我一邊聆聽她的講解，一邊看著課文，但同時視線卻總是不期然的稍移，在這樣的情緒和緊張感的影響下，大量血液湧上腦袋，卻意外地令我提起神來，對課本內容竟不消一會便融會貫通。

除了視覺上的享受外，更令我意想不到的，是歐子瑜的耐性十分了得，她的教學方式的確很有趣，至少在短短兩個小時的補習間，竟然令我茅塞頓開，還令我終於弄懂了初中程度的英文基礎。

正當我準備執拾課本離開的時候，歐子瑜抹了一把冷汗說：「其實……你唔係讀唔到書，只係你唔願去讀書，至少你記嘢記得好快，而且轉數都好高。」

話音剛落，我的臉頓時紅透：「都係因為你啫……」

　　歐子瑜聽到這句話後，臉上不禁透露出半點害羞的表情，但她顯然是努力地遮掩著，堆出一副毫不自在的模樣：「我⋯⋯教人都 ok 㗎，我有諗過第時教書。」

　　「不過，我都係覺得讀書冇咩用。」

　　「讀『死』書梗係冇用啦，但書本入面嘅知識係有用，多張證書唔係為咗拎優越感，而係為咗自己多個選擇呀，明唔明？」

　　簡單的一句話卻是意味深長，三小時的相處已經令我覺得歐子瑜絕非簡單的女生，後來，我才知道歐子瑜的家世算得上顯赫，當律師的父親、在外國當畫家的母親和在外國擔任過大學講師的爺爺，在耳濡目染的情況下，難怪她的價值觀和想法與我們有點不同，大概我們誤以為她發姣的行為，實情上只不過是她的洋鬼子性格。

　　至於在這間學校讀書的原因，是因為她的父親亦在這裡畢業。

　　那天以後，我經常記起一個女生曾經教過我許多事情。

　　這一天，我不僅學到課本上的知識，還學懂了課本以外一條很重要的公式。

* *

　　她說，你想得到他，必須證明你不需要他。

　　她說，主動不是錯，但沒有底線地主動追求一個人，
所得到的不是情人，而是主人。

* *

假裝魔鬼的天使

有一刻，當看著跟我談笑風生的歐子瑜，我彷彿看見她的背上一邊長了天使的羽翼，另一邊則長了魔鬼的翅膀，到底她是誘惑人心的魔鬼？還是引導世人的天使？抑或她是假裝魔鬼的天使？

不過這年頭，外表長得像天使的人，內心往往比魔鬼更邪惡，相反教壞世人的魔鬼卻比某些人來得更人性化，到底是假天使太多，害得真正的天使需要假裝魔鬼來保護自己，還是世間的一切都是金玉其外？

「咁……聽日同樣時間，呢度等。」

「好呀，聽日見。」

我們在課室內無所不談，由價值觀到感情史，當然那個時候的我戀愛經驗只得一次，而且還要剛剛失戀，所以只有默默地聆聽歐子瑜的感情史，她十一歲初戀，十四歲已交過十個男朋友，至於初嚐禁果的年齡，她則絕口不提。

離開課室後，我們竟然變得沉默起來，估計經過三小時的聊天和動腦，大家都累了。

天已漸昏，只見太陽的霞彩慢慢地湮沒於黑夜中，校園內的走廊燈和樓梯燈剛好亮起，我們知道時候不早，便在校門外分道揚鑣，對於我的一聲再見，她一邊報以淺笑，一邊從裙袋中拿出手機撥打著電話。

我看著她朝著相反方向漸漸離去，內心有一種感應，就是我倆的緣分只是因為復仇和覺得有趣為契機，為了各有不同的目標而各取所需，除此以外，彼此的道路注定是分岔或相反。

有了歐子瑜的協助後，不但替我的家人節省了那筆補習費，更意外地讓我發現自己的領悟力和天資也不俗，只是再花了一個月的時間，我的小測和模擬試卷的成績已成為了全班第一，甚至連老師也對我刮目相看，但老實說在 A 班要取得第一絕對不難，我和歐子瑜的目標是要超越 Amanda 和那個該死的「冬菇頭」。

　　每天下課後三小時的秘密相聚，歐子瑜由剛開始的時候每次遲到約半小時，到現在已經不會遲到，甚至比我早到，我們看似愈走愈近，但實情上離開校園後我們便不會再連絡對方，故此經過一個月的時間，我們連對方的電話號碼也不知道，甚至連她的英文名也沒有過問。

　　人與人的相遇就像化學作用，雖然我不是理科生，卻了解到某些人混在一起便會產生火花。

　　在歐子瑜的身上，除了課本的知識外，我還學會了許多的事情，雖然大部分只是無意間從彼此閒聊和她的經歷中領悟得到，有許多思想和價值觀都是十分前衛，另外她也提到很多書本和電影的至理名言、著名人物的金句，甚至兩性溝通的技巧等等。

　　我開始明白，一個人的外表如何開放甚至不羈根本不重要，因為只要一陣子的談話，便會了解到那個人有否內涵或學識，人擁有傲氣絕不要緊，最要緊的是自己能否襯托那股傲氣和懂得欣賞別人的過人之處。

　　時光轉眼間便過了兩個多月，由炎夏的開學日到逐漸秋涼的十二月，除了新一年快將來臨之外，距離會考的日子也愈來愈近，而我的成績則隨著時間有所進步，在A班以外甚至普通班別，我的測驗成績已經名列前茅，更在測驗後取得傑出進步獎，由於如此大的進步幅度，我開始得到其他班別女同學的目光和更多男生的羨慕，有的女同學甚至主動給予電話號碼請教功課，歐子瑜更笑稱我現在是中學時期的「人生贏家」，而她則對於自己是人生贏家背後的 The Kingmaker 而沾沾自喜。

　　話雖如此，現在的我如要追上精英班的水平仍然有一段距離。

　　某天，氣溫突然驟降至十度，幾乎每個同學都穿起頸巾和羽絨。下課後，我和歐子瑜照常在105室補習，由於我倆都是不怕冷的人，當我們在討論今天同學們誇張的衣著，一邊聊著笑著的同時，我不經意見到 Amanda 和「冬菇頭」在課室外走過；這兩個月以來，我都甚少見到她的蹤影，至於她是否刻意迴避著，我則不得而知，只知

假裝魔鬼的天使

道在那個瞬間我變得沉默起來，而歐子瑜見狀亦望了門外一眼，幸而Amanda和「冬菇頭」並沒有發現我們的存在。

雖然Amanda和「冬菇頭」只是走過而已，在過程中並沒有任何親暱的行徑，可是Amanda的一抹幸福的微笑，和總是停留在「冬菇頭」身上的視線，就像一把無形的刀刃，把我的心凌遲，一片片的割下來。

分手時她對我說的話仍然在我的耳邊迴盪。

分手時她那陌生的感覺仍然在我腦海揮之不去。

現在，我只能在暗角偷窺那些我曾擁有的溫馨時刻，記憶裡溫馨的畫面一幕幕在心底浮現，曾經在這樣的寒冷日子，她的視線亦曾為我停留過，在冬日的時候，我們曾經在公園擁抱過對方，感受著對方的體溫，沸騰不已的溫度雖然在回憶裡依然清晰，但現在就只有寒風侵肌的冷風，我只能悲慟不已的任由心底陷落。

有人說過，要知道自己是否放下一個人，就是重遇那個人。

明顯地我放不下，同時我亦不明白，為什麼一段簡單的感情關係，總是令人難以割捨？

歐子瑜邊看著課室門口的方向，邊道：「喂，見到條八婆喎，即係你舊情人喎。」

我沒有回應，她才雙眼定定的看著我，就像在讀取我腦內的想法，過了一會後才打破沉默道著：「諗返起以前？諗緊點解會放唔低？」

「邊有喎？冇咗佢我都過得幾好呀。」

愈拼命忘記，反而記得更清楚，愈拼命掩飾，甚至裝作從未發生過，反而證明自己在乎過。

「七真係咩？」

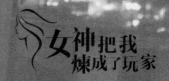

我假裝悶哼「嗯」了一聲，歐子瑜微微的吸一口氣：「其實我好憎人呃我，應該係話我好憎人呃唔到我，甚至連自己都呃唔到。」

這句話 Amanda 也對我說過。

「你話嘅，要得到一個人，必先要證明你唔需要嗰個人，我而家不知幾 happy，幾多女埋我身，又冇人恰我。」

說著說著，眼睛卻不爭氣地紅透了。

歐子瑜點了點頭答道：「嗯，我係有講過。」

說罷，她徐徐地走到我的身旁，她看著我有點得意地笑了，然後給予了我一個輕輕的擁抱。

那一刻，我錯愕得給予不了任何反應。

那一刻，我單純地覺得歐子瑜都是一個挺溫柔的女生，許多地方和 Amanda 頗為相似，可惜正正因為過於相似，更讓我的腦海想起了 Amanda，對她更為掛念；心裡愈是掛念，難受的感覺便愈是強烈，也愈感到酸溜溜。

歐子瑜在我耳邊輕輕地說：「好多嘢就係咁，人哋遠睇會覺得係喜劇，覺得你嘅人生好精彩，但有幾多人知道內在其實源於悲劇，正如笑匠嘅內心其實係憂鬱？」

「呢句嘢好熟。」

「係出自差利卓別靈嘅名言：『人生用特寫鏡頭來看是悲劇，用長鏡頭看則是喜劇』！」

在歐子瑜心中，這句話源於差利卓別靈，雖然我不知道他是誰，但在我心中則是源自 Amanda。

我隨便說了一句話：「Thank you！」

「知唔知道點解人會對得唔到嘅嘢咁著緊？」

假裝魔鬼的天使

我搖了搖頭：「唔知呀。」

「因為人係犯賤囉。」

那一個擁抱，其實慰藉不了心靈，只可以當作是一顆有藥效時限的止痛藥而已。

擁抱了一會後，歐子瑜推開了我笑著嚷道：「見你唔開心益咗你啦，知唔知有幾多人連發夢都得唔到㗎?」

「哈哈，多謝你喝！」

那一個擁抱後，我們攤開了課本並開始是日的補習，我倆雖然努力地堆出笑容，但我卻察覺到歐子瑜看著我的眼神有點不同，大概她是在後悔剛才的擁抱吧。

過了一會，歐子瑜取出手機望了望便說：「五點啦，今日早啲走啦，我怕愈夜愈凍呀。」

「哦，好呀！」

「聽日同樣時間見啦。」

「好呀。」

緩和了氣氛後，我們一邊執拾著課本，一邊聊了起來。

她裝作不經意地說：「其實失戀會喊嘅原因，主要唔係傷心，而係唔甘心。」

「嗯?」

「既然唔甘心嘅話，就用你嘅努力去得到佢嘅目光啦，可能到最後都冇辦法失而復得，但可能會意外地得到其他嘢，甚至更多更多呢。」

歐子瑜教懂了我，不論用上什麼的心情和想法去達成目標，只要衝過終點後，你便會清楚知道自己的真正想法和自己真正想要的東西。

　　然而，在那個擁抱後，我和歐子瑜除了補習上的問題交流外，再沒有聊過其他話題，大概因為那個不經意的擁抱，我們各自在心裡設下一條不可僭越的界線，她很清楚我們的認識只是出於簡單的復仇，甚至相濡以沫的關係，這個學年後估計彼此都各散東西，所以不應擁有再多的情感。

　　十二月對於單身的人而言，是最難過的一個月份，除了要一個人捱過一連三日假期，避過無數的閃光彈轟炸外，經過商場明明聽到播放著聖誕歌《Jingle Bells》，但自己卻偏偏聽到「Single dog，single dog，single all the day」，再回想起形單隻影的自己和最真摯的左手，真是顯得格外孤清。

　　就在十二月二十四日的晚上八時，我一邊開著電腦等待電影完成下載以作解悶，一邊也還是翻開了做過的 past paper 溫故知新。

　　看來我真的勤勉得有點過分。

　　當我準備放棄上床睡覺，打算在夢境中追求周公的女兒之際，學校A班的M群突然傳來不下於數十條的訊息，還接連震動，看來有大事發生？

　　平安夜的 MSN 人數顯得格外冷清，由平日不下於五十人上線的 MSN，到今天只有二十人上線。

　　我把M群的內容由頭看了一遍，才知道原來今年學生會舉辦了一個平安夜派對，聽說有人造飄雪！

　　聽到這個以人造飄雪為噱頭的活動，連不理世事的A班同學都決定回校一探究竟，而我亦在羊群心理的影響下動身回校，一路上期盼這個活動不是一場鬧劇，同時更希望所謂的飄雪不是戲言，畢竟我從沒有親眼看過飄雪。

　　果然這夜的校園變得燈火通明，除了掛滿聖誕燈飾和人來人往外，凜凜的寒風亦增添了節日的氣氛，往日嚴肅的禮堂成為了同學們你追我逐、嬉笑的地方，聖誕應節歌曲不停播放著，《Lonely Christmas》更是播了好幾遍。

Chapter 7
假裝魔鬼的天使

恰巧，在較為陰暗一點的操場望進禮堂內，竟見到 Amanda 甜絲絲的餵著「冬菇頭」吃著啫喱糖，我眼巴巴的看著此情此景，內心不禁泛起酸溜溜的感覺，更諷刺的是歌曲剛好再一次隨機播到《Lonely Christmas》。

心灰意冷的事情不止於此，眾人異口同聲十聲倒數後，一句 Merry Christmas 響遍校園，剛好有一點白色的紙屑飄到我的肩膀上，我仰望著高處，發現所謂的人造飄雪其實只是白色紙屑，在操場的人見狀都不禁由一片歡欣變為噓聲四起，我亦感到有點黯然，畢竟今個活動的入場費每人盛惠八十。

那一刻，我發現人確是十分天真，明明已經一早說了是人造，不管造得有多真，但終究都不是真雪，正如感情一樣，明知道情到濃時的情話八成以上都是哄騙話，直到分手後才驚覺對方的真面目，但偏偏我們接受不了現實。

在我為自己錢包的八十元惋嘆和默哀的同時，我竟然見到歐子瑜在不遠處笑容滿臉地打量周遭所謂的飄雪，還攤開手盛著紙屑，然後認真地研究著。

今天的歐子瑜穿得很美，純白色棉質長褸、英倫風的紅黑間短裙、黑色絲襪和一對褐色的 UGG 長靴，配上幾可亂真的飄雪，差點讓我誤以為走進了電影的世界。

大概我也看得太過入神，被她察覺到我的存在，我們眼眸交錯的剎那間，心跳的頻率愈來愈快，我弄不清這是什麼感覺，估計這是因節日氣氛而生出的感動，我亦找不到任何形容詞來描述當時的情景，只知道那個凝住的時間只有我倆，就像平日在 105 室補習的我們。

那個畫面猶如電影中最動人的情節，在往後的人生，每當憶起這個場面，即使當時播著的是《Silent Night》，但我的腦內卻會響起另一首優美的配樂《Christmas in My Heart》以作補完。

歐子瑜笑著點了點頭，用口形對我說了一聲 Merry Christmas，然後含情默默的對我揮手道別。

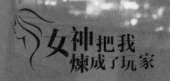
看著她離開校園的背影，當時的我沒有特別強烈的感覺。

後來在長大後偶爾的午夜夢迴時，我有夢見過自己衝上前拉著她，或是她主動走過來，我們在校園內來一個熱吻；雖然我不知道為何會夢起此情景，亦對這樣的補完感到莫名，年輕時的情感很奇怪，對嗎？

雖然看不見飄雪，但得到人生中其中一幕最難忘的片段已經值回票價。

從此在我心中，《Christmas in My Heart》這首歌便成為了我和歐子瑜的主題曲。

話雖如此，縱使捱得過平安夜、聖誕節和扑聖 Day，我還需敵過在夜闌人靜時的幻想，我的腦海總會該死的浮現起一幕幕 Amanda 和「冬菇頭」激戰連場再嬌喘著等等的情景……

雖然孤獨的時間流逝得很慢，但操練 past paper 的奮鬥日子過得很快，寒冷的嚴冬徐徐地過去，一聲恭喜發財後便春回大地，接著會考的日子轉眼即到，我和歐子瑜看著日子愈來愈近都不禁緊張起來，大概有賴於臨陣前的緊張感，我倆再沒有刻意地保持距離，反而再度打開話匣子，視對方作為一起並肩的戰友。

今天是拍照日，亦是最後一天正常上課日，放學後突然下著毛毛細雨，陰沉濕潤的天氣總是令人提不起勁，至於 105 室在這些日子間已經成為了我們的秘密基地。

往日自信滿滿的歐子瑜，今天的神色變得憔悴，她滿有心事的看著窗外的雨景說：「之前開學時都覺得會考冇咩大不了呀，都唔知啲人緊張啲乜，反正都有得操卷唔使怕啦，真係估唔到自己而家會咁緊張。」

我沉吟了一會：「唔……其實我都好緊張呀！哈哈，不過記得你講過，有時候對一件事太認真，反而冇咁好，正所謂『認真就輸了』，哈哈！」

Chapter 7
假裝魔鬼的天使

可是，當我吐出「哈哈」兩個字時，也說服和支持不了自己的「認真就輸了」理論。

她看過來道：「你自己都說服唔到自己啦，唔好唔記得你同我嘅約定呀。」

說著說著，我更加緊張起來：「咪就係囉，大佬！我雖然好努力，但吶過我嘅人都喺度努力緊呀，唉。」

她見狀便問：「喂，你平時嘅自信去咗邊？」

我反問：「你都係啦，有口話人冇口話自己。」

我倆沉默地相望而視，隔了一會竟看著對方的臉龐笑了起來。

歐子瑜點了點頭笑說：「你都講得啱，太認真就輸，太認真做一件事分分鐘有反效果，有時求其少少處理一件事，都未嘗唔係一件好事。」

「係你教我㗎喎。」

她好奇地問：「我？我有教你咩？」

「同你傾偈嘅時候領悟到……」

她突然走過來，以驚奇的目光打量著我，害得我突然有點害羞起來：「做乜……咁留意我講嘅嘢？」

「咁……有道理嘅說話咪記住囉，冇嘢嘅。」

歐子瑜笑著看了我一會，我才發現在剛才的對答間，自己的視線從沒有離開過她。

眼睛是靈魂之窗，內心的想法是可以透過眼神所傳遞，故此看懂一個人的眼神，就等於讀取了他的內心想法，所以只要在一個合適的時候，彼此的一個眼神已經能撼動心靈。

激情的一晚或者流芳百世的愛情故事，都是由一個眼神交

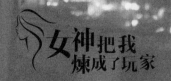

流而開始。

我和歐子瑜也毫不例外，透過雙方的眼神，都覺得反正認真就輸了，日久難免會生情，不如趁著這份曇花之情正在萌芽的時刻，在如此良辰美景的襯托下，順應著心中的感性，於是我們就在 105 室內吻了起來。

當雙唇觸碰的那個瞬間，我再次感受到那種猶如軟雪糕的質感，讓我憶起了和 Amanda 在戲院的初吻，突然感到有點黯然；歐子瑜向來獨愛塗上草莓味的潤唇膏，因此多了一份撲鼻的果香，意外地使人忘卻了試前的緊張感。

在那一吻後，我們再沒有下文，估計因為我們還在學校，要是發生在別的地方，例如我的家，深信已經在「水乳交融」。

那一吻後，歐子瑜搖了搖頭地笑道：「技巧差咗喎。」

「證明我純情囉。」

「講笑咋。」

剛才回憶的湧現和刹那間的激情，掏空了我的腦袋，歐子瑜輕輕撫著我的臉頰認真地說：「正話我知道你唔開心。」

「嗯？」

「我感受到。」

我默然點了點頭，她在一抹笑意後，卻突然對我宣布：「好啦同學，反正今日係最後一日返學，而且就快會考啦，我都再冇任何嘢可以幫到你，咁……不如今日當做最後一課啦。」

突如其來的最後一課使我驚訝不已：「點解？」

她笑說：「因為……你太危險啦，哈。」

「吓？我有咩咁危險？」

假裝魔鬼的天使

「你生得太靚仔。」

「Yeah！多謝呀！」

「講笑咋！最後一課，但唔代表你同我嘅約定可以就咁算。」

我努力地堆出笑意回應：「咁……好啦，但……我怕你到時會失望喎。」

「哈，望就咁望啦，我希望慳返條底褲，仲可以睇到Amanda條八婆個O嘴樣！」

「嘩，你諗住除你嗰條畀我戴？」

「多事啦你，你衰咗咪知答案囉。」

「咁……一世都唔好畀我知啦。」

她凝視著我笑說：「係嘅，有啲嘢一世都唔好有答案就最好。」

歐子瑜這番話，卻莫名地戳中我內心深處的黯然。

她拾起了書包：「咁我走啦。」

不知為何，像往日般的道別，在今天竟有著一股愁意上心頭。

「一齊走呀？」

她點頭。

我們離開105室，在課室門關上的一刻，那輕輕的「砰」一聲，在我心裡卻顯得格外沉重，走了數步我不自覺回望了一眼，往日離開這段路時我總是走得很快，今天我卻希望可以走得慢一點，可是有些事情不是一心祈求就可以實現，我們總該要學會接受現實，從離別中學會從容。

在我們踏出校園之際，歐子瑜取出手機問我：「今日同咗好多人影相，但係冇同你影過添。」

我二話不說答允了歐子瑜的請求：「梗係好啦。」

話音剛落，歐子瑜舉起了手機，那一刻我的手不自覺的放在她的肩膀上，而她把頭微微靠在我的胸膛，由於當時的手機並沒有前置鏡頭拍照功能，所以都是「咔嚓」一聲後才知道照片的效果如何，她的笑容很甜，而我的表情顯得生硬，幸好我都不失為一個俊男，所以對照片的觀感並沒有太大的影響。

她收起手機後對我說：「咁放榜嗰日至印返張相畀你啦。」

「好呀。」

「咁我走啦，會考加油啦，拜拜。」

「你都係，拜拜。」

歐子瑜欲言又止的再說：「係呢？」

「嗯？做咩事？」

「你⋯⋯正話講過，我講嘅嘢你都會記住？」

「係⋯⋯」

「希望你以後都會好好記住啦。」

「我會呀，你係 The Kingmaker 喎，你講嘅嘢，我梗係會記得啦。」

她碎碎念：「最怕我明明係想做 The Kingmaker，點知變咗做 The Player Maker。」

「King 不嬲都多女㗎啦，雖然 Queen 只係得一個，但本質一樣。哈哈。」

歐子瑜報以似笑非笑，似嘆非嘆的一聲：「咁又係。」

我們以笑容作道別，然後我再一次眼巴巴的看著她朝相反方向離去，當她的背影遠去的時候，我亦收起了掛在臉上的假笑，為內心的惆悵感到莫名其妙。

Chapter 7
假裝魔鬼的天使

我一直都認為，歐子瑜和Amanda過於相似，一切都基於情感的投射下才會有這些離愁別緒和心動。

那一刻我不停地安慰自己，其實我對歐子瑜的了解只屬片面，沒有她的連絡方式，沒有她的Xanga、MSN，甚至連她的英文名也不知道，只是剛好以復仇和玩笑作為契機而認識，我倆的道路注定是分岔或相反。

際遇這回事很奇怪，總有人在無意間成就或改造一個人，然後害苦了其他人。

她在的時候，我們不懂感情，她離開的時候，我們才發現有過的感動就是愛情。

這是我最後一次見到歐子瑜，因為在會考放榜的那一天，我沒有見到她，而我的會考成績，卻比Amanda低了三分，Amanda在中六後透過優先取錄計劃進了香港大學，而我成為了創校以來第一個A班的同學透過優先取錄計劃進了大學，很意外對嗎？

其後，從其他老師和同學口中得知，歐子瑜在會考後便到了英國，雖然透過A班的「黑市渠道」花了二百元取得她的MSN，可是她一直沒有核准我的好友請求。

至於那場約定，我會否真的願意裸跑？歐子瑜會否脫下她的內褲讓我戴上？又或許只是一個玩笑？深信以上種種疑問，只能成為假設，這些疑問連同那張唯一的合照、105室補習的時光和平安夜的回眸埋藏在我的心間。

在生命中，有無數的配角襯托了我的人生，成為我的人生導師，她們可能在我活過的時間裡，擔當過重要的角色，只是我一直把視線投放錯在某個女主角身上，而忽視了她們，甚至沒有回望過她們。

到我驚覺她們的重要性時，她們轉眼間已經在我生命中煙消雲散，曾經聽人說過，當人不能夠再擁有，我們唯一可以做的，就是令自己不要忘記。

　　取過會考成績單，獨自離開校園，我的中學生涯就只餘下一年便會結束，開始了人生的另一個階段。當時有一首歌十分熱門，歌詞是這樣的：「我愛過幾個人，也被愛過幾遍，卻還是沒能將幸福留下」，深信這是無數人一生中的寫照，包括我。

　　從前把我當作沙包的人，後來成為了我的沙包，從前笑我讀不成書的人，今天見證著我笑到最後，我的成績甚至比他們更為優異。

　　從前我一個人獨來獨往，沒有朋友，沒有情人，現在依舊如是，只是臉上多了一道向上彎的「傷疤」。

　　那天以後，我學得多了，學得聰明乖巧了，但反而變得冷酷無情。我們頭腦用得太多了，感情用得太少了。

　　那天以後，成長的我卻活得有點像某個女生的影子，包括她的思想和價值觀，甚至她說過的至理名言，亦成為了我人生不可或缺的一部分。

覺醒

人的緣分總是突然間走近，然後悄悄地走遠。

在我升上中六的那年，A班接近九成的同學已經消失不見，同學主要是原校升讀或由其他學校轉校而來，聽說Amanda的情人由於會考成績未如人意，所以不能原校升讀，接下來他們的感情有否因此而動搖，我沒有過問，但實情上是我不敢追問，因為我怕自己會想多，然後再一次認真，接著再受一次傷害。

認真……就輸了，對嗎？歐子瑜。

有關歐子瑜的回憶和她悄悄離開這所學校的事實，在我開學後的一個月已經默然接受，有些事情和共鳴感只適合藏在腦海，因為有遺憾的記憶才是最美麗。

至於那間曾經屬於我們的105室，直到離開這間學校的當天，我都再沒有踏足過。

不過能夠以最終勝利者的姿態置身於校園內，雖然只有一年，但已經足以滿足內心的虛榮感和取得勝利的愉悅。

中六的時光徐徐地過，這一年我沒有主動去結識任何人，多數是他們主動過來認識我，拍了十數次散拖，戀情全部都維持在一個月以內，所有女孩只局限於情感上的交流，算是有良心吧？

每次分手的原因都是因為找不到心動的感覺，找不到親熱時那種猶如軟雪糕的質感，而每一次，我都憑著三寸不爛之舌而和平分手，彼此當回朋友，由中四至中六、領袖生到學生會再到班長，只要樣貌較為娟好一點，都會跟我交換過電話，當中更有少數曖昧過甚至「媾」過。

唯獨是全校第一受歡迎的女生，別說聊天，我跟她連眼神交錯都沒有，因為她的氣場太強又十分文靜，靜得有點像……木偶，我和她根本是兩個世界的人。

這一年，我成了學校的一個傳奇，由一個人見人打的肥仔變成一個 180 厘米的男神，再由 A 班的劣等生得到優先取錄計劃的資格，由 A1 變成 A380 也只是一年內的事情，但我還是感到空虛，內心總是有一種不能填滿的感覺，亦有一種渴求兩個靈魂衝擊的感覺。

當我對著別人吐著苦水的時候，她們總是對我說，現在的你幾乎什麼都有，你還有什麼不滿嗎？

也許我的潛意識也認為，今天的成就絕非我一人獨有，連自己都不清楚由何時開始，內心的一小角已被人佔領了。

縱然學校的人不懂我，我也不在乎，因為在中六完結後，他們需要應付著 A-level，而我只需要準備迎接大學的生涯。

當年還未改為「三三四」新學制，大學生涯只是三年而已，意味著懵懵懂懂的青春時期將近尾聲，我從來沒有想過竟然有機會升讀大學，對於大學的初步印象就是既自由又有點莊嚴，畢竟這裡是真正尋求學術的地方。

在我還未了解對大學所有的迷思前，我率先了解到何謂人生中的幽默和現實的殘酷。

就在中六的暑假開始了的第三天，即是我的中學生涯只是完結了三天，我的父母便凝重地對我說，他們決定離婚！

聽到這個消息的時候，我是嚇呆得給不了反應。

他們的感情不是一直都很好嗎？難道是在我面前裝出來的？

那一刻，我明白到世界上真正恩愛的夫妻並不多，許多我們眼中的恩愛，其實只不過是公關伎倆而已。

對！父母送給我成年前的最後一份禮物，就是他們的離婚協議書和財產轉讓書，他們把部分的資產、股票和現居的單位，在我成年後轉到我的名下。

Chapter 8
覺醒

　　十七歲的我，剛剛中學畢業，在一夜之間突然變得富起來，但同時又突然間變成了單親家庭，想起也真感到荒唐和胡鬧。

　　而人生中荒唐的事情，基本上都是接二連三，父母彼此斥責，而父親更指責母親替紅杏出牆的行為找藉口，不論是哪一方的說法，我都沒有相信，唯一我所知道的是電視劇劇情居然在我眼前上演，劇中的男女主角正是我的父母，而我只是坐在梳化上的一個觀眾。

　　我明白到天下間所有人都是不負責任，不過細心回想，要是他們負責任和理性一點的話，也許便不會有我的存在吧。

　　另一方面，他們都一把年紀，母親也四十一歲，竟然在我面前說什麼兩情相悅，和現在的情人是互相尊重，而我的父親也竟不明白世上有兩件事我們無能為力，一是正在倒下的牆，二是變了心的女人，一邊鬧得臉紅耳赤，一邊哀求著妻子留下。

　　我發現許多事情還是模糊一點比較好，把一個人看得太清，漸漸地便會失去了起初的激情，太清楚愛情這回事，便會忘記了愛的感覺，經過這件事後我更進一步了解愛情是不可盡信的關係，尤其是每個人都曾經天真地相信父母間的愛情是絕對純潔，直到現實狠狠地把自己摑醒為止。

　　我開始覺得人類的情感很虛偽，一句我愛你並不是承諾，一紙婚書只是一張協議書，並沒有任何保障。

　　或許歐子瑜說得很對，過於認真投入的感情，只會變得一文不值，因為太容易得到。

　　記得當晚，我眼巴巴看著母親在睡房執拾行李，她準備永遠離開這個家到情人處雙宿雙棲，在她無情地用力關掉大門的瞬間，她從沒有回望過我一眼，「砰」的一聲敲碎了我內心的最後一點童真。

　　那天以後，我們就只是每年在外婆的生日會見一次，每次她陌生的眼神總令我心灰意冷，十月懷胎把我生下的人，可以變得如此絕情，對自己親生骨肉漠不關心。

後來外婆去世，我真的再沒有見過母親，亦沒有試圖連絡過她。

而父親對於母親離家出走當晚的反應至今仍然刻骨銘心，他只是靜靜坐在梳化上，沒有淚水沒有任何表情，只是語調唏噓的對我說：「唉，一把年紀連個仔都讀大學先同老婆離婚，仲要係戴綠帽，真係講起都得啖笑。」

嗯，十七歲的我，一夜間變成單親男孩，其實心態上和父親也十分接近。

他接著說：「感情呢一回事真係好化學，想當年老豆都風流過，但偏偏對你阿媽傾心。仔！聽我講，女人可以好感性，但佢哋理性嘅時候，就會非常絕情！你一定要明白，如果唔係就會好似老豆咁。」

那一刻，我才驚覺風流和戴綠帽這回事可能也有遺傳。

最令人感到無奈的，是由於香港的婚姻制度，縱使母親是主動提出離婚，但是由於父親的經濟環境較好，經濟環境較好的一方需要支付經濟環境較差一方的生活費，同時她也可以平分父親在婚後的資產。

在這樣種種的打擊下，許多人或會以為我的父親就此意志消沉？但現實往往令人意想不到，正如我十七歲變成單親一樣，我的父親在那晚後簡直變了另一個人，在我 Year 1 的冬天，父親一次意外跟朋友北望神州尋歡作樂後，突然有了一番頓悟，他滿懷雄心壯志對我說：「做人一定要發達！」

雖然我知道他在說廢話，但是也只好任由他拿著儲蓄到大陸和朋友合資做生意，經營了一檔港式茶餐廳，起初我會以為悲劇收場，怎料他愈做愈旺，結果悲劇的開頭卻有喜劇的結局，人生……

後來，他更到了大陸定居，於是我們見面的次數也愈來愈少。

邱吉爾說過：「幽默的內在根源不是快樂，而是悲哀。」

Chapter 8
覺醒

我們看著別人成功後臉上掛著的笑容，卻不知道對方在背後流過多少淚水，付出過多少代價，甚至無奈地捨棄過多少事情。

說回我的大學校園生活，一個人做一件蠢事叫幼稚，兩個人甚至一班人做著同一件蠢事就叫熱血，這就是大學的寫照。

有人對於這回事見解十分兩極，而我則抱著芥川龍之介的名言生存：「最聰明的處世術，是既對世俗投以白眼，又與其同流合汙。」

沒有錯，我鄙視幼稚，但要是幼稚能令我成為既得利益者的話，我絕對接受幼稚這回事！

Come On！ 別再假裝清高吧，香港人。

在大學這個地方，它的運作與現實社會的森林法則無異，每呼吸一口氣看似自由清新，但在這些美好的背後其實危機處處，一邊提防著身邊的戰友是 freerider，因為一不小心便會把自己害慘，另一邊則見盡無數不勞而獲，在簡報最後會大聲道謝，假裝整份功課有份參與的賤人，更別提其他許多戴著假面具的人。

在這裡，以往中學的強權主義不再管用，實力和處世術比拳頭更具威力。

有人說讀大學可以找到自己的人生，而我在大學裡則愈讀愈迷惘，上課只為某些出席率，每天應付接踵而來的功課、無數的報告，其他人的滿腔熱誠更顯我的迷失，我有想過是否自己的問題，有打算過中途退學，亦有無數人勸勉我捱下去，就當為了一張畢業證書。

三年以來，我在校園沒有深刻的回憶，過的日子甚至比中學時期過得更渾渾噩噩。

因此我開始尋找寄託，是因為無聊？是因為失去人生目標？不，我是在無病呻吟。

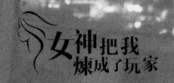

我心裡有說不出的壓抑、難以言喻的憂傷，感覺就像陷進萬丈深淵。

諷刺地，因為每次上學總帶著一副厭世的模樣、漠視現實的眼神和避開社交的性格，竟然意外地吸引了許多女同學的注目，但終究我沒有戀愛，因為覺得無聊，而且沒有一個可以讓我心動。

人總會寂寞，於是為了尋找寄託，結識了一班同樣地尋找寄託的人。

所謂尋找寄託，實際上是美化了放縱的行為，可以說成誤交損友，但在大學的生活中早已習慣這種流水作業的交友方式，不求交心，只求快樂。

然後，在這班人的帶領下，我見識了這個世界的另一面，一個落日後才會出現的世界，從前我的目光只顧投放在日落時的浪漫，緬懷著過去，卻沒有留意到日落後的黑夜世界也很美，不但五彩繽紛，而且有點瘋狂，活在這個世界的人所追求的就是這種瘋狂帶來的狂歡。

首次踏足十一點後的尖沙咀街道，我終於明白香港為什麼叫作不夜城，在我見識到傳說中的酒池肉林、波濤洶湧的聖地的一刻起，我找到了真正屬於自己的地方，同時愛上了這個荒唐且毫不真實的世界。

在我喝下第一口烈酒的那個瞬間，猶如兌換了一張屬於這個世界的入場券，我愛死了這種飄飄欲仙的淺醉感，難怪有人說過一醉解千愁。

在這個地方逗留得愈久，便會察覺到這裡的感情很脆弱，朋友、炮友和敵人都交得容易。

這裡的環境十分吵耳，所以人和人之間一般都是咬耳朵談話。

起初，我天真地以為這只是為了更容易結識異性，增進感情而已，怎料同行的友人讓我見識到別的用處。

Chapter 8
覺醒

在酒精的影響下，人便會解放內在的本性，我見到同行的友人開始時只是在他的對象耳邊說悄悄話，但在耳語間，他的對象竟看似欲仙欲死，不消一會，友人便對我說「走先」，接著便和今晚所獵得的獵物離去。

事後，這位讀醫科的友人對我說，某些女生的死穴在耳朵或者腰內側，這些部位匯集神經末梢，敏感指數很高，興奮時血液又會湧流積聚，所以只要看準這一點出擊，很容易便會一擊即中。

當我聽著友人講解人體的奧秘之際，我第一次覺得讀書是可以學以致用。

在學會了人體的奧秘後，我抱著貪玩的心態在酒池肉林找到了一個目標，是一位樣貌普通、MK間帶點純情的女孩，雖然我在這個地方找純情的女孩，如像在妓院找處女沒有分別，但一切都是追求感覺，真真假假根本不需追究，畢竟這裡的人經常把一句話掛在咀邊：「在酒吧過了十二點後，所有人形生物說過的話都不能盡信。」

我很記得，那一晚本來是尋找實驗對象，怎料……

「飲啦細路，後生仔咁唔飲得，第一日出嚟玩呀？」

我錯了！我以為找一個樣貌單純和斯文一點的對象，她會像小白兔一樣任由我宰割和試驗，結果她喝得比一般人更狠，淺醉後比一般女孩更浪。

「喂，細路不如去跳舞呀。」

「哦，好呀。」

在舞池一邊聽著音樂一邊「跳舞」，正確一點只是搖晃身體而已，我們在耳邊聊著有哪個女生性感，又笑著有哪個男生在舞池跳得像機械人，當我們聊著笑著的時候，女孩突然在我耳邊吹了一口氣並開始撫摸我。

對！是該位女孩主動撫摸我！加上酒精和環境的影響下，沉睡已久的小基已被喚醒，女孩見狀在我耳邊輕聲說：「原來你隻耳仔都幾敏感。」

她一邊吹氣一邊碎碎念，使我的心癢得死去活來，靈魂在刹那間被撼動了，不管這是否酒精影響下的錯覺，總括而言，這種感覺久違了。

在我顧著穿梭於迷夢和現實中之際，我再一次失策了！酒喝得太多，然後再到舞池跳舞的話，只會令酒精急速上腦，平時我享受淺醉的感覺，但十分討厭醉倒的魂遊太虛，因為那會使自己難以受控，連基本的理性也會被封閉，任憑直覺行事。

最終，醉掉的我在女孩的引領下，第一次到了一間時鐘酒店，明明是找實驗對象，結果我卻成為了別人的獵物，有了人生中的第一次一夜情。

當晚女上男下看著女孩淫蕩的模樣時，我覺得這樣的生活十分糜爛，但這樣的糜爛卻又偏偏填補了內心莫名的空虛，在下身顫抖的那個瞬間，儲存已久的空虛亦得以抒發。

事後，酒氣開始逐漸消散，女孩亦汗流浹背伏在我的懷裡。

記得很久以前，我曾祈求過眼前伏在懷裡的那個人一輩子都不會變，不論是性格、想法和關係，甚至身分，一生一世都不會改變，結果這一切的祈求都已經是曾經。

想著想著，我暗自嘆一口氣，由於沒事幹，於是我竟然和一個連名字都沒有過問的女孩聊起天來，她一邊抽著煙，一邊說道：「喂，你似啱啱出嚟玩喎，雖然個樣唔似。」

「係咩？」

「點解出嚟玩呀？同姐姐講下。」

覺醒

我反問:「咁你呢?」

「都係嗰啲啦,失戀呀,唔想再認真拍拖呀,但有啲空虛囉。」

我的視線停留在她手中的香煙,她見狀把煙盒遞到我面前:「嚌......」

「我唔食煙。」

「係唔係呀?你唔食煙?」

「真係唔食呀。」

「試下囉,冇壞嘅。」

話音剛落,她抽出一根香煙放在我的唇邊,然後熟練地把香煙點起,她再道:「吸一啖試下。」

該死的,我竟然會乖乖地聽從她的吩咐吸了一口煙,卻嗆得我使勁地咳了起來,她見狀笑說:「哈哈,好乖呀你。」

話音未落,她依偎在我的懷中,使我不期然順勢撫著她的秀髮,然而我的腦海卻浮現起一個人——Amanda。

而這一次意外簡直是久旱逢甘雨,滋潤了枯竭的內心,填補了空虛的感覺,令我開始想追求這一種被人滋潤的感覺。

有一刻,我把這個女生當作是Amanda的代替品,大概她也把我當作是某位的代替品,結果經歷過無數次的水乳交融,手機的時鐘顯示著早上六時,她才徐徐地走進浴室,還對我說道:「唔介意就一齊食早餐啦,轉頭返工呀我。」

我看著彼此光著的身子,竟然覺得有點難以為情,於是尷尬地點了點頭。

她還微笑地再道:「你真係好得意呀。」

因為輸了經驗，任何人的第一次都不會盡其心意，在有了第一次經驗以後，漸漸地我由被動變成了主動。

正如這晚之前我從不會吸煙，但嘗試過第一次後便會不介意接受第二次，慢慢地便會養成一種壞習慣，接著莫名其妙的染上煙癮，開始學會享受尼古丁和酒精，無可否認這些都是害人之物，但人類總是對害人之物愛不釋手，例如酒精、香煙和某些自私的女人。

吃過早餐後，我們依然沒有過問對方的名字，無可否認我對她有了一點眷戀，覺得她近看有點成熟知性的美感，嚴格來說昨晚的我應該上了一個姐姐，而且她的素顏比化妝後更美更有吸引力，多了一點清純，可惜女生硬是認為素顏上街等同野外露出。

我試探著問：「係呢，你……平時都係鍾意去飲嘢？」

她聽到後對我笑說：「做咩呀？想再約我呀？」

「唔係呀。」

大概，她一眼便看透了我內心的想法。

她喝了一口熱咖啡再對我道：「等姐姐教多你一樣嘢啦。」

「嗯？」

「伸隻手出嚟啦。」

當我伸出右手之際，我再一次想起了 Amanda 當日在我的手臂上寫字的情景，接下來我更意想不到，該位姐姐不知從何取出一支原子筆，在我的手臂上寫字，當筆頭劃在我手臂上的皮膚時，刻出的是一股酸溜溜的感覺。

「得啦。」

我看著手臂上寫的字，是一句歌詞，只是結尾有所不同。

Chapter 8
覺醒

「姐姐希望你記住呢一點啦，唔好太易動情呀，玩完就算啦。」

說罷她便站了起來，走到我身旁對我說：「走啦。」

她情深款款的親了我的臉頰，再在我耳邊哽咽地說：「Thank you！」

然後她便挽著手袋徐徐地離開了。

看著她的背影，我不知道她對我道謝的原意是出於一晚的陪伴，還是有一個傻小子對她動過絲毫的真情。

我再凝視著她在我手臂上所寫的勸勉：「這個世界最壞罪名，叫太易動情，希望你別喜歡這罪名。」

曾經有一個我愛過的女孩在我的校服和手臂上寫字，然後再有另一位女生，用著相同的方法對我說別太容易動情，算得上是諷刺。

那天以後我再沒有見過那位姐姐，但我把她的勸勉牢牢記了在心，她跟歐子瑜一樣，教曉了我事情後，便在我人生中離場。

往後每一晚在夜場認識的人，不分男女只屬當晚的過客，不論那晚玩得多瘋、喝得多盡，醉後交換過彼此的故事，甚至上過床，但只要到了分別的時刻，轉個身後便會變成素不相識的陌路人，儘管那晚聽過的故事和情節使人為之動容。

所謂開心過便足夠，戀愛都是為快樂為依靠，可是當傷悲大於快樂的時候，就應該好好分開，好等青春留倩影，當作是美好的回憶都不錯。

自此，我習慣了離別，並開始對離別沒有任何感覺，感覺就像單純地和一個路人說再見而已，當中不會夾雜著任何難離難捨的情緒。

同時，我發現和我上床的女生，甚至結伴同行的友人，他們都是空虛。

古希臘哲學家 Epicurus 說過：「人生在世唯一的目標就是追求快樂。」

所以追求快樂，逃避痛苦是人的天性。

有時候，在這個地方逗留得久了，總覺得這裡的所有人都是在找個避風港，找個可以作為寄託甚至填補空虛感的地方，要是空虛感是根源所在，究竟空虛恐怖還是毒品恐怖？

人在遇上挫折後提不起勁，覺得痛苦、空虛或者寂寞，然後便會隨便找些東西去填補空虛感和尋求慰藉再追求快樂，並以此作為寄託。所以，有人會因此沾上毒品，有人會沉淪在幻得幻失的情慾世界中，更有人會找一個共度一晚的人，為的只是希望晚上過得不再孤獨。

每當淺醉的時候，我都會審視自己的過去，從何時開始受到傷害，外人總是說我對人生應該感到滿意，外表俊俏，又得到許多人奮鬥大半生想得到的東西，雖然父母離異，可是這樣的自由是眾人所羨慕。

偏偏我卻認為種種的得失都是正比，此消彼長的情況下其實一切都會歸零，都是身不由己的增減。

或許，不認同的人就當我中二病罷了，每個人的人生都有他們內心的感性和看不到的難堪，只是有些人為裝作成熟而不說出來。

Chapter 9
男神是這樣煉成

接下來的日子，大學的校園生活和我的人生基本上沾不上邊，除了交功課和計出席率的課堂外，基本上都不會見到我的存在，心態上只求取得畢業證書便可，再不管什麼一級或二級榮譽畢業。

引用友人的一句說話：「每一晚用生命乾杯都是一場冒險，是一場歡聚，更是一齣生態紀錄片，是弱肉強食甚至自相殘殺。」

我們喜歡冒險中帶來的刺激，享受狩獵帶來的成就感，黑夜的世界正是我們的樂園，每一晚都是一場征服，與一眾戰友由尖沙咀殺到蘭桂坊，每轉一個地區，遊戲規則便會有所改變，除了樣貌帥氣外，裝備都十分重要，以往某些MK總是認為全身穿上名牌便可以裝作富有，事實上一隻名錶或者穿得獨具品味的外國牌子更能引起女生的注目，有關這一點我絕對需要感謝帶我去玩樂的醫科生友人，因為他的家中富有，而且對牌子和衣著品味亦是眼光獨到，有時候我會覺得他應該去當時裝設計師，我在他的幫助下，奠定了成為男神的基礎。

過去有人啟發了我的價值觀，豐富了我的人生，父母的離異諷刺地給予了我裝備，而友人則開拓了我的眼界和改變了我的外表。

於是男神就是這樣煉成，使我能談吐自如地應對每一種女生，外在的品味也使我容易俘虜她們的視線，錢包亦足以應付某些見錢開眼的女生。

說到底，你的樣子如何，你的際遇也必如何。

在這裡遇上的人種很多，有空虛的同路人，有錢包空虛的港女，有人生空虛的紈褲子弟，亦有不少唏噓的隱世富豪，但絕大多數都是穿上西裝的衣冠禽獸，但不管怎樣，只求這裡相聚過得歡樂便足夠。

又過了聖誕節，在Boxing Day的那夜，為了應節和過節，我決定順應傳統──拆禮物！

時鐘酒店內，一位長髮美女溫柔的撫摸著我，她的樣貌普通，估計是一般在中環上班的OL，可是眼見她一邊脫下自己的上衣，再解開自己內衣的前扣，聖誕禮物竟然在我面前親手拆開自己，這個動作為Boxing Day添加了節日氣氛和新意。

剎那間，我留意到她背部竟有一道傷疤，不禁惹起了我的好奇，我按捺不住摸著她的傷疤，她見狀放開小基，黯然地對我說：「我以前個老公整……不過我哋冇簽紙結婚。」

「佢打你？」

「嗯。」

話音未落，她的眼眶溢出一滴淚珠，我生平最怕的就是女人的淚水，她們的淚水是我的致命傷，總是能夠使我揪心，所以我不禁對她報以絲毫同情。

後來，我才知道看著別人流淚時感到心痛，是因為自己的淚水太罕有。

每個人都有她們的故事，而故事的真假我們無從考證，亦不需要知道得過於全面，因為版本因人而異，只需要記住每一個故事至少會有兩個說法，然後點到即止便可。

事後，她遞了一張卡片給我：「多多指教，如果要搵工可以隨時搵我。」

「Nicole Fung 人力資源顧問」即是HR！當時的我還未大學畢業，不懂世事，後來我才知道HR這份工作在一般香港人眼中是嗤之以鼻。

接過Nicole的卡片後，我們洗了一個澡，然後雙雙離開時鐘酒店，當時天還未亮透，臨別之際她問我：「你……叫咩名？」

男神是這樣煉成

「我？你叫我Ken。」

在這段日子間，我除了學會不易動情之外，還取過許多別名，但Ken這個英文名是用得最多，因為容易記和平凡，正所謂「人在江湖飄，哪有不挨刀，人在慾海浮，最怕搭沉船」，更何況痴情和黐線的女生有很多，最怕有些在一晚過後便對我動了真情，所以為了保護自己，開個分身亦不足為奇，這樣的話便能安全狩獵，同時亦可以把夜生活和我的私人生活隔開。

她笑著說：「Ken！Thank you！Merry Christmas！」

說罷，她登上了一輛的士，當的士消失於我視線範圍內，腦海浮現起的是一件恍若如夢的舊事，雖然今天沒有人造飄雪，但我的內心世界卻下起雪來。

目送一夜情對象離開算得上是最後的道別，目送後離開就是為昨晚的故事寫下一個既遺憾又美好的結局。

大概，我是遺憾美的主義者吧。

人的相聚分離既微妙又殘酷，一個微笑便相識，而且總有東西留下，例如她的想法、她的故事或者她的一夜，甚至是彼此的淚水等等，然而分離就像一個轉身，再回眸只見就是她漸遠的背影，接著彼此的緣分便再沒有然後。

無可否認，人是在不知不覺間迷失了本來的自己，我們會以為這是成長，實際上這是我們在過去的經歷中找到了另一個符合現實的自己，然而日子漸漸過去，我們早已經忘記了本來的自己是一個怎樣的人。

我的心裡泛起一點愁緒，臉上卻不禁苦笑，然後提起腳步徐徐地離開。

　　我開始習慣了這種在入夜後一聲「你好」便相聚，黎明來臨時一聲「再見」便不再見的離別，因為就算我不和他人道別，別人總有一天亦會主動和我說再見，更何況在這個情慾世界所認識的人，一切都是認真就輸了。

　　然而，人終究還是會累，年輕人也不能總是透支自己，所以我決定休養一個月，參加一下學校的活動，雖然我想不到為何會有這些可怕的想法，畢竟活在黑夜的世界太久，還是想見一下陽光，對於我這個提議，友人的贊同是出乎我的預料之外，他還主動地替我報名參加了學生會的活動。

　　怎料……是次學生會的活動，不是行山或者義工團，而是某某大學「開sem」派對。

　　這個派對包了一間樓上cafe來舉辦，我環顧周遭，雖然不停有女生走過來向我示好，可惜她們的質素都很參差，樣貌好一點的卻欠缺打扮，穿得太保守不尊重場合，樣貌差一點的則過於打扮，穿得太豪放不尊重他人。

　　這個派對不外乎是喝酒、喝酒和喝酒，與「開sem」絕對無關，而派對的中心思想就是讓一班性飢渴的男生去認識本校的女生和她們的朋友，本質上和普通酒吧派對沒有分別，實際上感覺總是有點幼稚和無謂，沒有激昂的音樂，他們玩得又不夠豪放。

　　男的就像一班奴隸般的，誠懇地祈求活像娘娘的女生選中自己，好讓自己接下來的大學生涯不再寂寞。

　　他們根本不明白，在情感世界和夜場的世界，許多事情只能恰到好處，你要得到他，先要證明你不需要他，毫無底線的主動追求，其實只是乞求。

　　就在我暗地一聲冷笑後，我留意到一個女生，她像我一樣站在暗角，掛著笑臉去應酬走來的姐妹和男生，但我感覺，她其實是在投以白眼。

Chapter 9
男神是這樣煉成

那一刻，我的視線就只是那個女生，她很美，美得很像羽翹，我的視線彷彿只有她，不禁偷偷幻想她在彈著鋼琴唱著情歌。

她此刻握著酒杯卻像漠視一切，雙眸冰冷間帶點水靈，從她的衣著打扮看來，她的品味絕對不俗，微曲的褐色頭髮，簡潔白色、剛剛好及膝的連身裙，有著暗花的黑色高跟鞋，配搭一隻女裝手錶，雖然全部不是名牌，但穿得高貴大方，有點性感卻不失斯文，單從外表看來縱然很美，但已經令有意思的男生卻步。

但我是這樣怕死的人嗎？經過這些日子的鍛鍊，別說冰山，連鑽石山也劈得開。

在進攻前先要料敵，得知她叫 Cathy，在另一間學校就讀護理系，只是剛好有一個本校就讀的姐妹邀請她到這個無聊的派對，為了姐妹的安危而來。

不過從她姐妹的外表看來，她的擔憂猶如生怕防狼器被狼咬，簡直是多此一舉。

然後，我採取進一步行動，把友人的電話號碼當作是自己的應酬了該幾個提供線報的「豬扒」女生後，我取了一杯盛滿香檳的酒杯，緩緩地走到 Cathy 面前，當然我要扮作對她的事情一概不知。

「咦，你唔似我哋間 U 嘅學生喎，冇見過你嘅。」

她望了我一眼，再環顧周遭冷笑說：「我同你哋梗係唔同啦。」

嘩，這是一句簡潔而有寓意的嘲諷，顯然她的個性和外表是同出一轍。

我笑著點了點頭：「但實際上我同佢哋唔同。」

「哈哈，係咩？」

「因為我想畀你知，我同嗰班人係唔同。」

她瞄了我一眼:「真係有啲唔同嘅。」

我自信滿滿的笑道:「咁快發現到。」

她點頭笑說:「嗯,比嗰班人更加唔要面,同埋風流。」

「謝賢講過人可以風流,但絕對唔可以下流。」

「但我媽媽講過,風流同下流本質上冇分別,只係講法唔同但意思一樣。」

這種類型,至少在夜場沒有見過!Cathy對我而言愈來愈有挑戰性,而且同時我有另一種很奇妙的感覺,我想征服她,但絕非一晚過後便沒有然後的那種。

老天真是不公平,Amanda和歐子瑜各自擁有的特質,Cathy全都擁有,樣貌更是不相上下,冷傲間有點傲慢,但談吐卻意外地得體,對於所有事情和對答都恰到好處,而且從她的說話內容看來,不像那些在夜場裝作冷酷、徒有外表、沒有內涵的女生,她絕對是一個有主見、有立場和價值觀獨到的女生。

接著,Cathy補上一句:「其實我好討厭你呢啲人,我鍾意嘅係我男朋友嗰種,雖然外在一般,但絕對有內涵。」

說罷,她放下了酒杯,對我說了一聲再見後,高跟鞋的「咯咯」聲宛如一種魔咒,那怕只是微風輕輕吹起她的秀髮,或她不經意的莞爾一笑,都足以使我對她愈來愈著迷,我知道,一切都是出於好勝心,出於某種既愛又恨的心態,畢竟很久沒有一個女生能夠使我折服。

剛好睡醒的友人走過來問我:「喂,做咩眼定定咁?食咗檸檬咩?」

「嗯,算係。」

男神是這樣煉成

友人看著Cathy遠去的背影說：「哦，Cathy！阿邊個邀請佢嚟嗰個嘛，讀護理系嚟嘛，佢條仔讀醫科嘅。」

「喂，你識就早講啦！」

他打了一個呵欠：「Sorry！呢個party真係好悶，正話未瞓醒load唔切。」

「點解你識佢？唔好同我講......」

「如果我媾過食過，你點會唔知呀？係佢個姐妹媾我，即係邀請佢嚟嗰個呀，我喺佢個Facebook啲相見過呢個Cathy好多次啦，所以咪認得囉，而且呢個女仔，算吧啦，你都係今晚發夢打個飛機就忘記咗佢啦。」

「點解？」

「好簡單，聽講好乖同好串，而且有男朋友仲要係初戀，更何況你同佢兩個世界，佢活喺日頭，你係夜行生物。」

友人的這句話，確實使我有點消沉。

「好老實，基神！呢啲女人你好難進入佢哋個內心，因為佢哋識諗嘛，同埋佢哋唔貪玩。不過，呢種女仔就好極端，佢哋對外人一定好cool，你係進入唔到佢個內心世界，但如果你幸運地可以進入到佢個內心世界呢，你打筋斗都得，你睇下佢對佢條仔咁真心就知咩事啦。」

「嗯。」

友人把她的Facebook名字寫了給我；順帶一提，當時MSN已經沒有那麼流行，取而代之的是Facebook。

回到家中，打開了電腦，我依名字搜尋了她的Facebook——Cathy Wong Ka Ki，平凡的名字卻配有一個不平凡的主人，我按了進去細閱她的個人資料，天秤座的女生，沒有顯示感情狀況，再看著她的個人頭像，是她柔美的側臉，而背景是水平線上的日落，日落和她的美融為了一體，吸引了我的視線，使我按下「加為朋友」的按鈕，我沒有為自己這個舉動而感到錯愕，只是順著心意將錯就錯，反正幸運的話她會准許我的請求，沒有運的話也只是被她拒絕而已。

她的美就像在沒有月亮的夜幕中的繁星，在我心底裡閃閃發亮，然而我不知怎麼腦中一直重複著她的那句話：「其實我好討厭你呢啲人」，明明是討厭的說話，卻俘虜了我的心靈，明知道太容易動情是一件錯事，一旦泥足深陷便再難以抽身，但人總是一錯再錯，從來都學不乖和學不懂。

女人心如深海，藏滿秘密，既吸引又危險。

對著Cathy，比起她的肉體，我更想進入她深邃如海的內心世界，是基於愛好冒險和想享受未知世界帶來的刺激感嗎？

不知不覺，黎明到了，我伏在電腦桌上昏死過去，希望張開雙眼後，她准許了我的交友請求。

Chapter 10
冷傲與傲氣（上）

電話震動的頻率使我不耐煩地清醒過來，我看了來電顯示一眼，原來是友人的來電，我便睡眼惺忪地接聽了。

「喂，做咩呀？」

「基神，今次仆街啦，我懷疑尋日有人喺我杯嘢飲度落藥。」

「吓？」

「恐怖過失身呀！尋晚明明我喺梳化瞓到半死，好似冇咩點同人交流過，但今朝有幾件學校極品豬扒 text 我，佢哋竟然有我電話，但我居然冇印象呀！」

這一刻，友人的語氣有點像在夜場被認識的朋友們輪完大米，但不知誰有份上過，於是趕緊回家沖洗，然後致電給好姐妹哭訴。

當然，他沒有被人下藥，而真正的元兇正是小弟，我為了取得 Cathy 的情報而出賣他。

想著想著，我不禁暗笑，卻剛好被他聽到，他不屑地說：「仲笑？」

「有冇咁恐怖呀？」

「你唔記得咗呀？出嚟玩最怕要還呀！你知唔知我哋最怕係得兩樣嘢，一係畀人知道真名，二係畀人知道真正個電話號碼！」

「我就冇咁多煩惱嘅，邊個叫你鍾意一拖幾，仲要未計你一晚嗰啲，平均十幾條女以上啦。」

「我而家去緊轉電話呀，唔講啦！新電話號碼轉頭再畀你啦。」

掛線後，我的笑意猶在心間，所以每對看似友好得如同手足的朋友間，總會有一點尷尬不便開口的秘密，只是我們會否意外知曉而已，記得有人教過我，別把人看得太清，正如水太清則無魚。

可能我想得太入神，一不小心便碰到電腦桌上的滑鼠，把待機中的電腦再度啓動起來，電腦的屏幕依然停留在 Cathy 的 Facebook 個人檔案，但我發現 Facebook 多了一則通知就是「Cathy Wong Ka Ki 已把你加為好友」，就在這時，Facebook 聊天對話框傳了一則訊息過來：「你點解會有我 Facebook？」

女人真是一種奇怪的生物，既然心感疑問，為何要允許我的好友請求？

我笑著臉輕敲著鍵盤回覆她，心裡覺得這個女生真是十分有趣。

「你真係想知？」

「嗯！」

對不起了，友人！唯有在這個時候再一次出賣你。

「因為我個兄弟識你個姐妹，喺佢個 Facebook 見到你個 Facebook，於是咪加你好友。」

有時候誠實比起過度挑逗的說話更管用，尤其是對方在開頭已對自己全沒好感的情況，說得太多挑逗性的說話和玩笑，被刪掉的機率更高，相反坦白從寬比起耍嘴皮被刪掉的機率相較地低，而且更有機會可以打開兩個人的話匣子，讓本來僵持的局勢稍為緩和。

「你個朋友識我個姐妹？咁我要提我個姐妹小心啲。」

她說話就是不饒人，我喜歡的正是這種冷傲和自己的傲氣衝擊時的感覺。

「放心啦，我朋友唔會對你個姐妹做啲咩，因為……佢唔喜歡乖女。」

Chapter 10
冷傲與傲氣（上）

別把對象的姐妹踩得太盡，說話圓滑一點又沒有違背原意的話，其實是一件雙贏的事情。

「嗯，我好老實同你講，我有男朋友，就算你加我做好友都唔會有咩改變！」

嘩，那種專一的情操、高傲的性格、冷傲的態度，簡直......令我迷上了。

可是，自從Amanda移情至「冬菇頭」，到母親為情離家然後再替情夫生下小孩（我早前沒有提過），我便不再相信世上背叛感情的人會有報應。

如果依然有人天真地相信背叛感情會得到報應，我會確切地回答，第一，如果世上真的有上帝，上帝也沒有如此閒情逸致去理會這些事情，要是上帝真的有心，世上便不會有如此多賤人和仆街，數量比便利店還要多，且總有一個在附近（例如我）。

第二，如果選擇了一個貪新忘舊的賤人作情人，該賤人總有一天會再次背叛，我們搶得別人的情人，就要有被背叛的覺悟，正如魯路修所說：「按下扳機殺人的人，總要有被殺的覺悟。」

總括而言，感情世界是一場誰先背叛誰的耐力比賽，最終捱到打和的話便能白頭到老。

Cathy不會背叛她的情人，但難免她的情人總有一天會背叛她，那怕是外表多不堪的人，縱使擁有一個美豔的廿四孝女友，但一旦有機會證明自己的魅力，他都會去證明。

「Okay，fine，我知你有男朋友啦！Add你好友就當我Facebook好友增添多一個。」

　　面對追求對象毫不饒人的說話，在合適的時候也要有一定程度的反擊，好讓她知道我不是需要她，也絕對不會像其他追求者一樣，毫無底線和拋開尊嚴的追求，這也許會意外地讓她覺得你與別不同。

　　「Me too！現實中唔會做你好友就得！By the way，我依然係好討厭你呢類人，之後我希望你唔好亂咁 pm 我，因為唔想令到我男朋友有所誤會。」

　　「哈，我尊重同欣賞你嘅專一同自信。」

　　「嗯，thanks，自信係每個人都應該有，只係你擁有得太多。」

　　「大家咁話。」

　　「Less than you！」

　　「嗯，我認自己比你多一點！」

　　「……」

　　既然她答不上話來，這個時候就該讓我反客為主。

　　「今日傾住咁多，有機會再傾過！」

　　一個如此高傲的女性，突然間被人搶了原來的主導權，還搶了她本來要說的對白，雖然以 Cathy 的脾性推斷，她並不會像 Amanda 般發難，但內心定必不滿和不忿。

　　「Same！」

　　彼此對話的字裡行間充滿戰術和戰略的角力，我走的每一步都是部署，而她所說的每一句話都是殺著，企圖消耗我的意志，好讓我知難而退。

Chapter 10
冷傲與傲氣（上）

這段對話好比一場攻防戰在文字間展開，雖然對我而言只是序幕，但在Cathy心中肯定希望這是結局。

這種衝擊感是在狩獵場找不到的，同時這種毫不饒人的對話，在頃刻間便要應對的臨場感，種種的一切都是久違了。

某天開始，我明白到世上沒有報應，沒有平等，人是依靠互相搶奪、互相比較和互相競爭，然後再劃分差別而存在。

那天開始，我總會不期然的多了瀏覽Facebook，由於當時是智能手機開始流行的時代，追趕潮流的我二話不說接受了炒價和電訊商苛刻的天價月費取得了一台iPhone 4，記得由那時開始，我們的生活便悄悄地改變了，SMS時代慢慢演進成為WhastApp的年代，電腦開始愈來愈少用，畢竟基本的上網和觀看影片的功能，智能電話都能做到。

低頭族開始出現，我們亦開始無時無刻在空閒時便會用手機自拍打卡和更新我們的Facebook。

記得當時Cathy也購買了一台iPhone 4，還另外送了一台給她的男朋友，看到這一點的時候，我更覺得這個女孩難能可貴，然後接下來的每天她都會上傳一張自拍或者生活上的點滴照片，藉著這種科技的便利，我開始更容易了解這個女孩。

其實Cathy是一個很容易被滿足的女生，喜歡看電影、看書、看劇集，經常在深夜分享歌曲，生活雖然單調，和情人合照的地點來來去去都只是M記、茶記，有時或會在情人的家裡煮一下飯。

過往，她那男朋友送贈過的禮物就只有心意卡和史迪仔公仔，大概在我這個葡萄友眼中，她的男朋友真是一個……「鐸哥」，諷刺的是她的男朋友名字真的有一個「鐸」字，果然人如其名。

大概，愛情來來去去都是如此淺白，你想得到他，必須證明你不

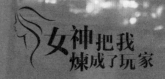

需要他，然而人愈得不到的便會愈重視，愈重視所投入的情感便會愈多，到了最後便回不了頭，成了一種犯賤的習慣。

唉，當年歐子瑜教導的這句話簡直是終身受用。

我們都不明白為何某些女生總對我們眼中如像廢物的男生死心塌地，某些女生也不明白為何我們這些賤男總是能夠這般容易玩弄感情，深受女生的歡迎，甚至哄騙女孩上床。

所以對於追求Cathy這回事，所以對於追求Cathy這回事，我一貫狩獵時人妻不吃、有男朋友的不吃，還有處女不吃的這個原則是管不了，因為這是追求，而且情場不像夜場，某程度上來說，情場更沒有任何原則可言，所謂情場如戰場，要愛就要搶。

人自幼開始便喜歡搶東西，幼時喜歡搶玩具，大一點便喜歡爭寵，這是天性，對於性格謙讓的人，我只能跟他們說一聲謝謝，雖然我都會欣賞，但我不會去學習。

至於被搶的人，雖然可憐，但請不要因此而自憐和周圍取得別人的同情，否則這一世都會重複這樣的悲劇！

說回Cathy，她的Facebook從來沒有任何一張港女級的照片，例如在高級餐廳假裝文靜，然後叫情人替她拍照那種。

每當見到Cathy上傳自拍或生活點滴，我都會二話不說讚好。

但當我見到她和情人的合照，我會希望Facebook快點推出dislike功能！

日子徐徐地過，我們在Facebook成為好友的日子快將三個月，由炎熱的九月漸漸迎來涼意的十二月。

對！香港的十二月只能用涼快來形容。

Chapter 10
冷傲與傲氣（上）

由開始到現在，從來只有我單方面的讚好，三個月以來我們都沒有打開話匣子的契機，而我一直都在等待合適的時機，直到某一天，我上傳了一張帥氣的自拍，更換成了個人頭像，不消十數分鐘已經有超過五十個讚，雖然對比起某些顯露事業線的女生較為少，可是有一則讚好的提示惹起了我的注意。

「Cathy Wong Ka Ki 讚好你的個人資料相片。」

往日不管我上傳什麼照片或者分享什麼歌曲，Cathy 都一概不讚，為何今天竟然會如此出人意表？

難道她被我的帥氣所迷倒？

機會來了，這是我們打開話匣子的契機！

「嘩，多謝你嘅 like 喎。」

「唔使客氣，只係我唔小心按咗 like。」

Cathy 的說話一如以往般的不饒人，可是對我而言，不論她的原意是不小心或者有心，這些都是一個機會。

「咁我都要多謝你呢個唔小心。」

「已取消。」

「噢，咁樣會令我好傷心。」

我再望一望我的照片，果然少了一個讚好，Cathy 真是一個言出必行的女生！

說實話，這樣的女生在一般人眼中是很討厭和很自我中心的。

對！我也這樣認為，可是……我很喜歡！

畢竟她的這種性格有點像我，而且我正是喜歡和她對話間的角力所帶來的衝擊感。

「傷心就喺，咁樣就會死心。」

「咦，人哋都冇對你動心，何來死心呢？」

嗯，用上小學雞的語氣加上有刺的回應，是最佳的應對方式和反擊，畢竟無賴在這個現實社會中往往是無敵。

而且她是一個女孩，說話太狠會失去風度，凡事忍讓會失去尊嚴，所以做男人都是一種學問。

「你咁樣叫借啲意撩我傾偈？」

「從來都冇借啲意，因為我真係撩你傾偈。」

「可能其他女仔會喜歡你呢一套嘅，但我真係好討厭你呢一種男人，永遠都唔知咩叫感情，永遠都唔知咩叫尊重，好煩囉。你有冇認真去拍過一場拖？有冇去認真去愛過一個人？我覺得你一定冇囉，所以你哋呢一種人好幼稚，我好憎，一啲都唔成熟。」

那一句話讓我凝住了一會，淒然的看著手機，猶如被一把刀輕輕劃過心間，說不上流血不止，但是在隱隱作痛。

「我有認真拍過拖，雖然只係一次，不過都好耐以前嘅事。」

那一刻，我的腦海憶起歐子瑜曾經說過的一句話，於是我把這句話引用了來回覆Cathy：「拿著錘子的人，眼裡到處都是釘子，看多了犯罪，就覺得所有人都是魔鬼。所以我同你嘅感情觀會有唔同，你唔會了解其他人嘅故事同生活，正如其他人都唔會明白你嘅人生。」

也許，我真的不明白Cathy的愛情觀，正如Cathy亦不了解我的觀點，因為我們都不懂彼此的故事和過去。

Chapter 10
冷傲與傲氣（上）

可能，總有一日她會了解我的觀點，我亦會明白她的愛情觀，但不會在今天。

那一刻，我真的沒有興趣和Cathy再聊下去，不是我覺得討厭，而是不希望再把從前的尷尬事再說一次。

「Sorry，我收返嗰一句。雖然我認為，受傷過、認真過就會對感情改觀係藉口，但我估唔到你都有睇書，呢一點我對你改觀。」

書？後來我才從Google得知，歐子瑜當日說過的那句話原來是源自一本著名的偵探小說。

有時候我會有一個疑問，就是歐子瑜到底看過多少本書？她的大腦到底是怎樣的構造？

可惜，永遠都不會有答案。

「Thank you！我都唔希望你有一日會明白到點解認真就輸了，有機會再傾。」

「嗯。」

把電話收起，我的鼻頭莫名的一酸，心裡充斥著矛盾的想法，Cathy高跟鞋的「咯咯」聲在我腦海間揮之不去，她不經意的莞爾一笑令我記起Amanda用原子筆在我的校服上寫字，卻又在後來用無情的眼神牽著「冬菇頭」在我面前離開，Cathy的傲慢也令我想起和歐子瑜在105室的時光。

然而，一句說話突然在我腦海中浮現：「這個世界最壞罪名，叫太易動情，希望你別喜歡這罪名。」

　　我暗嘆一口氣，但很快便看著鏡子的自己微笑，然後為今晚 **Lady's Night** 的派對作好準備。

　　那天以後，我以為再沒有然後，可是把事情看開一點，總會有別的想法和結果，因為認真便輸了……

　　無可否認，我在情場上只要一動半點真心，就會變得十分稚嫩。

♠ 冷傲與傲氣（下）

　　拿著錘子的人，眼裡到處都是釘子，心只要傷了一次，便會覺得每個人都有機會拿著利刃，大概在夜場逗留得久了，往日覺得荒唐的事情變得習以為常，更會愈來愈認為愛情這回事只是膚淺和虛幻。

　　跟 Cathy 的對話後，在當晚的 Lady's Night 中，我人生中第一次沒有狩獵，沒有跟人聊天，只是一個人在喝悶酒，偶爾望望友人這晚的獵物是什麼樣子，畢竟他對獵物的口味是十分兩極，我一度懷疑他是藉醉全憑感覺行事。

　　人喜歡虛幻伴隨著的未知和新鮮感，大概因為我們厭倦了過於真實的世界，但實際上在這個看似夢幻的夜世界裡，亦有許多糖衣毒藥，這裡的規則就是沒有規則，這裡信奉的信條可以比現實更現實，有樣貌、金錢或者口才的話便能橫行，真心在這個地方從不管用。

　　我見過用金錢可以買一晚的女孩，這些女孩堪比我們在 IG 見過的女神。

　　我見過純粹把這個地方當作生態紀錄片觀看的男生，任何異性走過來挑逗亦不為所動。

　　我見過看似清純的文青女孩在這裡找到對象，然後情不自禁的走進廁所準備開戰，接著被保安發現趕離酒吧，再牽著對象到時鐘酒店開房。

　　我見過往日看似愛玩的壞女孩在這裡流著淚喝酒，又見過在舞池跳得最浪的女生，但她們在這個地方找的不是一夜情，而是希望找個地方作寄託和發洩。

　　我見過在這裡找男朋友的女孩，時日過去，她由在這裡找情人的女孩，變成被情人找的女孩。

　　這個地方有點夢幻、有點荒唐又有點趣味，可是在這裡待得太久，難免會有點生厭。

　　既然如此，我們為何對這個地方如此依戀？我猜我們都愛上淺醉的感覺，愛上隨便找個有好感的對象擁抱，或是跟健談的對象聊一整晚，每踏足這個地方的前一刻，我們都不知道在這晚會認識怎樣的人，會見識到怎樣的事情。

　　儘管昨晚有多瘋狂，當我們踏出這個地方，又或者離開時鐘酒店的一刻起，所有事情都會拋諸腦後，這種輕易 say hi 與 say bye 的生活方式，我已經分不清甚至忘掉這是習慣還是我本來所喜歡的選擇。

　　記得友人和歐子瑜都對我說過同一番類似的話：「人最怕突然間迷失自己！因為一迷失，自己就會變得好婆媽，仲衰過啲女人。」

　　很有道理，雖然這一番話是友人在喝醉的時候對我說，而歐子瑜是在照鏡的時候談起，哈哈。

　　我把杯中的烈酒一飲而盡，環顧酒店的周遭，每晚如是地度過，雖然今天已經是平安夜，這裡的裝飾也充斥著濃濃的聖誕氣氛，但在我眼中卻毫無節日氣氛，我百無聊賴地打開手機，滑了一會 Facebook，看了許多朋友更新他們的近況，有的在酒吧左擁右抱，有的在酒吧和情人合照等，連 Cathy 也毫不例外，她上傳了一張合照，配上一句「第三年的平安夜前夕有你陪伴」，我見狀不禁一笑。

　　噢，不知不覺已經踏入了平安夜。

　　那一刻，我有點羨慕每一年都有一位相同的人陪伴自己度過一個節日，Cathy 有她的男朋友，而我⋯⋯就只有該位在獵食的友人。

　　想起也有點噁心，原來每個節日都陪伴著自己的人，竟然是一個男人。

　　我暗嘆一口氣，再望回 Cathy 的那張合照，在我閱女無數的經驗下，我覺得她的笑容有點牽強，雖然照片難免會有修圖效果，但掩飾不了她憔悴的眼神和淺顯的眼袋。

冷傲與傲氣（下）

也許，她昨晚和情人在床上歡度浪漫的平安夜前夕吧？所以今天難免有點累透。

愈看這張照片，愈有一種難以言喻的破綻，畢竟過去的日子我看過無數張她和情人的合照，而且每次都上傳至少十張以上，幾乎每星期都會上傳一次，但這一次她只是上傳一張照片而已，再看一看她的個人檔案......至少有十日沒有見過她上傳合照和更新近況，最多都只是分享歌曲而已。

我發現在五點鐘的方向，有一個更秀色可餐的女士不停打量著我。

那是一個擁有修長的美腿、嫵媚的眼神和有點像隋棠的女士，我點了一杯烈酒，徐徐地走過去，開始了今晚的狩獵遊戲......

平安夜快樂，感謝上天提早送給我的聖誕禮物。

說實話，跟該位像隋棠的女生聊了一會後，就會覺得她的外表雖然不俗，但內心卻很庸俗，滿口英語卻文法全錯，毫無半點內涵，但這刻我只是希望在平安夜給予自己一個不平安的晚上，還有提早慶祝 Boxing Day 而已。

在歡欣的聖誕歌曲下，我們在酒吧熱吻起來，走在滿佈聖誕燈飾的街頭，悄悄地溜進時鐘酒店內，提早迎接 Boxing Day。

和一個腿長的女生激戰，單憑用雙眼觀賞她緩緩地把短裙沿著小腿脫下來，就已經足以振奮人心，再看著她把自己的黑色內衣純熟地解開，腦裡再一次浮現起聖誕老人的聲音：「呵呵呵，聖誕快樂。」

突然間，在我已經準備就緒的一刻，電話接二連三「叮叮叮」的訊息提示劃破了讓人賞心悅目的一幕，把剛才激情的氣氛緩和下來。

知道嗎？這就是在辦任何正事或者看電影時，就算不把電話關掉也要轉為靜音模式的原因！

看看吧，現在多沒趣，而且情況變得有點尷尬，更該死的是，這個錯誤竟然是我犯下的。

該位貌似隋棠的女生微笑對我說：「你……覆一覆 message 先？我沖個涼。」

她輕輕撥起自己的頭髮，不忘補上一句：「覆完就要較返靜音啦，如果唔係我嬲㗎。」

唉，到底是誰？如果是友人或其他人對我說平安夜快樂的話，想必他的春袋會被燒掉。

可惜這個人沒有春袋，因為她是一個女孩，但這個人竟然會主動找我，我有點感到意外和驚奇。

「Hi！我……有嘢想問你。」

「你有冇嘢忙緊？方唔方便？」

現在凌晨一時二十七分，本應是陪伴情人的良辰美景，但 Cathy 選擇了 inbox 我，可見事情的迫切性和她對這件事情的關注度。

如無意外，應該是感情問題吧？想著想著，我看著自己的下身在赤裸，而該位像隋棠的女生應該快將出來，這個時間的確有點不太方便。

人就是這樣矛盾，既要滿足好奇心，又不想錯過自己的「聖誕禮物」。

於是我設定了靜音模式一邊回覆著 Cathy，一邊不時瞄著浴室的方向，情況有點像回覆情婦的訊息時害怕被情人發現。

「咩事呀？還可以啦，我會覆你。」

想不到的是 Cathy 竟然秒覆我：「你有嘢做緊？」

難道我真的回覆 Cathy 去了開房？

「拆緊禮物呀。」

「今日先平安夜咋喎，咁快拆禮物？」

Chapter 11
冷傲與傲氣（下）

這一刻，浴室的水聲停了！我心裡不停呢喃著Cathy快點言歸正傳。

「係呀，我……心急嘛。」

「唉，我唔阻你啦，等你拆完先。」

WTF！請別要低估我拆禮物的時間和持久力。

「你有心事？可以隨便問。」

「係。」

然後呢？心事呢？

知嗎？把話說一半的人是最討厭！情況就如「打丁」的時候，電腦所播放的AV突然出現錯誤自我關掉一樣！

這時，該位像隋棠的女生圍著浴巾走了出來，撒嬌的對我說：「喂呀，你玩電話得啦，而家唔理我啦。」

我二話不說放下手機跑了過去笑道：「點會呢？」

然後正當我準備親她之際，她婉拒了我的熱情說：「咦，你沖涼先啦！轉頭……要好好補償我。」

她故意輕輕撫了小基數下，這一個動作深信沒幾個男人可以抵抗，我點了點頭後便衝進浴室隨便沖洗一下，畢竟我來這個地方是拆禮物，而不是洗澡。

當我抹光身子離開浴室，只見房間的燈光變暗了，該位女生也緩緩地走到我面前，一邊走著一邊脫下了圍著身體的浴巾，然後在我耳邊問：「正話你覆邊個message？」

「朋友啫。」

「你掛住玩電話唔理我喎。」

話音剛落，她在我耳邊吹了一氣，再用她的舌頭劃過我的耳窩。

「而家唔玩啦。」

「我好玩啲定電話好玩啲？」

「梗係你啦。」

「講大話，你都未開始玩。」

說罷，我和這個貌似隋棠的女生激吻起來，由浴室門外到梳化再到床上，我也隨之忘記了Cathy所提過的心事和想揭曉秘密的好奇心。

和一個身形嬌小的女孩可以玩著掛鼓等技巧來滿足內心的慾望，但和一個擁有長腿的女生激戰的話，則別有一番感覺。這感覺我不會描述得太多，懂的人自然會懂。

在不知把這份禮物拆了多少遍後，她精神奕奕的伏在我的懷裡，而我則輕撫著她的頭髮，同時好好記住她的臉孔，畢竟這晚過後就沒有然後，這是我的原則。

每一次我都會有一個疑問，就是為何女生總會在事後精神奕奕，而男生則累得死去活來。

時至現在，我依然未有答案。

事後，我們整理一下自己的衣物便各自離開，沒有任何眼神交流，只有一聲再見。

有時候，就算我信得過別人不會輕易動情，但我也信不過自己，畢竟情感這回事很可怕，要來就來，縱使是一個理性的人，只要時機合適，都會敗給一個情字。

離開時鐘酒店登上的士，看著車窗外的風景，頓時覺得這個黑夜世界雖然五光十色，但是活在這裡的人，他們的內心世界就只有黑白一片。

冷傲與傲氣（下）

他們難以相信感情，縱使可能會投入，但只要稍覺不妥，便會重拾理性。

我們都習慣戴著面具在這裡活著，漸漸地對任何人都用這種流水作業的社交方式。

因為傷痛而拒絕世界，再因為寂寞而覺得空虛，再進入這個黑夜世界尋找寄託，最終我們都失去了本來的自己，忘卻了本來的感情世界，接著便會變得無情。

想著想著，我從褲袋拿出手機，只見有三則未讀的Facebook訊息，這不用猜想都知道是Cathy的。

「我知道，當我咁問你嘅時候你一定會笑我，但我真係唔知點同啲朋友講好。」

「其實係咪每個男人都係花心？都係鍾意貪新鮮？我最近發現咗男朋友成日同一個女仔傾偈，仲要傾得好密，不論WhatsApp定電話都有傾，而且仲成日有啲心心呀、Kiss嗰啲表情符號，佢對住我都唔會咁㗎，而且我發現佢送咗個手袋畀個女仔話做聖誕禮物，我唔係著重物質主義，但我作為佢女朋友，佢都冇送聖誕禮物畀我，仲同我講『我陪你咪得囉』，雖然佢真係對我好好，我去邊佢都會同我去，我就算唔出街話肚餓，佢都會主動買嘢去我屋企畀我食，有時我M到嘅時候，佢仲會全日照顧住我。我同咗一個姐妹講，我姐妹只係話有啲嘢唔使睇得太清，佢對我好就得。我而家好矛盾，我係咪應該當唔知道就算？」

「我真係唔敢相信佢會咁樣對我？明明佢係一個人人口中嘅好男仔，我認我有計算過同佢一齊，至少都會覺得佢係乖仔、讀書叻，而且又識諗，但點解而家會咁？我真係想知，係咪只係新鮮感？你可唔可以答我，佢係咪最終都會喺我身邊？」

當我下了車後，我坐在附近的公園回覆她：「我唔需要笑你！你問咁多只係想知佢係咪最終會返去你身邊？我答你，一定會！就算你揭破咗，佢都會死死氣同你講對唔住，你就會原諒佢㗎啦。當然啦，佢一定會再出去玩，然後你咪默默咁忍受囉。」

「貪新鮮同花心係人嘅本性，你話過你唔會，只係你未遇到咋！你得唔到你男朋友，係因為佢知道你唔可以冇咗佢，無論佢點都好，你都係屬於佢！就算你話分手，佢只要用少少苦肉計就哄得返你。」

想不到已經凌晨四時，Cathy依然立即回覆了我，果然她十分著緊這件事，而我就這件事情的分析絕對沒有錯。

「我接受唔到人哋對我背叛，如果佢認咗我一定會講分手。」

我笑著回覆：「放心啦，一開始你男朋友唔會認，仲會話你疑神疑鬼，到你真係有證據佢咪話知衰囉，但你而家同我講你會分手同埋絕情係冇用，講咋嘛，我夠話我其實好專一，你信唔信呀？我係玩一夜情，但我從來冇玩感情、冇拍拖，你信唔信呀？」

「唔信。」

「咪就係囉。」

「但我信真愛係恆久遠，我……雖然而家都唔知同佢係唔係真愛，但我信。」

愛情的甜蜜和快樂永遠都是短暫，但別忘記分手和忍受也是愛情的其中一環，兩者換來只有無窮無盡的痛苦跟長嘆，所以愛情理所當然是恆久遠。

維持到老的是感情，但沒有結果只有遺憾、說出來賺人熱淚、讓人白等一輩子的才叫愛情。

所以隨著時間愈來愈強烈的不是愛情，而是愁緒、遺憾和執著。

「真愛同好男人一樣，兩者都唔係真，只係在乎你識唔識包裝。」

「其實呢個世界係有人對感情專一，正如我而家咁樣搵你，我都覺得好對唔住我男朋友。」

「噢，sorry！唔小心同你傾偈，令你背叛咗呢場咁純潔嘅愛情添，咁你男朋友呢？我笑而不語喎。」

冷傲與傲氣（下）

　　說實話，以上的對話內容和道理，絕對只是我本人立場，而當中無可否認有點落井下石的成分，可是世界上誰會沒有私心？

　　而且，我最討厭的是假裝專一的賤人。

　　她發了一個自欺欺人的回覆：「咁其實佢都係同女仔傾下偈，正如好似我同你傾偈咁，甚至可能係個女仔主動撩佢，好似你add我Facebook咁。」

　　「吓？你唔係覺得你男朋友同我有分別啩？依我角度，佢簡直影衰我，賤咪認囉，花心咪認囉，扮咩專一呀！」

　　「唉，我都唔知點講！你聽我呻完就算，我識得堅強，同埋對呢段感情專一，我會堅持落去。」

　　「『堅持下去，並不是我們真的足夠堅強，而是我們別無選擇。』但你有得選擇，成個世界啲男人唔係死晒！」

　　「係Winston Churchill嘅名句，Thank you！我認有一點睇錯你，就係估唔到你都識好多嘢，但我都要重申一點，我唔會鍾意你呢種男仔。」

　　「你呢種對感情弱智到咁嘅女仔，我冇興趣。」

　　「但我可以同你做朋友，至少……你肯認自己仆街呢一點夠真。」

　　「Thank you喎！唔該你delete咗啲對話，我唔想插手你呢場咁純潔嘅愛情，亦唔想你男朋友用我做藉口去氹女，咁樣對我簡直係一種侮辱。」

　　「不過，我唔會改變討厭你呢種男仔嘅立場。」

　　「果然係既愛又恨，討厭埋你男朋友啦唔該，佢本質同我一樣，只係未開發咋！我帶佢落去玩返晚呀，朝早就同你講分手啦」

　　「唔可以呀！」

　　「咁又係，使咩我帶？要落遲早都會落。」

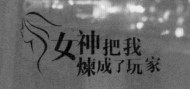
「我唔信。」

「男人睇男人基本上唔會錯，正如你哋女人都識睇邊啲係 姣婆啦。」

「點都好，平安夜快樂。」

這一晚的對話，我抹去了Cathy的淚水，而她也成為了我這段日子 間，第一個沒有發生過關係的女性朋友。

同時我的內心有點唏噓，世上的人只接受偽君子慣常的花言巧 語，卻受不了真小人難得的心底話。

有人付出所有，結果變得一無所有；有人擅長虛情假意，得到 的卻是他人的真情；說到底，我們就是不懂得何謂適可而止，凡事 過猶不及。

雖然在Cathy的字裡行間，看得出她對我這種人毫無好感，可是我 偏偏享受這種對話方式帶來的衝擊感。

想著想著，我竟然又一次想起歐子瑜。因為剛才Cathy讚許我的那 一句話，正是歐子瑜曾經教過我的，到底她教過我多少事情？

歐子瑜就像我的老師一樣，教過我的事情，在危急和詞窮時 總是管用。

我想念她嗎？當然想念。

我喜歡過她嗎？我不知道。

只是覺得她教導的事情十分有用，她既是天使又是魔鬼，她教導我 認真就輸了，教導了我許多保護自己的人生道理，同時亦引渡我成為 了今天這副模樣。

那天開始，我再一次感受到何謂心動，可是我卻對此有點恐懼，就 像一個活死人突然感受到自己的心臟在跳動一樣，內心會懼怕著自己 快將面對的事。

Chapter 12
除夕的淚吻（上）

回到家後，我不知何故徹夜無眠，內心徘徊在不滿和黯然之間，雙眼看著睡房的天花板。

在感情世界，痴心一片和「藕Q咗綫」只是一線之差，結果如何便取決於對方是否懂得珍惜。

太過於理所當然，人就會變成順理成章，可是人就是如此犯賤，託付真心的人基本上都得不到回應，而遊戲人間的人卻意外地會得到許多人的心；我們眼見甜蜜無限的愛侶，其實大部分總有一方甚至雙方都在施展暗地裡的角力。

說到底，都是表面功夫做得好便可，例如某種賤男只要再較為懂得修飾一點，明明是中央暖氣都可以變成一個暖男，但我討厭這種偽裝，因為我明知道兩個人的相處間會夾雜著許多謊言和修飾，人會一邊矛盾地討厭謊話，另一邊不停說著謊話，要是再增添虛假，就會變得過於不太真實。

沒錯，我整夜都在想著這些事情，實際上是抒發內心的不甘。

人的想法往往是這樣矛盾，失去一個人的時候，便不想他得到幸福，另一邊廂卻又會害怕他過得不好，眼見她被謊話和真相折磨得死去活來，在受不了她的淚水和執著時，會覺得要是她注定被人欺騙感情的話，就希望自己也有機會欺騙她一次。

我過於習慣一種easy come、easy go的關係，所以見到拖泥帶水的感情便會頓感討厭，想著想著，眼巴巴的看著漸見蔚藍的天空，在十二月二十四日的早上六時四十七分，我任由電腦隨機播放著歌曲，然後合上雙眼，在暖洋洋的被窩昏睡過去。

在夢裡，我好像見過許多人，夢見過許多事情，見過歐子瑜，又好像見過Cathy，但……又好像沒有做夢，一切都是十分平靜虛幻。

這個平安夜我沒有再外出，我沒有理會Cathy有否inbox我，或是會否依然跟男朋友裝作甜蜜，執著地把一切視若無睹、微笑地歡度佳節，又或者淌著淚堅強地迎接一個單身的聖誕。

　　直到電腦剛好隨機播放著《Christmas in My Heart》，我才徐徐地清醒過來，腦海卻彷彿不停穿梭現實和夢境之中……

　　那是一件恍若如夢的往事，某個女孩的回眸雖然只是一瞬間，可是她這個回眸卻在我內心凝住了很多年，時至現在，每逢聖誕節聽到這首歌的時候，我總會不知不覺的記起她那莞爾一笑的回眸，又或者在夢中補回當年的一個遺憾。

　　我擦擦雙眼，原來我已經在睡夢中度過了一個平安夜，同時亦無視了手機中的七十多個聖誕快樂的訊息，然而周公竟再度輕輕呼喚著我，我用盡最後一絲意志，用手機傳送了一則只有「聖誕快樂」四個字的訊息給Cathy，接著便再一次回到夢境之中。

　　大概，在這個一連三日的聖誕佳節間，我補回了一年來的睡眠，在七十二小時內，我基本上都是在床上睡覺。

　　一覺醒來，連Boxing Day都快將過去，我繼續無視那些未讀的訊息，而我給Cathy的「聖誕快樂」所換來的是她的已讀不回，至於她的Facebook，竟然在我沉睡的日子間都沒有更新過。

　　那一刻，縱使我對她有點擔憂，可是我選擇看開一點，畢竟每個人對自己的人生和感情都有各自的選擇，自己覺得快樂便可，外人根本管不了。

　　醒來後，我的日子再次回復「正常」，精神抖擻的我在狩獵場上更加「大開殺戒」，至少在這一年完結前，我第一次嘗到被兩個女人在酒吧搶著和我談心的滋味。

　　同時，我明白到為什麼女生會如此享受當娘娘收兵，雖然兵仔和娘娘兩者都是心甘情願，但被人追逐著的滋味，是會令人沉醉更會成癮。

　　至於Cathy，她……真的沒有再找我，她的Facebook也沒有更新，唯一的更新是她在今晚隱藏了自己的感情狀況。

Chapter 12
除夕的淚吻（上）

　　那一刻，我在時鐘酒店的床上，拿著手機凝視著她Facebook的個人檔案，心裡糾結著我應否主動去關心她、慰問她。

　　可是在人性的角度看來，過分的關懷其實只是浪費自己而已，還是老套的一句，過於主動追求，其實和投懷送抱無異。

　　況且，我理性地推斷她很快會主動找我，我根本不需要主動找她。

　　在我離開時鐘酒店登上的士時，Cathy果然便透過Facebook對我說了一聲「早晨」。

　　我貫徹自己的作風，不作慰問，相反用諷刺的語氣道：「做咩呀？條仔飛咗你？定你同條仔散咗？」

　　「26號嗰日我忍唔住同佢嘈咗。」

　　「Yeah！我果然係先知，過埋今晚新嘅一年啦，搵條新仔好過啦。」

　　「我唔需要拍拖，跟住我都冇再搵佢，但佢尋晚喊住話想約我今日出去倒數。」

　　「哈哈，怕冇咗條女，怕畀人話佢花心，但又唔想兩邊都得失。」

　　「其實我好了解佢，我估係另一個女仔唔理佢，或者唔同佢倒數至搵返我。」

　　大概女生最想要的不是朋友給予的答案，因為聰明的她當然知道朋友只會勸她分手，現在她想要的是我這個外人給予的支持。

　　可是，我像這樣的傻子嗎？在這個機會的情況下，不趁機煽風點火的話還算得上一個稱職的仆街嗎？

　　「咁咪好囉，今晚去倒數啦！原諒佢啦，呢啲仆街知錯㗎啦，因為佢知道自己搵唔到女，就會對你一條心，知道你係最好，跟住就大團圓結局！」

「真嘅?」

「假㗎!大團圓結局唔代表冇續集,續集咪就係佢第一集就會飛咗你,因為另一條女一定會搵返佢,或者佢都會媾另一條女,而家係騎牛搵馬。」

「……」

「係啦,今晚唔好出街啦。」

「但……我唔想一個人過,我唔慣。」

機會來了,飛雲!

「去朋友啲party過。」

「好似太危險,而且太多男仔,仲要飲酒喎,呢啲日子真係危險。」

「你同啲危險嘅人過,你飲水都會危險㗎啦。」

「咁我可以點呢?」

「同我過囉!一定冇人敢掂你。」

「同你過好似仲危險,我怕吸一口氣都可能會出事。」

「Ok,you win!」

「我講笑咋。」

嘩,她居然不是挖苦我,而是跟我說笑!

其實……這已經有很大的進步了。

「好啦。」

「Sorry,我好似好衰咁,一邊討厭你,一邊問你嘢。」

除夕的淚吻（上）

「哈，你都知呀？」

「Sorry 囉。」

「唔使 sorry，罰你請我 lunch，我就原諒你。」

「幾時呀？」

「今日啦，你而家醒咗都冇嘢做，喺屋企咪又係胡思亂想。」

「點解一定要 lunch 呢？」

「因為我夜晚唔得閒。」

「咁……我哋喺時代食啲嘢。」

「一點見啦，呢個時間人多啲，你同我呢啲危險人物食飯會安全啲呀！」

「一點見。」

其實我知道，Cathy 的內心是在盤算著某些事情，估計不是找我當作代替品，就是希望透過我的存在去刺激她的情人回心轉意。

雖然她滿肚詭計，但我還是從容地順應她的計謀，再見招拆招，所謂可憐人必有可恨之處。

那一刻我沒有裝，因為我真的感到不快，雖然明知道這樣的話會顯出我動情了，但情緒真的按不住。

我不甘心再一次敗給這樣的賤人，於是我狠下了心腸，下定決心把 Cathy 搶過來，當然我也知道要是和這樣的女生走在一起的話，往後的日子定必充滿著角力和無奈，因為我沒有把握就算搶得到她的人，同時會得到她的心。

說到底，我是在痛恨自己！明知道自己看清了一個人的內心，但感覺依然不變，任由理性叫著我冷靜，但行動上偏偏聽從感性的話。

愛一個人，其實只得一次，因為一次過後，我們便懂得戀愛的遊戲規則，從此就不會輕易去經營一段感情，也不會輕易去信任一個人的承諾。

縱使心中充斥著久違的情緒，我依然準時的應約，我約了她在時代廣場的咖啡店，還不停強調那裡靜中帶旺，既安全又適合談心。我這種恰到好處的自嘲，不但塞住了她那張不饒人的嘴巴，還令她顯得有點不好意思，她這個舉動更加證明了她的內心對我是有所愧疚。

知道嗎？掌握一個人的秘密某程度上和掌握著他的「春袋」無異，了解一個人內心的愧疚，便可以設計令他不知不覺成為你的棋子。

所以有些人愛裝作友好，為的就是希望趁你防備鬆懈的時候掌握你的秘密和愧疚，這些人聽起來很賤，但實際上這種人在我們的生活中無處不在，他們的數量比仆街還要多。

因此，我只會對一夜情的對象訴苦和聊心事，正所謂愈危險的其實是最安全，因為一晚過後一聲再見便當回陌路人，儘管那晚我們有多合拍。

在我等待著Cathy時，我看著眼前的咖啡不知不覺地思考起人生，同時審視自己的過去，發現到目前為止，人生中最精采美好的莫過於認識了歐子瑜。

當之後連刺激也變成家常便飯時，我開始感到厭倦，開始想找一個人戀愛，然後從平靜的生活中，再找點樂趣，但就在過程間，我發現自己已把愛情看得太清楚，把人與人之間的關係和感情變成一條公式。

我感激和懷念歐子瑜把我改變，再教導我許多事情，同時我恨透這個人的填鴨式教育，讓我來不及經歷那些事情，她已經告知我答案，再讓我一夜間長大了。

我暗嘆一口氣，當我探起頭來時，已看到Cathy在咖啡店外獨特的背影。

Chapter 12
除夕的淚吻（上）

對！她是背著我，明明咖啡店就在她背後，可是她就像路痴一樣找不到目的地，卻要裝作鎮定；於是我走出咖啡店，輕輕拍了她的肩膀一下，她驚覺起來的瞬間，只見她的耳珠紅透了，一張柔美的臉隨之映入了我的眼簾。

這張臉，對上一次見的時候已經是在某個「開 sem 派對」中，至於中間過了多少個 sem，我都不太清楚，有時候回想起整個大學生涯，我都不知道自己在做什麼，連大學也快要畢業，我才如夢初醒般的知道自己是時候要開始寫畢業論文了！

一張冷酷卻細緻的臉龐，眼眶殘留著一道深深的淚痕，看著 Cathy 這尷尬和不知所措的模樣，使我心底的不滿在刹那間被壓抑下來，我們點了點頭，彼此報以一副硬紙板般的微笑，然後我打了一個眼色示意走進咖啡店，她沒有回應只是默然跟隨我的步伐。

她點了一杯泡沫咖啡後，我們看著眼前的咖啡杯看到入神，沒有交談卻又不敢直視對方，大概只有我偶爾偷看著她沉思的樣子。

我接受不了對著一個企圖利用我的人強顏歡笑，但又受不了一個美女在我面前憂鬱不已的神色，說實話換轉是別的美女的話，我敢肯定自己只會放下狠話，然後頭也不回便離開了，畢竟世間美女多的是，我絕不會因為沒有女伴而發愁。

她也好像察覺到這回事，於是她不停用匙子攪拌著咖啡，把視線全程投放在面前的泡沫咖啡上。

我知道她在迴避我的眼神，害怕面對著我，可是我有點期待她會對我說什麼，又或會在這一杯咖啡的時間如何對待我，甚至利用我去達成她心目中的企圖。

Cathy 看著咖啡發愁的樣子持續了一會，直到她終於想好開場白才打破沉默對我說：「Sorry 呀……」

我悶哼的一聲：「嗯？」

「你……應該知道我點解會答應同你食lunch。」

我再悶哼了一聲,心中有著兩股矛盾的感覺在角力,一股是因為感到被玩弄而有點不滿,另一股則對Cathy的一句抱歉而心軟起來,畢竟一個懂得內疚而認錯的人,本性上也不會大奸大惡,套用在感情世界上,也比某些連抱歉都不說,一直吊兒郎當、死要面子但卻心虛得要命的人來得爽直。

她憂鬱卻又有點難以為情地說:「咁……你明知道我嘅意圖你仲肯……?」

這個時候,要是我的臉上再沒有笑容,一直冷漠下去的話,縱使Cathy的內心是感到抱歉,但在印象方面不但沒有對我改觀,而且更加確立了她本來對我的厭惡感。

於是我擠出笑容道:「的確係有啲唔太高興,始終從來只有我做主動同埋對人有企圖,正如你成日都咁話我㗎啦!但係……」

我停頓了數秒,Cathy的視線沒有移開過我,大概她的內心一邊擔憂我在生氣,另一邊則擔憂我對她另有所圖。

雖然我的確有所企圖,但過於表露出來的話,結果一切只會徒然。

既然女人所愛的是偽君子的話,就讓我偽裝一次吧,過於承認自己是一個仆街的人,最終只會成為一個無賴,而女生對無賴一直都是既愛又恨,正如鄭中基也唱道:「為何還喜歡我,我這種無賴……」這簡直是女生聽到皺眉又心酸,男生聽到則只會感無奈的歌曲。

「咁我始終都係一個男人,要有啲風度,而且你都係迫於無奈至出此下策!而且藉住呢個機會可以同你飲一杯咖啡,為就快完結嘅一年劃上完美嘅句號都唔錯。」

Cathy如釋重負地點頭笑說:「Thank you!」

除夕的淚吻（上）

這是第一次她對我報以一個真心的莞爾一笑，而不像往日般揶揄的嘲笑。

吃虧一次換來「小龍女」的微笑，這一場等價交換真划算。

這一刻，我假裝所有事情都掌握在我手中，故意換個語調認真地問：「不過，我估你男朋友都冇咩反應啦？如果唔係……」

用上壞心眼去分析的話，作為一個以情人為世界中心的傻女孩，如果Cathy已成功氣壞她的情人換來關注，目的達到的她又何再需理會棋子的感受？

「唉！呢一方面，你分析得好準。」

「當然！放心啦，到咁上下佢會搵返你，但我會提議你唔好理佢。」

利用Cathy這一刻對我的信任，我在說話中放下糖衣毒藥，既讓我搶奪Cathy的計劃順利進行，又能讓該位賤男好好領教一下，何謂真正的高手。

縱使Cathy的情人恨我恨得咬牙切齒，可是他對我亦無可奈何，因為他自己心知肚明，在我眼中他的一切行為和想法都是無所遁形。

「點解呀？」

「你理佢，咪即係同佢講，你係故意激佢，即係你仲在意佢、需要佢。」

「咁……事實係。」

「你要得到一個人，必須證明你唔需要呢個人。知唔知點解個第三者會有手袋，而你係得張聖誕卡？」

Cathy搖了搖頭的這個動作，是我這段日子見過最天真最可愛、既pure又true的神情，令我氣得既想吐血，又想把這頭可愛的獵物狠狠地征服。

她想了一會答道：「你嘅意思係話，因為我太容易得到？」

「如果唔係呢？」

「愛一個人就要全心全意對嗰個人好㗎啦。」

「知唔知咩叫適可而止呀？」

Cathy 的臉上掛著「不服氣」三個字，但又反駁不了我的立場：「我明白。」

「嗯……」

「咁你覺得……我可以點做？」

聽到這句話後，我的嘴角暗地裡向上微微翹起。

「今日唔好理你男朋友，同我一齊倒數！今日之後，一定嚇到佢好似以前媾你嗰陣咁熱情，其他女都會即刻唔見晒，博唔博？」

Cathy 猶疑了一會，用上猜疑的目光打量著我問：「你……其實係想借啲意約我去倒數咋？」

「不如咁講呀，我梗係想約你去倒數！正如……你都係利用我去激你男朋友，各取所需。」

Cathy 再度思考和盤算著。

「我答應你！唔會去酒吧，唔會去飲酒，唔會去啲好靜嘅地方，只會喺銅鑼灣呢個範圍。」

聽到我在約法三章後，Cathy 欣然接受了。

「好呀，咁跟住我哋去邊呀？」

我對她打了眼色，並站起來說：「梗係去埋單 shopping 啦。」

Cathy 一臉茫然，我見狀便說：「難道你想一身頹 look 過除夕咩？」

除夕的淚吻（上）

話音剛落，Cathy打量了自己一會，再尷尬地點了點頭。

她今天除了妝容叫作悉心打扮過以外，身上就只穿了一件普通的白色外套、一條紅色的頸巾、平凡得很的修身藍色牛仔褲和一對白色平底鞋。

「咁……」

「嗱，我就唔畀你返屋企換衫嘅，第一我怕你後悔跟住心軟，第二我唔想喺條街白等。」

她無奈地答道：「咁好啦，而家去行街買過啲衫囉，但去邊度買呀？」

「時代廣場你驚買唔到衫？」

「吓？咁貴？」

「我畀囉。」

「唔使你畀！最多碌卡囉。」

「唔啦，除咗想搶返個男朋友，都要識得裝備好自己，啲錢用返喺自己度，就算失戀都唔好有個頹樣畀人見到！如果唔係，只會畀另一條女笑你咋。」

聽完我的話後，Cathy微笑的點了點頭。

聽上去是我在搶別人的女朋友吧？

說實話，她沒有選擇，只可以用這個方法去試圖搶回她的情人，而我也只可以藉著這個機會離間她們。

很矛盾對吧？讓我詳細解說！

　　實際上，這個方法是一場賭大細，如果她的情人苦苦哀求挽回她，Cathy可以在絕對的優勢下成為這次的勝利者，要是天意如此，我只能默默地退場，同時贏得Cathy的一聲感謝。

　　否則，如果她的情人大怒和她決裂分手，我亦可以藉著這個機會乘虛而入。

　　這道計謀不但把我置於不敗之地，也可以避開某程度上良心的責備。

　　離開咖啡店後，Cathy欲言又止的對我說：「其實⋯⋯」

　　「做咩事呢？」

　　「其實我正話係想講，一開始係我追我男朋友，唔係佢追我。」

　　WTF⋯⋯

Chapter 13
除夕的淚吻（下）

　　我在除夕倒數的前夕佈下一盤棋局，現在所有棋子已經落下，接下來的⋯⋯只有聽天由命。

　　離開咖啡店後，本來準備到服裝店替Cathy裝扮一番，怎料她說想閒逛多一會來拖延時間。

　　當年希慎廣場還未落成，我們在時代廣場逛了一會，這個地方要是不購物只是閒逛，除了超級市場可以讓我們多走一會以外，真的頗為沒趣；不過忘了從何時開始，香港的商場和商店就是如此單一化。這證明香港人做事只會隨波逐流、人云亦云，思考的方式淺陋，從不愛發問「為什麼」這三個字，既不愛思考，卻又愛裝作擁有獨立思維，愛裝作有與別不同的立場，但說到底就只是一堆庸碌的平凡人。

　　而難得他們會主動發問「為什麼」的時候，一般問題的中心點都會落在為何你會提問這條問題，而問題的真正答案，他們根本不感興趣。

　　聰敏如Cathy，她的確擁有Amanda和歐子瑜的理性和智慧，可惜卻沒有歐子瑜的思維模式和價值觀，加上她沒有Amanda的機心，在情路上便多添一點笨拙。

　　走著走著，我還是把Cathy帶到服裝店打扮一番，起初她難以為情的婉拒，可是我不但極力勸勉，還教導了她一個道理：我們都不知道敵人何時會出現，當敵人出現時，就算不能把他狠狠擊退，也至少要讓敵人知道自己並不弱。

　　不過，是次的對手本來就不強，只是Cathy在感情上太過愚忠。

　　這一點，我真不知該欣賞還是該抱怨。

　　在某間連鎖品牌服裝店內，Cathy選擇服裝時除了關心衣服的款式外，她對價錢的要求也十分著重，她從不相信一分錢一分貨，只會深信自己的眼光。

對自己的眼光有自信是一件沒錯的事，但這亦可以成為自己的催命符，至少在選擇情人方面，Cathy 的確是有點遜色。

Cathy 拿著一件米白色大毛領棉質外套和一件黑色長款連帽白色毛領外套躊躇了很久，時間久得足以令我牢牢記下兩件外套的款式，倦極的我在腦海更響起了時鐘的滴答聲，甚至連這裡的店務員也開始感到睏倦，低下頭側著臉打起呵欠來，是以我終忍不住問Cathy：「你……祈禱緊呢兩件外套會突然有折？」

Cathy 一臉發愁的說：「其實我有選擇困難症，所以平時買衫都係我揀好咗兩件，媽咪或者男朋友幫我二選一。」

我打了一個呵欠再問：「咁你係咪兩件都鍾意？」

她點了點頭，我見狀無奈地笑說：「不如……我幫你揀啦。」

「好。」

聽罷，站在旁邊的店務員頓時提起神來，笑容滿臉的對我說：「係？先生你想要邊件？」

我再瞄了 Cathy 一眼，從銀包取出一張信用卡對店員說：「兩件都要呀，畀件新嘅我呀！黑色嗰件呢位小姐會即刻著，米白色嗰件同我包起佢。」

話音剛落，店員點頭後便二話不說拿著我的信用卡到櫃位結帳，她確是為了這一刻等了太久了。

Cathy 不滿地說：「兩件都要咁貴！我邊有話兩件都要呀？而且我幾時話過要你畀呀？」

「其實呢，你唔係選擇困難症！如果你係選擇困難症你都唔會揀到呢兩件外套啦，你諗下呢間舖頭閒閒地至少有十幾件差唔多款嘅外套喎！」

除夕的淚吻（下）

Cathy沒有回應，我接著說：「你根本就兩件都鍾意，但可能屋企人嘅價值觀會教導你唔可以太貪心⋯⋯」

她立即不滿地反駁：「咁唔可以貪心有咩問題呀？咪當我有選擇困難囉！」

我笑說：「冇問題！每個人由細到大被灌輸嘅價值觀都唔同，咁你咪當係我送份見面禮畀你囉！」

Cathy反問：「其實第一次見面就送嘢畀女仔嘅話，個女仔係會覺得你有所企圖而反感？除非對象係你平時玩開嗰啲女仔。」

我不禁自嘲：「吓？有咩所謂呀？你對我有好感咩？」

她答不上話來，我便笑說：「當係我幫你打扮得靚啲，條仔見到又會鍾意啲囉。」

她悶哼了一聲，我續道：「而且女仔都要學識收禮物，除咗證明自己有market，仲要話畀一啲覺得你太容易擁有嘅人知道，有人對我更加好，其實你唔太重要，只係我愛你所以唔介意你對我唔好咋。」

有時候，我發現自己已成為了一頭魔鬼，一邊教壞Cathy，另一邊卻害怕教曉了她後，再難以控制這個人，同時卻又不忍見到她在情路上的愚忠。

Cathy點點頭，彼此相望而笑的剎那間，剛好店員走過來把我的信用卡歸還，還拿著帳單走過來給我簽名，我遞了那件黑色外套給Cathy說：「換咗佢啦！好過著住件運動裝。」

Cathy接過我遞過去的外套，我還嘲弄了她一句：「今次冇選擇困難啦。」

她輕輕搖頭，並對我報以一抹雲淡風輕的微笑，那抹笑容不知怎的，雖然是淺淺，但卻深深烙刻在我心間。

看著她走進更衣室的背影，我有一刻疑惑，Cathy會否像Amanda一樣是渴望滿足內心貪婪的女孩？可是我的直覺旋即已給了一個肯定的答案，Cathy沒有Amanda的影子，她微笑不是因為內心的貪婪得以滿足，而是收到一份意外的禮物，不是那兩件外套，是一份情人和家人到目前為止都給不了的禮物，就是出現了第一個看懂了自己內心想法的人。

這一種感動確實可以把內心如冰山的人融化，恰似當年歐子瑜一言道破我內心的瞬間，更何況Cathy都不是那般冷若冰霜的女孩，只是對我這種人有所防範和反感而已。

離開服裝店後，打量了Cathy一會，總覺得她還欠缺了一雙新鞋，於是我再帶她到鞋店。

那個時候我發現，改造一個人，就像女孩們小時候愛打扮洋娃娃一樣，都是一件頗為有趣的事情。

當我們離開了時代廣場後，Cathy挽著紙袋，再從紙袋中取出收據，看了兩眼後碎碎念：「嘩，好貴呀！兩件計埋就算八折都要二千幾蚊。」

「哈，轉頭你仲要買過對鞋呀。」

「吓？我唔要你送呀，我哋去啲平啲嘅舖頭仔買啦。」

一路上，Cathy開始對我放下戒心，並開始分享了多一點自己的事情，原來她現在於私家醫院兼職，雖然不是護士，是類似分流站和登記處的職員，但仍是可以一邊見識醫院的運作，一邊吸取經驗。

關於情感以外的事情，Cathy確是一個會為自己打算的人，她懂得怎樣鋪排未來的路，至少她懂得自食其力。

我考慮過Cathy的經濟能力後，便帶她到銅鑼灣地帶那邊，走了一會便找到一間她心儀的鞋店，可是問題再一次來臨，她選擇了三對鞋子，然後陷入了沉思約半小時。說實話，三對鞋子的款式都不

錯，可見她對於服裝的品味是獨具慧眼，只是她在進一步選擇上出了問題而已。

Cathy真是一個矛盾的女生，不過男生總是喜歡女生的矛盾，覺得這是一種吸引力，即使一邊恨得咬牙切齒，另一邊卻著迷得欲罷不能。

幸好這間店舖的店員十分友善，全程都是笑容滿面的看著我們，令我第一次感受到何謂「他好像永遠對著你笑，笑得你心裡發寒」，突然Cathy望了我一眼並喊道：「我自己揀，自己畀錢得啦！我好驚你又拎張信用卡亂咁買嘢。」

「你再揀唔到我就幫你揀！」

我知道，Cathy這種絕不是選擇困難症，而是慣於依賴他人替自己作出選擇。

像這樣的問題，其實是今時今日很多年輕人們的通病，只是我想不到連Cathy都不例外。

Cathy選擇了「點指兵兵」這個方法來選擇哪一對鞋可以得寵。

最終她選擇了一對灰色的雪地靴，外表雖然平平無奇，走在街上不難尋覓類似的鞋款，可是穿在Cathy身上卻有絕非凡品的氣質，就像這對鞋本來是為她而設計，現在只是找回本來的主人。

唯一美中不足的，是她穿鞋時笨拙的模樣，她還不時尷尬的看著我，示意我不要再瞪著她看。忽然，我的腦海勾劃起一幕似曾相識的情景，令我二話不說走到她面前，單膝跪了下來，捉住她小腿，再熟練地、輕輕地把雪地靴套在她的腳上，抬頭只見她紅著臉凝視著我，並細聲地道：「我……未買過呢啲鞋款，唔太識著，唔該晒。」

「其實係咪對鞋唔啱size？」

Cathy搖了搖頭：「你……又會識幫女仔著鞋嘅？」

女神把我煉成了玩家

　　我「嗯」了一聲，再清清嗓子說道：「以前識，本來都唔記得咗，突然記返起。」

　　其實每一個暖男都是過去為討好一個無情的人而訓練出來。

　　離開了鞋店後，Cathy提議到附近的咖啡店坐一會打發時間，踏出商場的一刻，我便知道自己低估了Cathy消磨時間的能力，而且因為冬天日短夜長，下午五時多的天色已經漸漸昏暗。

　　我們並肩在銅鑼灣的街頭走著，Cathy再度打開話匣子好奇地說：「其實你好神秘。」

　　「嗯？」

　　「你唔使返工，但又可以成日去玩，見你……好似唔讀書啲人咁，但你又考到入U。」

　　「咦，你咁留意我嘅？」

　　「咁我有你Facebook，都……會望下嘅。」

　　接著，我們開始交換彼此的故事，我由中學時期一場高燒變男神開始說起，Cathy一邊聽著一邊微笑，當我提到Amanda背叛的時候，Cathy無奈地嘆了一口氣，再提到歐子瑜的時候，Cathy才恍然大悟說道：「原來就係呢個人引導你學壞。」

　　接著，我說起父母離異後的故事，Cathy堆出微笑安慰我：「唔使唔開心！咁至少……你唔使擔憂生活呀，不過我明白十七歲父母至離婚，你都應該好難受。」

　　我笑說：「本來悲劇嚟嘅，但而家諗返就係喜劇！」

　　「差利卓別靈！」

　　當Cathy可以立即說出這句話源自誰人的時候，我的內心卻劃過一股酸溜溜的感覺。

　　「係呀。」

Chapter 13
除夕的淚吻（下）

「我有一點真係估唔到，你都會識呢啲嘢！我男朋友完全唔識呢啲嘢，佢真係啲死讀書，讀得好就算嘅人。」

然後 Cathy 開始談起她和男朋友的事情，但我只是假裝專心聆聽，與其說是交換彼此的故事，倒不如說 Cathy 是拿她的愛情故事來交換我的傳記，當然我的風流史我是隻字不提，只是用上去酒吧買醉來解說一切！

至於她的背景，她一概避而不談，我知道她依然對我有芥蒂。

我們重回那間位於時代廣場的咖啡店，走了一段路後，我們都已經累透，只見 Cathy 的眉頭開了，而氣氛並沒有像剛才一樣僵持和沉默，至少我留意到 Cathy 再沒有迴避著我的眼神，這一點……比起初認識時，她經常把對我的厭惡感掛在口邊，已經是一件突飛猛進的進展。

我們聊著說著，Cathy 突然低下頭來滑著手機，然後再堆出笑意和我繼續聊著。

Cathy 總是以為我和她一樣看過許多書籍和電影，才會有這麼多引起共鳴的話題。

實際上，她並不知道我是一個討厭看書，只愛觀賞庸俗喜劇或戰爭電影的平凡男生。

而我所懂得的道理或者哲理，都是由那個 Cathy 形容為把我教壞的女孩所傳授。

換句話說，沒有當日的歐子瑜，今天的我便不可能和 Cathy 聊上話來。

說著說著，她再一次低著頭望了手機數眼，接著再堆出笑臉和我聊起來，我見狀笑問：「做咩呀？男朋友冇搵你？」

她苦笑：「感情嘅嘢真係瞞唔過你。」

話音剛落，她把手機遞到我面前，而手機顯示著的是她男朋友Facebook的最新一則動態，上面寫著：「落單的除夕絕不好受，三年的感情說散便散，幸好有人一直在我身旁，不只懂得我的好，還了解我的感受，愛一個人不是單純的付出和忍讓，還需要了解和相處。」

這則動態還上傳了一張女孩的背影，在尖沙咀看著煙花的照片。

每對情侶要分手時都可以寫一篇故事或者千字文，從頭到尾把理由和原委說一次，再把結束感情的感受說得有多悲傷，但數千字在我的眼中就只是兩個字——不愛，而把兩個字寫成千字文的動機就是心虛。

而故事的版本一般都有兩個以上，真假對錯都已經不太重要，有時候沉默起來悄悄地讓感情完結，比起在Facebook當一個矯情的傻人或賤人來得好看，因為懂你的朋友自然會安慰你，不懂你的人只當作觀看電影。

Cathy拿著手機，雙手開始抖震起來，語氣裝作平淡地說：「原來係我錯，原來……只要一個人唔愛你，不論你點樣去做去挽回，甚至耍心計，佢都係唔會回心轉意。」

看著眼前的Cathy，我彷彿看到當年狼狽的自己，內心不禁生出憐憫。

「嗯。」

任由Cathy在咖啡店對我訴說心事，她的臉上堆出笑意，眼角卻終於淌下一滴淚珠，淚珠劃過她在笑著的臉龐，我見狀報以一笑，掩藏著內在的心酸，然後伸手輕輕替她拭去淚水，她亦用抖震的手捉著我的手，然後低下頭無聲地哭泣。

Cathy的皮膚很白很滑，這張臉要不是少女天真的笑臉，就應是冷若冰霜的臉容，而不是現在被淚水所侵蝕的愁容，她的手很冰冷，讓我恨不得替其取暖。

除夕的淚吻（下）

但在這一刻，我發現自己對感覺這回事突變得敏感起來，我害怕把真實的自己和感受赤裸地展現在Cathy面前，因為我正憂心著被拒絕和離別時的感性。

我害怕主動牽過她以後，會依戀著這個溫度。

我害怕主動抱過她以後，會依戀著這種感覺。

我害怕主動吻過她以後，會依戀著這種質感。

我害怕每天和一個人聊天和見面以後，某一天突然道別，對她說了一聲再見，目送她的背影後，便再也不見的那種寂寞。

可能我已經習慣了簡單的say hi和say bye的關係。

有時候，我覺得自己很矛盾，明知自己對Cathy已經動了真情，卻對這種感覺怕得不要不要。

我遞了一張紙巾給Cathy，再鬆開她緊緊牽著我的手，接著任由她看著手機WhatsApp變了心的「男朋友」。我明知道這一刻她主動便輸了，明知道她男朋友是故意的打上這則動態，讓Cathy主動找他，再苦苦哀求他復合，然後他便可以用勝利者的姿態答允，接下來便可以享受著齊人之福。又或者，他是在逼她做回朋友，說慢慢找相處方式，接著就可以高聲地說和平分手；再賤一點的話，他可以拖著Cathy的心癮，有空更可以誘惑她打一場友誼賽，從此便有一個後備和美得令人心動的流動飛機杯，這招真的……很低質，但用在Cathy身上就變得十分管用。

這一刻，我不明白自己為什麼沒有阻止Cathy投懷送抱的行為。

可是，我沒有這樣做，也許我沒有這個動力和勇氣。

人大了，對愛情這回事有更多的了解，便會有更多的保留。

Cathy低頭不停轟炸著她的情人，結果換來只是一個狠狠的單剔，有一刻我差點忍不住對她說：「夠了，變了心的人任由他變心吧。」

　　可是，我自覺沒有這個義務去阻止，而且要放下一個人，不管你哭了多少次，或是多使勁地想忘掉，最後往往都未能如願；而最快的方法，就是讓自己累了，累了便能夠真的放下。

　　這個除夕晚由五時開始，我一直陪伴Cathy坐在咖啡店內，她一直轟炸著情人的WhatsApp，但不論她如何轟炸那個沒有頭像的對話框，換來的都是孤單的單灰剔，而我已喝了不下四杯泡沫咖啡，以致胃氣有點漲，深信在未來一年，我再也不敢喝咖啡了。

　　何苦呢？她在心痛，而我有點胃痛。

　　就這樣苦苦糾纏了一會後，我才忍不住對雙眼紅腫的Cathy說：「不如你試下Facebook inbox佢啦。」

　　Cathy二話不說按進了Facebook的應用程式，就在那個時候，她看到男朋友上傳的另一張照片，是某個遊戲的畫面，上面有「Game Over」兩個字。

　　「有些事情和遊戲一樣，不能勉強！Game over的時候便需要完結，就讓這場遊戲game over吧！」

　　我的視線留在「Game Over」兩個字上，腦海響起了一句說話：「Sorry！其實我哋追求嘅嘢已經唔一樣，年少無知嘅愛情遊戲應該要game over！」

　　而當年的那句話和那巴掌一樣猶在耳邊，那巴掌和那句話的聲浪很大，大得時至現在仍能在我耳邊聲聲作響，甚至仍能惹起內心的怒火，我一邊埋怨當年軟弱無能的自己，一邊重拾起當年的憤怒。

　　現在的Cathy就像往日的我，可是她並不能獨自走出這個情感的死胡同，最終……我立下了決心，至少這個除夕我不許她一個人獨自傷心。

　　我把Cathy的手機搶了過來，凝重地對她說：「望到啦？人哋當係一場game咋，唔需要再作賤自己啦！」

Chapter 13
除夕的淚吻（下）

話音未落，Cathy 淚眼盈眶的看著我，我拭去她眼角快將湧出的淚珠並說：「唔好再喊，仲有兩個鐘就新一年，就當係畀自己一個新嘅開始。」

看看時鐘已經十時多，她哽咽地問：「咁我哋而家去邊?」

我輕笑了一下：「我話去邊就去邊。」

她點了點頭，接著乖乖地任由我拉著她離開咖啡店，她就像一個跟隨著哥哥的小女孩，默不作聲的聽從我的話。

由於當年時代廣場還有倒數的儀式，所以現在已經人頭湧湧，簡直能用上寸步難行來形容，幸好天公造美，我們在人潮的推擠下，竟意外地走到一個最理想的位置。

我在想，為什麼她不會懷疑我其實是帶她到時鐘酒店?

是因為 Cathy 已經信任我，對我沒有警覺性?

看著她的眼神，我好像已經知道答案，也許她已經覺得沒有所謂，人在最傷痛的時候，最希望的就是毀滅或者作賤自己。

明明機會來了，享用獵物的時候到了，這一刻我竟然良心發現做不出這樣的乘虛而入。

Cathy 的不聞不問令我感到不太尋常，由於討厭被人誤會，我終於停下來說：「跟住你想去邊?你想一個人，我就畀你一個人。」

但想不到 Cathy 會主動牽著我的手：「我唔想一個人過除夕，但我唔希望你會傷害我同埋呃我。」

我知道，這一刻的 Cathy 十分虛弱，虛弱得只要再多一句謊言和再一次的傷害，整個人的意志便會崩潰。

「我唔會。」

話音未落，她已經挽著我的手臂：「倒數完我就返去，有機會再見啦。」

　　我知道，這一刻她把我當作是愛的代替品，但某程度上我亦把兩個女孩和自己的身影投放到她身上，所以今次算是打和了吧，反正平時的一夜情對象，基本上都是在找代替品，在一晚中各取所需。

　　時代廣場外牆掛著十五個蘋果型燈飾，於午夜前十五秒開始，每一秒便會亮起一個蘋果，當第一個蘋果亮起的時候，在全場歡呼下，Cathy才擠出一絲微笑。

　　當第十個蘋果亮起的時候，全場異口同聲的喊道：「十！」

　　有一個朋友說過，其實人生每分每刻都在倒數著，有人倒數著離別，有人倒數著悲傷，有人倒數著生命，也有人倒數著可以跟對方一起的時間。

　　縱使人人都大笑著、歡呼著，可是在倒數過後，也許不一定會繼續快樂，而可能是一句「再見」；當眾人同聲呼喊Happy New Year後便踏入新的一年，在漫天彩帶飄下的情景中，我想起往日某個平安夜的漫天人造飄雪，Cathy打量著從天飄下的彩帶，還攤開手盛著其中一條彩帶，然後對我莞爾一笑，眼眸交錯的刹那間，我的腦海卻重塑往日如電影般的一幕。

　　Cathy點了點頭苦笑：「Thank you！我走啦，再見。」

　　她的一聲再見令我想起歐子瑜的一聲「Merry Christmas」，Cathy揮揮手再轉身，她的背影使我鼻頭一酸。

　　遺憾的事情一件也嫌多，類似的遺憾不停重演在我的人生中，再多一件我都受不了。

　　曾有無數個晚上，我在幻想把某一幕重演，然後把重演的那一幕改寫，接著把某些遺憾好好地補完。

　　我紅著眼衝上前拉著Cathy，把她擁入懷中，在她耳邊說道：「不如陪多我一陣。」

　　Cathy合上雙眼點頭說好，然後我想也不想便和她在充滿歡笑聲的街頭來了一個世紀之吻，Cathy的雙唇很軟，與往日和我發生過一夜

情的女生不同，和Cathy親吻的時候，有一種久違的質感，很香和很軟，就像吻著一杯軟雪糕一樣。

我們的眼眶都湧出了淚水，為了心中各自的感動和遺憾而流淚。

那一刻本應喧鬧的街頭突變得十分寧靜，《Christmas in My Heart》的旋律又我的腦海徐徐響起。

或許，每個人生命中都會出現過一個人，代替某個人把自己生命中某些遺憾補完。

她對我說：「新年快樂，至少這一刻沒有討厭你。」

那一吻，Cathy並沒有拒絕，吻過後，她也沒有想離開的意欲，而我只是希望她可以多陪我一會。

「不如......再陪多我一陣。」

Cathy欣然地笑道：「好呀，但我哋去邊？」

話音剛落，只見她的眼神透露出半點的擔憂，看來她還是以為我會帶她到時鐘酒店，為免被她誤會，所以我對她笑說：「同我去吹下海風？」

「去邊度呀？我......唔飲酒。」

「講好咗，唔會同你去飲酒！」

說罷，她微笑的點了點頭，她這一抹笑意，不知道是對我心生好感而笑，還是對我改觀而開心？更有可能她是為了自己脫離魔掌而感到慶幸，哈哈。

我主動地牽起了她的手，她沒有拒絕。

就這樣由銅鑼灣的街頭，緩緩地跟隨著人潮散去，由於過於擁擠，只要一個不慎便會失散，所以Cathy見狀捉得我更緊，更主動挽著我的手臂，整個人緊貼著我。

這個動作由銅鑼灣港鐵站到尖沙咀港鐵站都一直維持著，她沒有因此而覺得不自然，相反她的臉色顯得有點從容，嘴角不時暗暗地翹起。

倒數過後，尖沙咀天星碼頭的人潮已經大致散去，只有少數人仍在狂歡著，有的在表演唱歌，有的已經醉倒在街頭，在一片歡迎的背後則遺下遍地垃圾，只見清潔工人努力地清理著，Cathy 見狀嘆了一口氣說：「行啦，唔想去呢度。」

像這種大剎風景的場面，要是真的在這裡吹海風談心，相信連那半點難得萌芽的浪漫都會變成浪費。

大概，在香港這個土地供應問題如此嚴重的地方，別說要看一片天或感受海風，連找一個可以靜靜地談心事的地方也沒有。

那一刻，我們只想找個安靜的地方談一會天、吹一會風，不知道是Cathy 挽著我手領著我走，還是我牽著她逃離這個喧嚷、荒謬和烏煙瘴氣的地方，我們一直走著走著，直到瞧見前方燈火昏暗的海濱，我知道我們找到了。

這裡很寧靜，靜得只聽到海浪拍打岸邊礁石時的沙沙聲，維港兩岸的燈火恰似也照不進這個地方，這裡不但寂靜，同時亦是每個人都在尋找的讓心靈恬靜的暗角。

我們找了個地方坐下，決定在這個地方靜待破曉，Cathy 亦很喜歡這裡，我環顧周遭人跡罕見，為免違反起初時的約法三章，於是便問：「呢度冇咩人喎，你真係唔介意？」

Cathy 沒有回應，只是笑著搖了搖頭，然後她把視線移回維海兩岸的風景，除了在黑夜世界的風流往事以外，我再跟她詳細地說了很多往日的事情，她很細心的聽，想不到她也很誠懇的回應，我們聊了一整個晚上。

時間徐徐地過，想不到她主動對我聊起她的過去。

除夕的淚吻（下）

她對我說，她有一個風流的父親和一個對愛情愚忠的母親，父親待自己很溫柔，可是她深信父親待全世界的女性都一樣，他會結婚只是因為意外令母親懷孕，而且父親平時口甜舌滑又愛裝顧家好男人，明明在外面有很多女人，都喜歡裝作對母親專一，口裡還常說「男人可以風流，但不可以下流」，母親就算知道真相也裝作不知情，可是在Cathy面前卻總是滿口怨言。

我開始明白，為什麼Cathy由認識我的那天開始，總是把討厭掛在嘴邊，大概她在我身上找到了父親的影子。

她對我說，在她十五歲時某個晚上，父親對母親說要到美國，照顧一個懷上他骨肉的女人，他把錢和房子轉讓的合約放在床頭，對母親微笑後便離開了這個家。

那一刻，我恍然大悟，為什麼她會在情路失意的時候找上我，大概是因為她出於對父親的既愛又恨，她想念父親的溫柔、父親的微笑，卻討厭父親的不忠，於是造就她在情路上的愚忠，直到今天起才明白自己認真就輸了。

我問她，既然討厭風流的男人，為什麼會愛上前任？

對！我故意用前任這個名詞來稱呼Cathy的前任，至少可以在耳濡目染的情況下，漸漸讓她認定這個人已經變成前任。

她苦笑地說，是因為覺得他是斯文的男生，樣子很忠實。

我嘲諷地笑說他的樣子真的很忠實，單憑外貌的話，根本沒有可能出外偷食。

她嘆了一口氣，承認所有事情都不能盡信外表和感覺。

Cathy因為討厭風流的男人，於是變成像母親一樣的女人；而我不信任女人的虛情假意，所以最終變成了像Cathy父親的男人，結果我們還是相遇，歷史依然不停地循環。

　　說著說著，她的情緒開始波動，開始埋怨自己在愛情中的付出，我見狀搭著她的肩膀，盡可能給她一點溫柔，讓她覺得有人在支持，有人依然在愛護她，讓她感到有人伴隨。

　　她突然依偎著我說：「攬住我，至少呢一刻我覺得......風流嘅男人，好過啲虛偽嘅人。」

　　然後，我們擁在一起，我問她不怕面對著我會很痛苦嗎？

　　她在我耳邊說至少這一刻，她覺得我很溫柔，可是......

　　我問她為什麼？

　　她對我說，她不能亦不會像以前一樣，完整地愛一個人。

　　我跟她說，人最可悲的是因為別人評定的價值而忘了自己本來的價值。

　　Cathy 聽到後點頭笑問：「你想話我嘅價值依然冇變？」

　　我笑說：「嗯，係呀。」

　　她說：「風流的男人信唔過。」

　　我笑說：「至少比外表老實、內在敗類嘅男人可信。」

　　說罷，我再次替她抹去滿臉的眼淚，她微笑地點著頭。

　　她說：「多謝你鍾意我，但我唔可以同你一齊，因為我深信結局都會一樣。」

　　要是像從前的話，我會感到傷感或者失落，但這一刻我卻欣然地點頭，畢竟相愛在一起時難免會許下太多的諾言，但到兩個人要分開的時候，最終諾言只會變成謊言。

除夕的淚吻（下）

這樣的話，要是花心機去說太多承諾，倒不如好好的享受在一起的每一天。

能走在一起是緣分，而能夠在這晚同行擁吻，已經是幸福。

我點了點頭，我明白。

感情和生活有太多無奈，我們無法改變，也無力去改變，但最壞的事情是我們連改變的想法都失去。

五時多，天色也開始漸亮，由深深的藍變成淺淺的紫，大概昨晚在街頭的一吻和這裡的寂寞都會今生不再吧？

Cathy 站起來對我說：「我要走啦，今次真係要返去啦。」

「咁……好啦！Happy New Year！」

「你都係，新年快樂。」

當她準備離開時，她卻突然回頭：「其實你都係一個好男仔，所以唔好再偽裝自己，正正經經搵一個女仔拍拖啦；雖然一段感情要白頭到老係好難，但如果分開嘅時候可以笑住講再見都唔錯。」

我笑說：「好似我哋而家咁？」

她主動親了我的臉頰一下：「係呀。」

黎明真的來了，新的一年、新的一天終於來臨，昨日種種終究還是似水無痕。

當 Cathy 再度準備離開時，我明明應該任由她離開，因為這是對彼此最好的結局，可惜人總是不甘心故事過於短暫，硬要寫一齣續集增加戲份，縱使故事不太可能像之前一樣精彩，但我們都是犯賤，覺得可以演下去便好了，直到真的該要完結的時候才完結吧。

所以，我拉著她的手問道：「不如......再陪多我一陣。」

她側著臉地問：「咁嗰一陣係要幾耐？」

「我哋人生中嘅一年都係一陣，十年都係一陣。」

Cathy想了一會：「一生都只係一陣嘅時光。」

話音剛落，Cathy合上雙眼親了我的嘴角一下，我們就這樣在新一年新的一天，在晨曦和玻璃的映照下，成為了陪伴對方一陣子的人。

熱吻過後，我們拍了一張合照，然後在各自的Facebook上傳了照片，並不約而同的寫上：「不論一年或者十年，在人生中其實都只是一陣子的時光！所以就讓彼此陪伴對方一陣子吧。」

Chapter 14
埋頭苦愛（上）

那天開始，我們牽手了，我們擁抱了，我們親吻了，可是我們沒有給予對方一個情人的名分，大概Cathy對於感情的關係感到懼怕，畢竟初戀的傷痛仍未痊癒，心傷了一次，便會覺得所有人都是手持利刃，更何況以Cathy的經歷，要她在過後日子再相信愛情絕非輕易。

我也是，大概在荒謬的世界活得太久，習慣了輕易say hi和say bye的關係，要接受一段感情亦絕非容易，而且當對荒唐的事情變得習以為常，便更會認為愛情這回事愈來愈膚淺和虛幻，所以我亦不敢相信承諾，甚至認為承諾可能會成為兩個人的束縛。

我們算得上是戀愛嗎？

這……就要看我們如何界定戀愛這兩個字。

是讓對方融入自己的人生，加入自己的人生劇場，還是只不過一場炫耀？

在夜場我的經驗老到，但在情場上依然是新手一名，大概每人在經歷一場新的戀愛時都是一個新手，因為和每個人戀愛都有不同的方式，即使道理顯淺，我們卻永遠只會根據初戀後的戀愛方式去愛一個人。

我和Cathy決定低調地處理戀情，雖然讓對方進入自己的生活和人生，但至少不會佔領Facebook的感情狀況和朋友圈子，至於那張照片就當作是對前任的勝利宣言，同時無形地摑他兩巴掌，畢竟我深信在上傳這張照片前，該位男士定必以為自己站於不敗之地，可是他卻低估了我的計算。

他定必以為在情路上愚忠的Cathy會低聲下氣，可是他輸了經驗，我不怪他，因為他的樣貌確實是難以取得大量經驗。

Cathy是一位理性的女孩，一直想情人回心轉意的她，說到尾其實只是不甘成為和母親一樣的女人。

許多自以為聰明和以為勝券在握的男人都不明白，一個女人絕情起來只要用一晚的時間便會改變想法，更何況在我的勸說和支持下，Cathy怎會不決絕？

Cathy的前任在見到那張照片後便解封了WhatsApp，並發瘋地發訊息給她。

一個知道自己賠了夫人又折兵的男人是多麼可笑和落泊？

看著這些訊息……我只是幻想到一個小男孩失去了自己的玩具後，在地上不滿地哭訴和翻滾。

他……就是我的情敵？難怪我會輕易地算計了他，而對於他當過我的對手，我也覺得有點侮辱。

在港鐵站送Cathy回家的路上，她一邊挽著我的手，一邊凝視著手機；為了讓敵人永無翻身之日，我說：「你到而家仲係唔係想激佢？但目標都達到啦，你唔怕佢會自殺？」

其實我最討厭情緒勒索的人，尤其是用死亡這回事去要脅別人，即使有千分之一的機會是真的，我都不會理會。

不是我冷漠，而是我深信一個要尋死的人，絕不會說那麼多話，而且他看來都不像。

另外，我亦討厭有些人得知別人自殺的消息後，說某些自以為是的話，如：「有咩解決唔到要用死去解決呀？」

而我深信，要是對方找到解決方法的話，便不會選擇這條路。

Cathy認真的看著我反問：「你……真係好想我返去？」

我笑說：「如果要扮大方梗係講冇所謂啦，但……要我講真心話……就係唔想。」

Chapter 14
埋頭苦愛（上）

Cathy的臉上漸現笑容：「咁……講好咗會一直陪你一陣！更何況至少呢一刻我覺得，陪你一陣都好過浪費時間同心機喺嗰個人身上。」

「咁快轉咗感受啦？24個鐘頭前你都唔係咁講嘅。」

實情上，我知道Cathy的內心難免會有點糾結，但面對情人的無情，像她這樣愛面子和傲氣的人，又怎會回心轉意？

只要下定了決心，便不容許自己表露出半點後悔，記憶中我曾經認識過兩位相似的人。

她打趣地問：「咁中間嗰24個鐘都發生過好多嘢，你唔記得咗？」

「我記得呀，買件衫都揀咗半個鐘同埋……」

話音未落，Cathy說道：「我淨係記得有人話想我陪佢一陣，一陣跟住又一陣，然後再想我一直陪佢『一陣』，肥基哥哥！」

由「喂」榮升到「肥基哥哥」，這一晚即使背負著第三者的罪名，也算是值得。

「嗯，呢一陣對於一生都值得。」

這句話說起來總覺得有點肉麻，明明平時在酒吧跟其他女人調情時，甜言蜜語都能琅琅上口，但如果是發自內心的情話，卻是難於啟齒……

「口花花！」

真心的情話，從來都難於啟齒，而出於我口中的情話簡直是令人難以置信。

「係喎，聽日有冇嘢做呀？不如……你陪我一陣，好過喺屋企胡思亂想。」

「你今晚唔使去飲嘢咩？聽日仲有精神叫我陪你一陣？」

這個時候我才想起，今晚友人會舉辦新年「迎接」派對，或者是新年淫賤派對，缺席者將會被絕交，因為……這是為友人提早舉辦的生日派對。

「今晚去一陣，好快會返。」

Cathy 聽到後臉色沉了數秒，接著說：「咁你唔好去太夜。」

「真心話呢？」

「玩還玩，要尊重我。」

「因為今次係我朋友生日，我答應你最遲一點就會返去，最多你話咩都得啦！」

Cathy 想了一會，然後笑說：「咩都得？好呀，返到屋企要同我傾電話，咁先可以證明你係返咗屋企，不過如果你遲一分鐘返去，我就唔知會發生咩事啦！」

「哼！你等聽電話啦。」

我們四目交投了一會，然後再情不自禁的擁抱起來。

這一刻，我覺得……距離收山和歸隱的日子不遠了。

在資訊發達的年代，其實真的沒有任何秘密，尤其是當我們更新或者上傳照片到 Facebook 等社交平台時，資訊擴散的速度是以幾何級數遞增，所以送完 Cathy 回家後，我的 Facebook 通知已經響過不停，但深信每個人都只是記得除夕的動人時刻和四十八小時橫刀奪愛行動的精彩，而忘了一件十分重要的事情……就是我已經接近四十八小時沒有好好睡過。

所以回到家後，我洗過澡便設定好鬧鐘，用上最後一點精力對 Cathy 說晚安，她亦說想好好睡一覺，接著我連她的回覆都沒有動力去看，便立馬昏睡去了。

埋頭苦愛（上）

不知道大家有否這種經驗，就是在接近兩天沒有好好安睡的情況下，由合上雙眼到距離鬧鐘響起的時間，在幻像中只是彈指之間的事，由於硬生生的被鬧鐘吵醒過來，我的心情難免會有點不爽，只能憑著意志和睡魔角力。

可是基於事前和友人約法三章，最終我在床上和心魔糾纏了足足十五分鐘。

結果，沒遲沒早時間剛好到達友人的派對，我早前說過由於友人的家中十分富裕，所以他包下了整間酒吧慶祝生日亦不足為奇。

當我踏進酒吧的一刻，我驚見除了「Happy Birthday」兩個字外，還有一道顯然是臨時新增的橫額：「第一屆深切哀悼男神收山慶典」。

我看見這道橫額的時候心知不妙，正準備轉身離開的一刻卻被友人擋下，他更嘆著氣拿手機對我說：「基神呀！基神呀！你答我啦，點解你咁唔小心呀？」

我知道這個是友人的生日派對，而我則是他的餘慶節目。

我苦笑地說：「咁……Cathy都係一個幾難得嘅好女仔。」

「呢件冰山都畀你融化到，好嘢好嘢。」

「……」

接著他大聲嚷道：「喂，今晚係我生日，再加埋係男神收山喎，大家應該點做？」

話音剛落，在這個波濤洶湧的派對上，一眾美女和型男異口同聲的喊道：「玩盡佢！」

我悄悄取出手機，時值晚上十時，但Cathy已經傳了WhatsApp給我：「記得一點呀！」

女神把我
煉成了玩家

　　這則WhatsApp還附上一張Cathy擁著史迪仔在床上自拍的樣子，她的神情在撒嬌之外，還留有半分冷傲，真是很可愛、很令人著迷。

　　不幸地，開始有點醉意的友人走了過來，還大聲說：「嘩！條女搵你呀！」

　　我慌忙地說：「冇冇冇，同女朋友報到下，我一點就走。」

　　「你一點就想走？我都未醉！你過到我嗰關咩？」

　　「⋯⋯」

　　說罷，友人搭著我的肩膀大嚷：「我哋玩『十秒』！」

　　這個叫「十秒」的遊戲簡直是地獄，因為會有一班毫無人性的人把烈酒倒進你的口中，你要不停地喝，而他們在數，數到十秒後才能停下。

　　而這次他們比平時玩得更大，是兩支比一公升還要多的Shooter！

　　友人大聲說：「我同佢一齊玩！睇下邊個最後起到身。」

　　接著其他在場的美女笑嚷：「Game start！」

　　遊戲開始後，我和友人就像日本輪姦AV情節的女主角一樣，張開口任由其他人蹂躪。

　　像這種遊戲，生日的主角輸掉是正常不過的事情，畢竟在任何酒吧派對中，基本上主角都沒有可能撐得過一小時，而且友人一向不是酒量好的人，可是⋯⋯這一場結果卻是出乎意料的兩敗俱傷。

　　這兩支Shooter的酒味特別濃烈，在我捱過十秒後便知道，它絕對是雙重分量的Shooter，因為酒精上腦的速度竟然如此快。

　　我拍拖這件事，有人歡喜有人愁，當然我想不到，對於這件事最愁的是生日的主角。

Chapter 14
埋頭苦愛（上）

人醉掉是最容易吐真言，而我的友人亦絕非例外。

他躺在梳化上被三名美女照顧著和笑著，這三個雖然是想趁機撿屍的混蛋，但我沒有理會，還打算趁著意識尚清晰時，以勝利者的姿態跟友人道別，怎料他卻在碎碎念：「死仔！你咁快拍拖咁我點算……」

「我哋兩個冇得再一齊出去玩啦！我哋兩個明明係最佳拍擋，媾晒啲女。」

「你知唔知拍拖之後，你只可以落樓下啲清吧睇波咋？仲要睇完上半場完場就趕返屋企睇埋下半場。」

「你條契弟我識你咁耐都未見過你拍拖！扑女食女你就叻，但拍拖絕對係兩回事，唔好呀……好L痛㗎。」

他不停重複「好L痛」、「認真拍拖好L痛」和「個頭都好L痛」，當我打算悄悄地離開時，那三個意圖不軌的美女中，有一個不停地瞄著我看，還趁我因酒精影響而腳步不穩和輕浮時，二話不說地衝上來邊扶我邊說：「你坐一陣先啦，啦一啦再走啦。」

在半推半就的情況下，我竟然聽話的和她一起坐回梳化上，然後她開始在我耳邊輕聲說：「做咩咁趕返屋企呀？」

這次是我人生中第一次霸氣地回答：「我女朋友等緊我返去。」

「你同佢住嘅咩？你如果真係唔太掂嘅，我送你返去啦。」

「我答應咗同佢傾電話。」

這個素未謀面的美女聽到後笑道：「咁……你都可以搵個清靜啲嘅地方同佢傾，你扮返咗屋企咪得囉。」

「吓？」

這一刻，美女的笑容詭異中帶著淫慾，我還未準備說出拒絕的狠話，她已經答道：「我同你一齊走啦，我照顧住你。」

　　話音未落，她已經主動的吻了下來，還用她的唇舌在我的耳邊和頸項遊蕩，我輕輕地推開她說：「我真係要走啦，你執我個朋友啦，你哋三個都夠分啦。」

　　我發現這三個女人簡直可以用西遊記中的蜘蛛精來形容，因為除了我眼前的蜘蛛精一號之外，其餘兩個已經開始在挑逗醉掉的友人，估計今年的生日，他會嘗試到人生中第一次的3P。

　　說實話，我從來只喜歡一對一，因為總是覺得3P這回事有點怪，我就是這樣的一個怪人，看似沒有道德，只求一晚的樂趣和刺激，但實情上許多自己的訂下的原則我絕不會打破。

　　曾經歐子瑜對我說過，如果硬要把自己的底線放下去迎合他人的話，總有一天那些人會連你的底褲都脫掉。

　　我突然留意到，時間已經將近十二時了，距離約定的時間愈來愈近......

　　在我拒絕了這個蜘蛛精的「好意」後，她卻沒有罷休的念頭，還主動騎上來對我說：「你口中說不，但個細佬就好誠實喎。」

　　要是在以前，深信我已經拉了這隻蜘蛛精到時鐘酒店狠狠地「啪」她，可是今天我的腦海卻有良知和魔鬼在交戰著。

　　想著想著，我正打算瞄過去友人那邊看一下他的戰況，可是他竟然和另外兩隻蜘蛛精都消失不見了，估計他已經被蜘蛛精帶回盤絲洞了。

　　蜘蛛精趁著我在沉思的時候展開攻擊，意志力也在她的攻勢下一點一點的消弭，要是再這樣下去的話，我知道我會把持不住。

　　這時，我的腦海突然憶起一句話和一段恍若如夢的往事......

　　在一間只有兩個人的課室，一個女生一邊看英文小說，一邊監督我操練著歷屆試題，累透的我突然放下了筆伏在案上不滿地嚷：「好劫呀！唔想做啦，不如咻下啦。」

埋頭苦愛（上）

女生的視線沒有離開過書本，神態自若地翻閱著手中的書本道：「好呀，今日就等聽日，聽日再等聽日，成日都話哪下留返第二日做，就好似其他事情咁樣，每個人都會搵藉口話留返界第二個做，總會有人去做，如果全世界都咁樣諗，到最後就係咩都冇人做。」

聽罷，我無奈地坐直了身子再拾起了筆，女孩卻再開口……

她說，惡習永遠是魔鬼的溫床，選擇永遠都要付出代價。

她問，人和野獸的差異，知道區別在於哪裡嗎？

我搖了搖頭。

她說，人和野獸的差異不在於我們擁有理性，因為理性都可以被野性所吞噬，也不在於我們懂得何謂道德觀念，而是我們懂得用智慧去拘束著自己的行為。

這句話讓我的腦海漸漸清醒，可是在快感和慾望的衝擊之下，我經歷著俗稱「谷精上腦」的情況，使如夢初醒的我把金石良言如像鐵達尼號一樣掉入海底。

有一刻，我覺得自己無藥可救，同時感到有點難過，另一邊卻在自欺欺人地想，蜘蛛精是難得一見的對手，今晚不好好地領教一番的話，定必抱憾終身。

在我快要忍不住時，腦海再一次浮現起一幕往事……

同樣地，在一間只有兩個人的課室，這一次那個女孩拿著一本很著名和極具爭議性的英文小說《達文西密碼》，我好奇地問及她小說的內容。

她問我，知道為什麼這本小說會惹起爭議嗎？

我一臉茫然的搖了搖頭。

她說，人會追尋信仰是因為他們的內心脆弱，而高呼信仰是愛的人則是既得利益者，當信仰被動搖，心靈的依靠和利益便會受威脅，人便會迷失和發瘋地去咬動搖他們信仰的人。

我問她，你相信這本小說嗎？

她笑說，耶穌是否真是上帝的兒子重要嗎？不重要，我們只需要知道他宣揚的善念，只是他的善念被有心人加以利用成為權力。

她反問，要是耶穌真是一個平凡人，你知道他會如何去對抗魔鬼的試探和引誘嗎？

我再搖了搖頭。

她說，平凡人很容易會接受誘惑，而聖人會了解接受誘惑後的惡果，要是形容他們是聖人的話，倒不如說他們是聰明人。

我頓時清醒過來，輕輕地推開了蜘蛛精，瞧見她一臉錯愕的模樣便點了點頭說：「Sorry呀，我……真係趕返去陪我女朋友！Sorry。」

我一邊穿回自己的褲子，一邊留意到蜘蛛精似笑非笑地說：「唔使sorry，我覺得amazing就真，第一次……見到你呢種男人。」

我站起來並整理好自己的儀容後，她再眨眨眼對我說：「有機會再見啦，不過下一次……你冇咁容易走㗎。」

我笑說：「Bye，應該冇下次㗎啦。」

話音剛落，我立即離開了酒吧，衝上了的士，幸好還有半小時的時間。

在車上，我想起歐子瑜，內心不禁有點感嘆和感慨。

在我的人生劇場中悄悄地離場的人，時至現在竟然還在教導著我，我不得不佩服這個女生。

Chapter 14
埋頭苦愛（上）

電話突然震動了數下，是 Cathy 的訊息：「返去未呀？」「你……仲飲緊嘢？」「你會唔會唔記得咗答應過我嘅嘢？」

我笑著回覆 Cathy：「你話呢？坐緊的士返去啦。」

想不到 Cathy 竟然秒回我：「算你啦！冇信錯你。」

這一刻，我想起了歐子瑜的另一句話。

她說，美麗的女生可以讓人的目光停留一陣子，有智慧的女生卻可以令人銘記一輩子。

回到家後，一邊和 Cathy 聊著電話談心的時候，另一邊廂回想起剛才的事情仍然心有餘悸，雖然避開了這次的誘惑，而且我不停地對自己說沒有下次，可惜我依然信不過自己，因為我深信江山易改，但本性難移。

Cathy 在話筒中輕聲笑問：「正話冇女仔撩你咩？」

如果我答沒有的話，肯定連 Cathy 都不會相信，所以我決定貫徹自己的作風，一半事實和一半虛構，再包裝好一點，使事情合理化亦不會令人生疑。

「其實……有嘅，不過一到十二點半左右就話要返去同女朋友傾電話。」

聽到 Cathy 在話筒的另一邊暗地「嘻」了一聲：「你真係咁講?」

「冇需要呃你呀，你開唔開心？」

「唔知呢!」

「咁喋你。」

「你聽日係咪話想我陪你一陣呀？」

「係呀。」

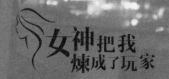

「聽日我okay呀。」

「你掛住我呀?」

「哈,今日先見完,邊會掛住?但……你想見我嘛。」

咳咳,感情來來往往都是這一招,想得到一個人,先證明自己不需要那個人。

Cathy現在對我所使的都是這一招,可惜她所使的只是淺易入門的招式,而憑我的經驗怎會被她輕易算計得到?

「想見呀,咁你陪我一陣囉,你有嘢做就返去啦。」

「咁你想我陪你一陣即係幾耐呢?你唔想見咪唔出囉。」

「完整的一天,一生入面一日都係一陣咋嘛。」

「哈,你真係……好啦,聽日成日流流長,我哋去邊呀?」

「我哋去睇戲。」

「有咩戲好睇呀?我好多戲都唔睇。」

這一晚,我和Cathy聊了許多事情亦對她了解得更多,她喜歡劇情片、喜劇、動作片和愛情片,最討厭恐怖電影,因為她曾經在戲院嚇破膽而哭了起來,她覺得很丟人,所以從此以後再沒有看恐怖電影。

雖然沒有承認過對方是情人的身分,卻給予了對方情人的尊重。

那天開始,我真的放棄了夜生活,因為我信不過自己可以抗拒誘惑,同時我知道Cathy是患上戀愛創傷後遺症,她會因為我消失一小時以上感到慌張,但另一邊卻會裝作毫不在乎,她害怕有別的異性找我,她討厭我的友人,因為友人經常找我出去玩,就算只是吃一頓晚飯,Cathy都會憂心一夜。

Chapter 14
埋頭苦愛（上）

　　我見了Cathy的母親，而且亦因為我的經濟環境狀況而吃了雞髀，然後融入了彼此的人生中，同時為自己畢業後的人生作準備而努力，我開始思考畢業後的出路，不過其實那沒有什麼擔憂，隨便打一份工都足夠我生活，始終......我不用為樓價而憂慮，父母留下的基金和儲蓄保險令我不用為生活而憂心。

　　可是不能夠在狩獵場遊玩尋求刺激的我，總需要找其他寄託，在我苦思如何找寄託的日子時，某天Cathy說起她的同事每天都有丈夫親自下廚的愛心飯盒，她覺得那是一件十分幸福的事。

　　於是，正當我準備為Cathy準備驚喜的時候，我發現自己對廚藝是一竅不通，結果為了達成這件事我報了廚藝學院的課程，亦意外地發掘了自己潛在的天分......

　　我是一種性格十分極端的人，要是沒有目標和動力的話可以懶散得叫人心寒，但每當找到目標的時候，我可以用盡一切方法來達成，而過程可以算得上是不擇手段。

　　為哄紅顏一笑的念頭，使我報了一個基礎的廚藝課程，為我苦悶的生活添上一點樂趣，更何況離開了多姿多彩的黑夜世界，離開了令人振奮的狩獵場後，晚上沒有事幹，總愛跑到廚房或者到睡房找Cathy消磨時間。

　　忘了提及一點，由於Cathy開始到醫院實習，而且我家鄰近那所醫院，所以她一星期至少有四天會到我家居住，聽說Cathy的母親是默許的，理由是......覺得我是一個正人君子。

　　哈哈！別說笑吧，換上我是一個沒樓沒車沒儲蓄的普通大學畢業生的話，結果肯定會截然不同。

　　起初我們沒有承認對方是情人，亦沒有承諾過任何事情，一切都是十分簡單，但在日子的流逝下，這些規定我們漸漸地打破了。

　　我們的確是在一起，只是我們這段關係十分簡單，不需要背負情人的名分、不需要許下太多信誓旦旦的許諾，維持這段關係都是以尊重和信任來維繫，同時我們都害怕了戀愛，所以只想讓一切隨緣。

　　大概，就是因為一切都變得簡單，所以我們相處變得舒服，但亦會出現某些不便，由於Cathy從沒有提及過她有男朋友，許多人都以為她是單身；在這個美麗的誤會下，自然追求者眾，雖然我的內心是有點不悅，可是基於開頭說過讓一切簡單就好，我只好讓一切順其自然。

　　友人和歐子瑜都說過，別人可以輕易搶走的女人，就讓她走吧，反正即使阻止了一次，總有一天其他人都可以再輕易搶走，看開一點，感情還是太認真就輸了。

　　可是，基於面子的關係，我終於主動找了一天去接她下班，還在醫院門外親了她的臉頰一下，雖然Cathy有點尷尬和不知所措，但我知道她心裡是喜歡，因為我第一次在外人面前承認了她的身分。

　　至於Cathy，她對於我的事情都以「沒所謂」三個字作回應，但基於人帥惹的禍，所以廚藝訓練班的學員由人妻到家庭主婦、OL和少女，每個階層我都可以招惹到對我一見傾心的追求者。

　　漸漸地，她由「沒所謂」變成稍有微言。

　　另外，我所做的菜色色香味俱全，要不是Cathy和友人親眼看著我煮的話，他們定必會認為我是買外賣。

　　起初只是不停練習課堂教授的菜式，後來便喜歡自行上網找食譜練習，然後再開始瘋狂地報讀其他廚藝課程文憑，我花在廚藝課程和廚房的時間，比起花在大學和畢業論文的甚至是在Cathy身上的都還要多。

　　花了半年的時間，加上歐子瑜曾經說過我的領悟力比一般人高，這段期間我已經精通所有料理，我接著再報了一個基礎咖啡調配師的短期課程，因為我覺得懂得泡咖啡的男人很帥氣。

　　為了帥氣當然要付出代價，始終世事從來有得自然有失，結果就是我的畢業成績只是剛好畢業而已。

Chapter 14
埋頭苦愛（上）

當四方帽拋向空中的一刻起，年輕的時光終於完結了，是時候要面對社會的洗禮，同時......由於我的樣子一向成熟，加上 Cathy 不准我刻意打扮，漸漸地我留了鬍子，更不知不覺間被人取笑我像「中佬」，我亦沒有刻意向其他人提及過自己的年齡。

Cathy 畢業後亦在公立醫院當上護士，那是只有上班沒有下班的工作，由她正式上班的日子計起，我們每天聊過的話都不超過十句，至於做愛......別提了。

其實日久便會生情，只要涉及到一個情字，關係便再不能簡單化，縱使我們從沒有爭吵過，但我們的關係總是平靜中帶點暗湧，同時又有點變淡，因為我們一直都以友達以上、戀人未滿的心態去經營一場戀愛，用朋友的心態去做一些戀人才會做的事情。

看似簡單的關係幸福得令人羨慕，但實際上卻是發生在一段錯的時間，可是我們一切都以簡單為主，故意把許多明明要思考和解決的事情簡化......

我們沒有說過「我愛你」三個字，有時候更連愛著對方這回事都不敢承認。

在我們在該要學會愛人的年紀時，卻只學會了接受一段感情，而忘掉要學會去愛人，就像一個小孩擁有著老年人的心態和想法，這實際上是一件很奇怪和悲哀的事情。

畢業後，由於香港經濟環境不景氣，以前大學生畢業簡直是意氣風發，現在大學生畢業生只能發夢和發瘋，就算讀所謂神科，面對這個社會環境，從前的傲氣，現在寧願「留返啖氣」。

Cathy 已經是十分幸運的一群，畢業後投身醫療界，當公立醫院的護士雖然辛苦，但以長遠的利益和福利來衡量，絕對是一件公平的交易，反正每個人都在燃燒青春和尊嚴來換取金錢。

女神把我煉成了玩家

至於我⋯⋯有時候不知道父母所給予我的資產是補償還是詛咒，因為擁有了這種就算不工作，亦能足夠生活的人生，對未來其實沒有期盼，同時也沒有什麼規劃，許多所謂的規劃都是隨心所欲，說過便算。

對於這種人生，許多人都會羨慕，而Cathy則感到討厭。

每個人到了不同的階段都會有所改變，包括想法、觀點和需要，只要伴侶還未適應過來，兩個人便會很容易愈走愈遠，我們會覺得對方變了，而對方會覺得我們不懂他們或者沒有長大。

說到底，我們都變得不認識對方，亦是因為這樣我們有了第一次磨擦。

記得當日她剛好下班回來，雖然已經是早上十時，但為了慰勞她的辛勤，所以我煮了一頓豐富的早餐——A5牛扒配意粉另加胡麻沙津。

我笑著把那碟擺設美觀、色香味俱全的早餐捧到她面前，她堆出了笑意說：「Thank you！你放低先啦，我⋯⋯冇咩胃口，但我沖完涼都會食。」

我放下了早餐，擁著她說：「食咗早餐先啦，怕你沖完涼攰到瞓著。」

她語氣竟突然有點強硬：「我企喺度都瞓得著啦。」

「咁⋯⋯你去沖涼啦，沖完涼再食嘢。」

「唉，其實你明唔明我需要啲咩？其實我需要休息。」

「我都冇話唔畀你休息，只係見你辛苦煮個早餐哄下你。」

「我唔係話你唔畀我休息，而係你唔知道我需要休息呀，你明唔明白放工返到屋企其實係想休息一下、靜一下，而唔係要人哄呀。」

Chapter 14
埋頭苦愛（上）

我沒有回應，任由她一直把莫名的怒火發洩在我身上：「你冇返過工點會明返工嘅人有幾累呀？有時候都唔知你父母留低啲錢同樓畀你係害咗你定係補償畀你，令到你生活太安逸，工都冇動力去搵。」

「⋯⋯」

「你自己諗下囉，如果冇呢啲嘢嘅話，你仲可唔可以喺呢個社會度生存？人點都要搵返自己嘅存在價值。」

那一刻，Cathy這一句話莫名地刺痛我的心。

要是可以用現在擁有的東西換回一個完整的家⋯⋯

話音剛落，我的鼻子竟然不知不覺酸了起來，而雙眼的視線漸見模糊，我續道：「你都講得啱，我生活過得太安穩，應該要去搵工。」

Cathy的眼神猶如頓醒過來：「Sorry⋯⋯」

我嘆了一口氣：「你沖完涼好好休息下啦。」

我的視線移向那幅仍然掛在客廳的全家福，半吭不響便走回了睡房，沒有理會Cathy不停連番呼喚和道歉。

文字和語言是人類最大的成就，因為有了文字和語言，我們造就了文明，文明再創造了科技，但我們偏偏用文字和語言來傷害他人。

歐子瑜，到底⋯⋯你在哪裡？

其實我偶爾會登入MSN，可是歐子瑜依然沒有新增我為朋友，而根據她MSN的Email，在Facebook和Google搜尋，依然沒有半點線索。

有時候我會開始懷疑，當年花錢購買的MSN電郵，到底是真還是假？

　或許，Cathy的話也有道理，我應該好好地找一份工作，畢竟……
我也感到自己的生活像一個廢人。

　那晚，Cathy因為醫院臨時需要人手，所以召了她回去，Cathy出了
門後，友人猶如魔鬼般的一通電話，改寫了我故事的下半部。

Chapter 15
埋頭苦愛（下）

「喂，死佬！最近點呀？仲係同緊 Cathy sweet sweet？」

「唉，Sweet 啲咩呀！自從佢返咗工之後，我都愈來愈摸唔透佢。」

「喂，摸唔清條女即係代表散得啦喎。」

「X，你講呢啲？」

「使唔使我今晚就準備定一個預祝單身派對畀你？」

「嗱，如果係嘅話就唔使啦。」

「講笑咋，出嚟飲杯嘢聚下啦。」

我愣住了半秒，想起 Cathy 今晚是夜班，至少深夜才回來。

說實話，以前可以從戀愛和廚藝中找寄託排解寂寞，可是這一種空虛和寂寞現在再也不能被消除，而日漸遞增的不解、不和還有不安，使到這一種空虛感愈來愈強烈。

大概，這一刻我需要的是一杯烈酒，不是讓我醉掉，而是讓我不清醒。

有時候，我會覺得自己得天獨厚的人生本該做點有意義的事情，例如拯救世界或者多做義工，可是說到尾我都沒有多大的興趣，於是我的人生就這樣……頹了下來。

「好呀，去邊度飲呀？」

「你落到老蘭咩？」

「落唔到呀，咁……」

「唉，你明明就係一頭野狼，而家成頭狼狗咁樣！今晚我哋去尖沙咀啦。」

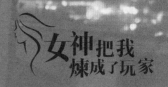

「好呀,幾點呀?」

「食下嘢,飲下嘢就八點開始啦!」

「好,八點見。」

電話掛掉的瞬間,我看著鏡中的自己,這副頹敗的臉相、唏噓的鬍鬚、沒有神的雙眸,總是覺得和本來的自己格格不入,明明我就是一個正值盛年的年輕人,但......為何現在活得像一個退休中年人士?

可是為免讓Cathy起疑,我還是沒有把鬍鬚刮掉,保持著這種中佬的韻味,說真的我不太喜歡,但又想不通為何許多女性都偏愛這種味道。

我噴了一點古龍水,好好地裝扮自己一番,接著離開大門的那一瞬間,意味著我就算不再踏進那個色彩繽紛的黑夜世界,也能從門外探頭偷窺一會。

當我重回舊地的時候,這裡的臉孔已經漸見陌生,過往許多熟悉的臉孔已經消失不見,雖然只是差不多一年沒有到來,可是這裡的人就如流水一樣,來得很快,走得很快,從來都是悄無聲息,只要不好好把握可以相遇的一刻,然後就再沒有然後。

很久沒有適應這種輕易 say hi 再輕易 say bye 的感覺。

想著想著友人已經點了兩杯馬天尼在等我。

不知怎的,自從他畢業後到醫院實習一個月後便辭工享受人生,今天一見他,已看出他在享受人生的過程中不知不覺地發福了。

「Yo!死佬,咁耐冇見你啦,個樣老咗咁多呀。」

「你都肥咗好多啦。」

話音剛落,他把煙盒遞到我面前,我二話不說笑著把煙盒接下,抽出一根煙,把它點燃起的瞬間,我感受到一種自由的感覺。

Chapter 15
埋頭苦愛（下）

自從和 Cathy 戀愛後，她對香煙這回事十分痛恨，於是每一次我只能走進洗手間或者樓下抽煙，到後來連煙都不准購買，所以只能靠友人偷運一些香煙給我。

友人抽了一口煙後問我：「有冇返工呀？」

「點會有呀？」

「你條女冇嘈你咩？」

「就係有……今日至嘈完。」

他深沉地想了一會：「你……想唔想開餐廳？你煮嘢咁好食。」

「我？你叫我玩下就得，開餐廳就唔好了。」

「因為我想做下啲生意仔，你諗下啦。」

我搖了搖頭：「唔啦，我怕因財失義！」

他點了點頭，再遞了兩張卡片給我：「想搵工嘅打呢兩個電話，我有一個 uncle 做銀行，佢等緊人用，另一個就做醫療用品批發，佢需要一個信得過嘅人管理啲 sales 跟單，唔想做銀行嘅就做呢份！再唔係嘅……就搵我啦。」

話音剛落，不知為何耳邊傳來一陣「咯咯」的高跟鞋聲，這陣聲響在腦海變得十分清晰，我瞄了一眼，是一個長得有點眼熟的女生和我擦身而過，她沒有留意到我的存在，但是我卻對她的印象十分深刻，傲氣凜凜的步姿，一身行政人員的打扮，感覺有點回味有點依戀，更有點討厭……

直到這個女生停在我身後的一間酒吧門前，和站在門外的黑人酒保相擁了一下。

「Hey, Paul！How are you today？」

「Very good！Amanda, I miss you so much！」

「Oh, I miss you too, Paul. I need to meet my fiancé, so see you next time.」

「Bye Amanda.」

說罷，這個女人回眸了一眼，在我們眼神交錯的刹那間，我肯定這個人我沒有認錯！

她不慌不忙地輕撥自己的頭髮，再對著那個黑人的酒保笑了一笑，裝作神態自若的愈走愈遠，我看著她那個傲慢的背影，那種痛恨和心酸交雜的感覺縱使過了這麼多年都沒有退減，那巴摑在我臉上的耳光猶在聲聲作響，那句「game over」充斥在我的腦海。

說實話，縱使歐子瑜是教導了我認真就輸了這個道理，但令我真正領悟到這個道理的人，就是Amanda。

她的背影雖然已消失在我的視線範圍，但卻仍然在我腦海中揮之不去。

我一邊緊握著拳頭，一邊在腦中自我解讀著當年她狠狠地教育我的人生道理。

那一刻，我好像不再迷茫，我想做回自己，也不想再討好任何人包括Cathy。

那一刻，我回頭看著一臉茫然的友人，把眼前的馬天尼一飲而盡。

友人問：「基神，你……冇嘢呀嘛？望實條女嘅？搵到獵物呀？」

我的嘴角不期然的向上微微翹起：「今晚去搵獵物啦。」

友人不禁輕笑：「都話你條友係屬於呢度㗎啦。」

我點了點頭，友人續說：「不過正話條女好似幾正喎，但又好熟口面。」

我聽到後提起了一點興趣：「你識佢？」

Chapter 15
埋頭苦愛（下）

「Amanda……哦！條女讀U嘅時候，好多有錢仔媾佢，咩寶馬、Benz、跑車爭住接佢放學，畢咗業之後就即刻搵到有錢佬埋單啦。」

「有錢佬？」

「都唔算佬嘅，就快三十嗰啲囉！」

Amanda所謂的出人頭地，就是嫁一個有錢的老公。

愛情和麵包，深信許多人都會選擇麵包，因為有情並不能飲水飽。

不過有一點我覺得很奇怪，為什麼女人選擇麵包嫁有錢人就是嫁入豪門和情有可原？而男人選擇麵包娶有錢女人就是吃軟飯和無能？

其實人都是物競天擇，想向上游其實都需要一些手段，而選擇麵包是達成自己目標的手段，雖然我都接受不了這樣的人，但又會對這種看法感到疑問。

喂，說好的男女平等呢？

後來我發現，所謂的男女平等，其實只不過是無能又擁抱著道德的人站在高地上的口號而已。

「你咁清楚嘅？你仲咁認得呢條女？唔通你……」

「我？我都想食到，不過……這些機會不是屬於我的。只係我有個朋友媾過佢但媾唔到。」

聽到友人這樣，我心裡竟然有一點沾沾自喜。

呃，別太回味了！始終想起甜便會再想起了苦。

「你朋友想媾佢？」

「咩呀，你收山嗰日個party佢都有去！只係你走咗，我又醒返嘅時候，佢先到嘅。」

「吓？」

原來當日我和 Amanda 差點便重遇了，想起原來我們的生活圈子是如此接近，不禁覺得香港這個地方真的很細小，但我又會有個疑問，要是如此細小的話，為什麼有些人要消失得無影無蹤會那麼輕易？

難道是地區的差距嗎？

說著笑著，我們忘記喝了多久，又忘記喝了多少杯，在我開始感到有點微醺的時候，我對友人說：「如果你開餐廳嘅話，我決定幫你手。」

友人笑道：「等你呢句啦。」

「但……我唔會入股。」

「我明嘅，簡單就最好，始終你同我都會怕因財失義。」

「喂，人工有冇得傾呀，老闆？」

「哈哈，點會待薄你？我係一個仆街，但我仆街極都有原則，我唔會待薄自己嘅兄弟。」

「Thank you！」

「妖，諗返起我哋一齊出去玩嘅時候，已經成日都畀人話我哋係仆街。」

我們指著對方異口同聲笑說：「正仆街。」

接著，友人認真地對我說：「地點同舖位其實我都決定咗。」

「係?」

「銅鑼灣嘅一間樓上 Cafe，頂手費都係五皮，裝修就好新嘅，而且唔係因為冇生意而唔做。」

「係咪㗎？有冇伏?」

埋頭苦愛（下）

「梗係冇伏啦，唔做係因為合伙人不和。」

「最憎呢樣嘢。」

「所以……錢我都畀咗啦，係差轉埋個名，再執一執就可以開張。」

「請人呢？」

「嗰度原本有三個員工，我留返呀，啲女仔好似幾正。」

「唔怪得你要頂手啦。」

「留返畀你啦，我鍾意食啲成熟啲，佢太細個啦，啱啱十八咋。」

「不了，我個樣咁似叔叔，嚇親佢。」

友人笑道：「妖，你條撚樣二十幾歲個樣已經成個三十幾歲嘅大叔咁，搵你睇住我檔生意都得啦，一定冇人敢恰你。」

「唔好講笑呀，我咁樣都好有說服力，啲人以為我係老seafood。」

「就交畀你睇檔，我可以同屋企人交差，就可以放心出去玩。」

我高舉酒杯：「Cheers！」

「Cheers！」

接著，我的電話震了數下，是Cathy傳來的WhatsApp：「放工啦我，你瞓咗啦？」

我決定如實對她說：

「出咗去飲嘢。」

「吓？點解你冇同我講？」

「而家返去囉。」

「Okay，你喜歡吧。」

「嗯，返去再講。」

「返去我沖完涼就瞓。」

「Okay，休息下啦。」

那一刻，我發現自己原來也可以十分無情。

人有時候真的十分犯賤，明明愛情不可以凡事公式化，但要是不遵守某些公式的話，愛情便會變質。

那一刻開始，我們的感情開始變質開始變淡，埋頭苦愛的愛情，其實是最痛苦，我等她下班，她等我回家，但說不出分手，因為感覺還在，而且習慣了對方的存在。

「返去啦，Cathy放工啦。」

友人不禁失笑：「獄長放工啦，唔怪得要返屋企啦。」

我看著我和Cathy的對話框，見她已讀不回後，我便跟友人說：「搵日再飲嘢囉。」

「得啦得啦，搵日再狩獵啦，但唔好飲咁多呀，我哋有好多嘢要準備。」

「得啦。」

我們離開了酒吧後便各自回家，記得回到家後，只見Cathy剛好從浴室走了出來，她眼神有點不悅的打量了我數回，可是卻欲言又止。

她坐在梳化，開了電視機，而我則愣在客廳等待著她開口，隔了一會，她才打破沉默：「你同你個兄弟去飲嘢？」

「係呀。」

「你知道我唔鍾意男朋友去飲嘢。」

Chapter 15
埋頭苦愛（下）

「咁你叫我搵工，我梗係託朋友去搵。」

Cathy思考了一陣子，大概她對今早的晦氣說話感到有點抱歉和內疚，她說：「咁跟住呢？」

「佢間餐廳想有人打理，我咪幫佢。」

「咁都好嘅。」

「係呀，好過喺屋企無所事事，你又唔鍾意，又覺得係我屋企人害咗我。」

「Sorry呀，我……知道自己今日講咗唔應該講嘅說話。」

一向傲氣凌人的Cathy竟然主動對我說了一聲sorry，可惜她不會明白，不是每一句抱歉都可以換來諒解，因為每個人內心總有一兩句會傷害心靈深處的說話，說了的話便不能回頭。

所以語言是世界上最可怕的武器，可以換取一座江山、發動一場戰爭、追求一個心儀的人、破壞一段關係，甚至改變或者摧毀一個人的人生。

我堆出笑意說：「你好好休息下啦，我冇嘢！其實你都冇錯，只係可能……我哋嘅關係同埋感情仲未負荷到目前嘅轉變，又或者一直以嚟，我哋慣咗用朋友心態去處理情侶嘅關係同做情侶做嘅嘢。」

Cathy聽到後眼底閃過一絲黯然，點了點頭，牽強地哼出一聲：「嗯。」

再沉默了一會，Cathy對我說：「我瞓先啦，你沖完涼快啲瞓啦，早唞。」

話音剛落，Cathy徐徐地走進睡房，再輕輕地關上了房門，我後來才知道，Cathy關上的並不只是房門，而是彼此溝通的心房。

難怪歐子瑜總會對我說，凡事說話都要三思，因為我們不知道哪句說話會改變或者摧毀了一個人，情侶之所以愈走愈遠，是因為在愈親密的關係中，說話便愈容易失去了尊重和三思，結果整段關係很容易會因為一句說話而破裂，無數次的破裂最終便會成為決裂。

那天起，我們成為了同屋主的關係，有說有笑的場景已經變成陳年往事。

我發現原來我愛你三個字比對不起更容易說出。

我們總想開口說一聲對不起，卻找不到一個說對不起的契機。

因為我們都害怕說出一句對不起以後，換來的是另一句對不起，分手吧。

那天開始，準備店舖開張的繁瑣細節確是頗多，我每天在店舖設計菜色，下班回家的時候已經三更半夜。

我和Cathy的生活從某天起就像彼岸花一樣，我出門上班的時候，便是她下班回家的時間，我下班回家的時候，她已經上班去，但在相見的過程，我們連一句寒暄的說話都欠奉。

有時候，我會在想，這一陣子該要完結嗎？

話雖如此，但我又很想偷窺一下她的日常生活，於是我開始留意多了她的Facebook，同時我也開始每天更新Facebook的近況，每天總會拍一張照片，寫一兩句說話，實情上為的是希望讓Cathy知道我的近況。

由我開始每天更新Facebook的時候，剛好Cathy亦每天更新自己的Facebook近況。

從那天開始，我們的WhatsApp便再沒有為對方而響起過，所謂的溝通就只有靠著對方的Facebook每天更新的近況而略知一二。

Chapter 15
埋頭苦愛（下）

　　我開始在猜想，其實我們都知道這段關係快要完結，現在只是把這段關係放在醫院中，待這段關係真的逝去時，我們才開始處理善後的工作；又或者，這段關係其實已經死去，只是我們都捨不得將這段關係埋葬，任由它一直被我們瞻仰，任由它放在這裡腐爛，然後再讓它順其自然地回歸自然。

　　終於到了店舖的開張日，有一點令我感到十分不滿，就是友人早前提及過的年輕女店員，原來只是年輕而已，結果我和友人也約法三章，日後新請的店員不論男女亦需要通過我們的審查，因為食神說過，服務員和廚師的樣貌是十分影響食客心理質素的。

　　這個開張日的派對，我並沒有開口邀請 Cathy 到來，只是寫了一張便條紙貼在床頭，有時候我會在想，這種行為真的愚蠢至極，誰敢確保一向上班趕忙的 Cathy 會留意到？但是當天的早上，我確實想不出其他的方法，看著睡得正酣的 Cathy，只好悄悄地出此下策。

　　大概，我也差點忘了如何和她溝通。

　　眼見賓客們逐一到場，唯獨不見 Cathy 的身影，情急的我取出手機，看著已經接近兩個多月沒有更新的對話框，猶豫著應否開口之餘，同時又思考著該如何開口。

　　我愣住了一陣子，直到友人前來搶去我的手機，再對我說：「妖，想搵咪搵囉！做兄弟嘅實撐你。」

　　友人的這句話，使我鼓起了勇氣搶回手機，發了接近兩個多月以來的第一個訊息：「早晨，你睇唔睇到床頭張 memo 紙？其實 cafe 今日開張，我想請你嚟。」

　　有時候，不是鼓起勇氣便能得到心中期望的結果，有時候當下所鼓起的勇氣，是用以抵抗失望和逆境的結局。

　　至少我有勇氣看著一個孤獨的單灰剔。

　　所有事情都需要及時，可見我真的遲了，Cathy 真的在上班。

我嘆一口氣後，便逕自走到樓下的後巷抽煙，當我去到時已經有一班人在圍爐抽煙。

明明素不相識，卻可以在取出煙盒的瞬間，互相投以一個眼神，笑一笑接著自我介紹，然後彼此便認識了。

抽了一口煙，和煙伴們有說有笑，那一刻我確實想不到為何和一班剛認識只有十分鐘的人已經一見如故，但我和 Cathy 一起了一段日子，卻比不上和陌生人的十分鐘。

難道，我和 Cathy 所欠的就是一根能打開話匣子的香煙？

和煙伴們把閒話說著說著，聆聽著他們吐苦水，在他們眼中，我只是一個「中佬味」甚濃的廚房佬，不過其中有一個叫 Ada 的煙伴，她十分主動跟我聊天，很奇怪的是我感受到她對我的言談間每一句都話中有刺，但從這些尖刺中卻又覺得她並不是抗拒我，而是害怕我。

不過，我沒有興趣理會，畢竟她是將近中年的女性，儘管她的樣貌有多嫵媚，有多成熟知性，都不是我的那杯茶。

我的審美觀對年輕這兩個字是十分執著和專一的人，所以……她並不會被放在我的清單上，雖然這張清單都已經有一段日子沒有更新過。

一邊聊著，一邊想著，竟開始和煙伴談起兩性關係的話題來，我更想不到的，是他們對於兩性關係的觀點看法與塔利班無異。

「女人？係雞係公廁囉。」

「妖，接近八成以上嘅女人呢，你愈對佢好，你就愈低賤，你愈對佢衰呢，佢就愈對你一條心，知唔知點解呀？因為得唔到囉！」

「我話你聽，女人對於感情係分得好細，唔似男人咁大愛，男朋友嘅愛啦，男性知己嘅情啦，洋腸嘅傾心啦，仲有有錢佬嘅高潮，明唔明呀？所以女人其實係仲容易出事過男人，但女人就做得比男人高明，知唔知最大單係咩？就係佢哋係女人囉！好多嘢就算做錯，啲人都會原諒，冇人會追究。」

埋頭苦愛（下）

「呢點我認同呀，香港地多條嘢同少條嘢差好遠，你少條嘢就算冇學位你都可以上位，你多條嘢但冇學位你等乞米啦！咪好似我哋咁囉。」

「妖，你食軟飯咪得囉，不過食軟飯都要有本事食，我都想食呀。」

「都係嗰句啦，香港啲女屌完就算啦。」

「係囉，而家就講屌完就算，今晚返到去咪繼續買糖水，成班仆街得個講字。」

我再抽多了一口煙，然後不禁問：「係呢……其實你哋幾多個拍緊拖？」

他們異口同聲說：「而家冇。」

其他煙伴續道：「妖，冇拖拍都係因為啲女難追咋，要高要有錢嘅話，都未必揀佢啦。」

「咪係，成日要買呢樣買嗰樣，唔買就話邊個邊個姐妹都有……」

「係喎，到滿足佢呢樣啦，就開始想你買車，到你有車啦，就想你買樓，你住公屋就已經話你唔長進。」

看來……這個話題可以討論到明年今日，於是我決定任由他們熱烈地討論下去，說了再見後便悄悄地離去。

與此同時，在回去的路上，Cathy回覆了我的WhatsApp：「Sorry呀，我今朝返工嘅時候太趕睇唔到，miss咗你間cafe開張！點都好啦，恭喜你呀。」

這是我們再一次聊天，感覺有點陌生。

「唔緊要呀，你今日放幾點呀？」

「我放8點呀。」

我決定再鼓多一次勇氣：「係呢，不如約你食飯呀？我哋……好耐冇一齊食飯。」

「Sorry呀，今晚約咗個同事食飯。」

那一刻聽到Cathy有約會這個消息，縱使不知道對象是男是女，我的內心不禁泛起一點黯然。

「咁使唔使等你門口？怕你今晚唔返，哈哈。」

「你想我唔返？」

「講下啫，家中嘅大門隨時歡迎你。」

「今晚見。」

明明我們就是睡在同一張床，為什麼言談間卻有著距離感？

Chapter 16
假的希望（上）

說實話，某程度上我們都算不上是情侶，只是住在一起，陪伴著對方，住在同一屋簷下，睡在同一張床，偶爾上床解決彼此生理上的需要，也從不會說喜歡對方、想念對方，至於「我愛你」更是從來沒有說過，彼此的Facebook關係更是一直懸空，我們設定了關係一言難盡，但沒有顯示和誰，至於戀愛的日常更只是偶爾更新一次。

但其實這種戀愛方式，至少我覺得很舒服。

縱使我們在意過對方，但從沒有一天會把對方看待作情人，所謂和諧的相處之道就是用朋友的心態去處理這種複雜的關係，總括而言一切從簡，把所有事情看開一點，自然一切變得和平，正所謂認真就輸了，但我們落得如斯田地，可能是我們在相處的日子間，雙方都不知不覺變得認真起來。

我們像是情侶，但卻又從不認對方是情人，日常的相處都用朋友心態去看待，但我們的確在做情人的事情。

說實話，現在的我處理不了這種難以言喻的感覺。

回到店舖，我以笑容和客套話來接受每一位來賓的恭賀，我每做一件事情都裝作毫不在意，喝下的每一口香檳，都是用作麻醉自己......

不過香檳要弄醉我，的確有點難度。

經過一天強行歡笑的洗禮後，我連臉部也僵硬了，拖著累透的身子回家後，我坐在梳化上環顧著這一種冷清的感覺，再幻想著Cathy臉帶微笑的和某某燭光晚餐的情景，不禁使我唏噓地嘆了一口氣。

我從褲袋取出煙盒，卻又猶豫了一會，因為我答應過Cathy在家中不准吸煙。我握住了煙盒數秒，然後再也不作多想地取出香煙，熟練地把它點起，然後抽一口煙再吐出淺灰色的煙圈，實情上吐出煙圈的時候，我的心也在不禁連聲嘆喟。

看著時鐘一分一秒的流逝，雖然只是晚上九時多而已，但一股惶恐的感覺卻在我的內心深處湧出，我開始會為時間過得很慢而深感煩躁，亦為自己的莫名其妙感到討厭，畢竟我不知道自己為何會這樣。

煩亂的我「妖」了一聲把煙盒掉去，再穿回鞋子決定到樓下逛一會，也許我會遇見回家的Cathy，更可能會目睹是何方神聖約她共晉晚餐。

走了數圈後，當我想再抽一口煙時，才記起自己怒氣沖沖的把煙盒掉了，於是我來到附近的一間便利店買煙。就在便利店附近，我見到有一輛名車停泊在迴旋處，而Cathy正從裡面走出來，她客氣地對一個尚算斯文有禮的四眼男點了點頭。

說起來，由Amanda事件起，至今日我還是對四眼男全無好感。

在Cathy準備頭也不回離開的時候，四眼男把她叫停，還從車裡捧出一束頗為誇張的玫瑰花，Cathy看著那束玫瑰花不停耍手搖頭，四眼男一臉誠懇，Cathy卻準備離開，但四眼男竟跑到她面前，再誠懇地哀求著她，不過Cathy依然耍手搖頭，恰似毫無半點動搖。

眼看四眼男灰頭土臉的在低語，我在暗處不禁笑了起來。

這個情況我應該要衝上去推開四眼男，而不是看戲，對嗎？

在我準備衝出去的一刻，四眼男無奈地取回他的玫瑰花上車，然後駕著他的名車黯然離開，而我就笑著悄悄地對他說了一聲再見。

接著，我緩緩地跟上Cathy的步伐，在我們的距離愈來愈接近的時候，我竟然感到有點慌張，同時更想不到我們的開場白；我一邊走著一邊暗暗地吸了一口氣，終於，我輕輕拍了Cathy的肩膀一下，當她停下腳步回眸的剎那間，我決定帥氣地開場對她說了一聲：「Hi！」

其實這真是一句老套的開場白。

她看到我的一刻，眼神顯得有點生疏，愣住了好一會說不出話來，接著才報以一抹雲淡風輕的微笑，像與鄰居巧遇時寒暄地說：「Hi，你……落嚟行街？」

我決定一貫以往的風格，打趣地答道：「唔係呀，專登去等你，睇下撞唔撞到你呀？」

假的希望（上）

Cathy 暗自嘆了一聲，雖然不太明顯，但我確實清楚地聽到唉了一聲：「點會呀？」

「點會唔會呢？你……知道我都會擔心你，哈哈。」

大概，在我說會擔心 Cathy 的時候，我已經揭露了自己的心跡，然後她便點了點頭微笑道：「即係……正話你見到有人送花畀我，驚我會收花，驚我會搵第二個？」

Cathy 一語道破了我的內心想法，害得我頓時支支吾吾：「嗯……見到嘅……不過……你以前都會有人約你食飯啦，正常社交……冇事嘅，而且……你都冇收到啦。」

Cathy 苦笑說著：「哈，即係其實你見到，但就企埋一邊睇住人哋送花畀我，而你心態上就好似朋友好奇咁樣觀察住，係唔係？」

「咁如果你真係覺得嗰個人咁煩，就唔應該同佢食飯。」

「一場同事放工食餐飯有咩問題？而且我唔係同佢一個人食，只係食完飯之後佢堅持要車埋我咋，因為我個頭好痛，我想快啲返屋企至答應坐佢車，如果唔係我唔會囉。」

說罷，Cathy 揉著自己的太陽穴數下，接著再道：「其實……我哋係咩關係？話我哋似情侶又唔似情侶，但我哋又會做情侶會做嘅嘢。」

那一刻，我整個人愣住了半晌。

Cathy 看著我的無言以對，報以失望的眼神牽強笑道：「連一個二選一咁簡單嘅答案都講唔出口。」

她搖了搖頭續道：「我返去休息下先，我個頭真係好痛。」

「小心啲。」

「嗯，你……都唔好咁夜返。」

我眼巴巴的呆望著Cathy離開的背影，內心不停責備著剛才的自己。

二選一的答案⋯⋯⋯情人和朋友。

說實話，這個一直是我們這段關係的關鍵問題，到底我們是情人還是朋友？還是只是用朋友心態去跟一個情人相處？

剛開始的時候，就算有問題我們都可以看開一點，直到時間漸久感情日深，問題就漸多了，但我們一直都愛理不理，只顧活在當下；當問題日積月累，兩個人的生活和人生亦開始有所改變，見識和價值觀亦開始漸遠，這個時候只要出現一個問題，其他問題便會隨之而來。

這一刻，我坐在附近的遊樂場，看著一片又一片的落葉，任由秋風吹透我的心靈，再漠視「請勿吸煙」的告示，看著煙盒中漸漸減少的香煙，瞬間想起目前人生的離別，其實都像一根又一根的香煙，最初我把煙點起，是為了享受活在當下，也是為了抒發心中的唏噓，然後我深深吸上一口，任由它在身體裡走了一圈，最終卻還是要吐出來。

手中的香煙只要燃盡了，那怕有多不捨都不管用，就算留著煙蒂作紀念，現實還是會殘酷地對你當頭棒喝，讓你知道這根煙已不能點起，已經沒有任何作用。

想著想著，我手中的香煙真的都燃盡了，於是我再抽多一根，看著自己的過去化成煙霧，所有往事都只能從腦海中追憶。

她說，人最難受不是失望，而是面對逆境後，內心的無力感和不知所措。

她說，當一個人發現自己真的愛上一個人，就會認識到何謂痛苦和情感的折磨，也會了解到何謂妒忌和擔憂的困惑，要是沒有愛的話，所有事情都可以看輕一點。

當時的我不耐煩地揶揄她話真多，現在我卻很清楚何謂痛苦和情感的折磨，何謂妒忌和擔憂的困惑。

假的希望（上）

　　大概，我真的愛上了 Cathy，只是以前的我總是迴避這種情感下的條件反射，直到出現問題，真的害怕會失去她的時候，我愈極力迴避這種條件反射，內心便會愈來愈痛，最終還是折服在一個「情」字之下。

　　當晚回到家後，Cathy 已經睡去了，而我沒有回過睡房，只是睡在客廳，也沒有聽歌，因為就算設定了隨機播放，我都已經聽厭了，於是我聽收音機純粹是為了減輕自己的孤獨感，我的腦袋不停轉動，但又不知道自己其實是在思考什麼問題。

　　我愈來愈覺得不知所措，亦不知道如何處理這段關係。

　　翌日早上，回到店舖的時候，我本已因昨晚的事情感到困擾，再加上店員的不聽話，令我心情更加煩躁，就在這個時候，有一個戴著耳機了無朝氣的男生走了進來，他的皮膚白皙，消瘦得有點像營養不良，從樣貌推斷......他應該是剛剛中學畢業的男孩吧。

　　「係？有咩可以幫到你？」

　　他客氣地說：「你好呀，我係想見工......你哋係唔係請人？」

　　在我的眼中，這個男生了無自信，連胸膛都挺不直，小弟十分討厭這樣類型的人，畢竟沒有自信的男人和太監根本沒分別，所以我第一眼就已經不太喜歡他。

　　但由於我的心情太差不想工作，故此打算利用他聊一會，我又可以做好人，更可以消磨時間，一舉兩得何樂而不為。

　　「係呀，你叫咩名？」

　　「叫我阿穎。」

　　連名字都沒有男子氣概，要不是為了消磨時間，我真的很想打發他離開。

　　「阿穎，你填填 form 先。」

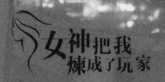
我一邊看著他填表格，一邊和他聊起來：「係呢？你啱啱中學畢業？」

他搖了搖頭說道：「我已經二十四歲。」

「吓？」

這個人……已經二十四歲！看上來真的不像，擁有如此童顏，真不知應不應該慶幸。

我看著他填妥的表格，原來他讀不成書又沒有中學畢業，還在見樓面侍應這種工，這種人真的很沒用，只要稍為長進一點的話，都會跑去進修或者讀完毅進去當公務員吧？

不過轉念一想，還是算吧，反正我都不會請他這種人，我肯定他是那些得過且過又不勤力工作的人。

「問一問你，點解你會見呢份工？好老實人工唔會高……」

「其實……我以前返工嗰度執咗，失咗業已經兩個月，但……我唔想做廢人，咩工都做住先。」

雖然我欣賞他的心態，可是另一邊我卻暗笑，像他這樣沒有才能的人，有多少工種可以選擇？

「原來係咁，但我哋係請長工，當然希望係想請一個長返嘅人。」

我看著他，希望靠著一道凌厲的眼神讓他知難而退，可是他低下頭沉思了一會，說實話我真的很痛恨這種廢物，沒有學歷、沒有自信、沒有未來。

「老闆……其實……冇一個人想一世困死喺呢個地方，每一個人都想有擺脫嘅過去，去到另一個境界見識。」

「咁你想擺脫咩？」

「哈哈……過去。」

假的希望（上）

「為錢？為女人？」

他沒有回應，只是從他的眼神看來，說起一個錢字的時候，他那自卑的身軀卻用肢體語言告訴了我，他就像一頭被現實折磨和馴服了的野獸，他在為不知道的理由而飢餓著。

雖然這個人很窩囊，但的確他的這句話說進了我的心坎裡，我愈看著這個人，就愈覺得這個人似曾相識，只是他欠了一點自信，欠了一點學識，但內在的貪婪很像……Amanda？

看著他，我整個人竟然糾結起來，我一邊覺得這個人很有趣，如果我可以像歐子瑜一樣悄悄地對他加以培養，深信未來一定有所作為，但另一邊廂，我卻害怕這個人得到了機會後，內心的貪婪會像Amanda一樣覺醒。

思索了半晌後，我確信當年的遺憾是我過於年少、不懂洞悉人心所致，但現在的我已經不像往昔，我深信自己可以用歐子瑜的方式把這個人指引到正確的道路，。

「咁……幾時返得工呀？」

「聽日。」

「聽日見。」

他點了點頭說了謝謝後便離開了我的店舖，這一個男生的外表當然跟Amanda有著天壤之別，但直覺卻讓我相信他們是同一類人，而且看著他漸行漸遠的背影，我愈覺得十分熟悉。

這突如其來出現的男生令我感到忐忑，我再認真看看他填的表格，他的名字是林志穎，果然連名字都沒有男子氣概，我再看看他的生日，是2月……29日生日？

這樣的話不就是四年才有一次生日？還是他自己填錯了？

這個人真是十分奇怪，但又惹起了我的好奇。

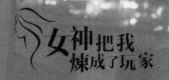

到底我的改造能否可以像歐子瑜當日一樣，把他徹底的改造，更改寫他的人生？

說不定，這將是一件非常有趣的事情。

經過一天的辛勞後，我拖著沉重的步伐回家，聽著冗長的歌曲，由陳奕迅的貼地精選歌曲到周杰倫動人心靈的情歌，我總覺得讀書時期聽著的歌曲，就算聽得生厭，每當及後的人生感到苦惱、困擾、哀傷時，再聽一次都總能從歌詞或旋律中找到共鳴，同時更會想起以前的點滴。

想著想著，我看著車窗外的風景，剛好巴士經過了從前讀過的中學，來到了一切的原點，腦海浮現起曾經的回憶。

當時，就在校門外的一條微微傾斜的斜路，我和歐子瑜就此分別，那天以後我再沒有見過她，一切就此結束。

當日拍過的合照，還有那個……把她的內褲穿上頭裸跑的約定……

種種一切，雖然已經似水無痕，而且亦無跡可尋，可是……在我的腦海卻猶如昨日發生一樣的清晰，每當憶起的時候，鼻腔總是有一點酸。

很多時候，我都會假設如果歐子瑜沒有消失。

雖然她只是女神，不是任何神明，但從她的對話間，總能搜刮許多有意義和終身受用的道理。

有時候我都不太清楚是終身受用還是遺害終身，只知道和她這樣既像天使又像魔鬼的女生相處，每一天都過得十分有趣和刺激。

年少的愛情，我們總是十分輕易便錯過，以為愛情是雙向，剛開始的時候已經想到會有幸福的結局，想到如何慶祝紀念日，談電話到天光亦算等閒，電話用光了通話時間亦是見怪不怪的事情，沒有通話時間便偷偷地用家中的電話，所以對愛情我們會充滿憧憬。

假的希望（上）

當時的我們不知道何謂愛情，不知道愛情是可以劃分為很多種，以為就算愛錯和錯過總有下個，但到長大後才發現當日的輕率成了今日的遺憾。

我們不懂得愛情的時候，正是最懂得享受愛情的時期，到了懂得愛情的時候，見識過何謂背叛和現實，有人選擇不停戀愛，希望再找到真愛，有的人則寧願在床上和別的異性幹多幾回，把愛情看得開了，任由它 easy come easy go，因為我們需要和追求的已經是另一回事，多了許多考量，少了一點順從自己心意。

說實話，曾經有一刻認為 Cathy 擁有著歐子瑜的智慧和理性，擁有 Amanda 的傲氣，沒有她的貪婪，亦沒有歐子瑜的價值觀。

有時候，我會假設當日如果我把歐子瑜挽留，沒有讓她和我道別便離開的話，結局會否跟我和 Cathy 現在的處境一樣？

為什麼我今天會突然想起這麼多從前的事？

是因為重遇了一個熟悉的背影？

這個名叫林志穎的是男生，我卻覺得他很像 Amanda，想幫助和拯救他，好讓他不會成了另一個 Amanda。但以他的資質，就算給他翅膀也不會飛得很遠，給他金錢也不會想到當老闆。

回家前，我乘著涼風在車站抽了一口煙，一口煙、一種味道、一陣風，便會回到從前。

我忘了自己從何時開始變成這樣，忘了自己從何時開始抽煙，更忘了我和 Cathy 從何時開始會變成這樣，我一邊苦思到底在哪裡出錯，一邊思考著一會如何和她相處。

把她當作視而不見？還是說一聲你好和晚安，便總結一天的話題？

回到家後，只見 Cathy 剛剛從浴室走了出來，她一邊擦拭著頭髮，雙眼凝住了我數秒，直到我生硬地問道：「聽日返早？」

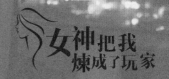

　　她側著臉看著牆上的時鐘答：「本來返六點，不過我請咗假，就當補假同埋返媽咪度食飯。」

　　「好啦。」

　　「早啲瞓下。」

　　「早瞓。」

　　說罷，**Cathy** 微微點頭便回到了睡房，然後輕輕地關上了門，而當晚我亦自願睡在客廳，因為我總是感覺彼此之間已經聊不起任何話題，接下來的日子我也是當上廳長，深夜電台有時會播起一些老舊的歌曲，無可否認某些老舊的歌曲的確動人。

　　我任由主持人和聽眾的說話滑過我的腦海，一邊思考著我們的關係由睡在一起到分開進睡，我們還能回到初時的甜蜜嗎？

　　理性不停告訴我是時候把一切結束，可是感性卻令我感到依依不捨。

　　某天以後，我的確活得像某個女生，或者活過的每一天都有著她的影子，但是⋯⋯我活得比她失敗。

Chapter 17
假的希望（下）

當在客廳睡覺已成習慣，我開始明白為何當年我的父親對於當廳長這回事，由抗拒到接受，然後學會苦中作樂或者享受箇中樂趣，因為在客廳中沒有人會管你，電視亦是屬於你的，只要打擾不到睡房中的那個人，深夜時分整個客廳的一切都是屬於你的，唯一美中不足是梳化太硬，難怪有些新婚夫婦在選購家俬時，對梳化特別執著，女的是為了坐得舒服，而男的就是為了未來睡得舒服，所以梳化床這類的款式最受歡迎。

從前對於球賽，總覺得是一班人追逐著一個足球或搶著一個籃球，我覺得十分無聊，一般是為了應酬朋友才會去看。

我認為球類比賽和情愛遊戲是十分相似的，一班人追逐著或者搶著一個目標，只要你能夠搶得到和控得好，球就是屬於你的，別人只能使盡渾身解數去奪取。

以前我會覺得自己看膩了這種追逐，但現在，我卻開始學會享受觀賞球賽，由籃球到足球的比賽都會看，因為深夜時段不看球賽的話，根本沒有其他事情可做，大概，這是男人的浪漫吧。

某晚，Cathy 在醫院返通宵班，而我則在看電視，突然褲袋裡的手機一震，原來是惡魔的召喚，是魔鬼的一通來電，是友人找我。

按下接聽後，友人的背景已經夾雜著 clubbing 的純音樂和女生們的狂歡聲，正是這些狂歡聲撩動了我潛藏已久的心癮。

「喂，去唔去飲嘢呀？慶祝下啦，估唔到三個月就回咗本啦！」

「而家幾點呀？一點啦，要瞓啦！聽日要睇舖，你就話唔使做。」

「你要瞓？唔好畀我睇死你呀，肯定喺梳化睇緊電視啦！你覺唔覺自己嘅人生咁樣好唔掂？」

其實撫心自問，我真的會甘心每晚在客廳浪費自己的人生嗎？

說實話，我很懷念淺醉的感覺，那種醉生夢死的「頹廢」人生，才是我最想要。

至於淺醉和找對象歡愉的理由我都已經忘掉了，只是任性地喜歡這種得到撫慰的感覺。

「年紀開始大啦，唔好玩啦，唔好浪費時間啦。」

「返工等放工，放工返屋企睇電視節目，再唔係就睇波，咁樣你唔覺得無聊咩？」

「唉。」

「以前就話Cathy唔畀！而家你哋都分埋房瞓啦，你返工時佢就瞓覺，你睇電視時佢就返緊工！老實講呀，你哋而家就好似......同屋主咁咋。」

對！人生已經有三分一時間用來上班，要是再浪費時間不找點樂子的話，其實對於餘下三分二的人生時間絕不公平。

雖然有人會覺得去玩都算浪費時間，但至少我希望在浪費的過程中得到快樂，從前是因為尊重Cathy才放棄了夜生活，但現在我卻在友人的勸說下，有了一個重回黑夜世界的藉口。

「換轉係我，我真係同條女散咗，就算一齊住都唔係問題，但嘢都唔講喎，仲日日對住為咗咩呀？就算唔捨得係理由的話，時間都會沖淡啦。」

「可能真係唔捨得啩。」

「信我啦，今晚去玩下，見識下啲後輩啦！」

「邊度搵你呀？」

「衰鬼，都話你會心動！老地方等啦。」

從前的黑夜世界，我最享受的是觀賞著「波濤洶湧」的女人在我面前走來走去，如像走馬看燈一樣，同時訓練了我當機立斷的技能，只要看中的話便要立即出手，不要猶豫不決，因為只要遲了半點的話，獵物便會屬於其他獵人。

假的希望（下）

　　重回了黑夜世界，我發現港女們的偽裝愈來愈高招，她們好像學會了變魔術，由沒有變成有，由有一點點變成有很多，簡直神奇得猶如耶穌五餅二魚的故事。

　　而且已沒有當年般好玩，到底是因為我的心境改變了，還是香港的夜場真的要沒落了？

　　從前在這裡認識的人，聽說大多數都已經喜歡到深圳等地方玩，但我則對於這裡的clubbing情有獨鍾，大概是回憶的一種吧，而且我確是享受和同聲同氣的人聊心事，然後翌日早上便各走各路。

　　但從今天這個情況看來，要找個對手都有點難吧。

　　看著看著，我不滿地對友人抱怨：「喂，說好的後輩呢?」

　　友人喝著悶酒打量了周圍便對我說：「成場啲女都係你嘅後輩啦，呢度邊有一個人夠你同我老屎忽呀?」

　　說實話，這個地方有激昂的live band music，但clubbing不像clubbing，明明是一所普通的酒吧，地方不算大，但在中間又可以讓人跳舞。

　　想不到我的久休復出，就落得如此下場。

　　我環顧著全場的女生，不是一班在說三道四的熟女，就是一班圍著一起靜靜聽歌的人妻，而在舞池跳舞的男男女女，他們的女伴許多是從外帶來的！

　　到底這班人知道夜場的規矩是嚴禁攜帶外賣進食嗎？

　　這裡是狩獵場！不是讓他們野餐的郊野公園！

　　就在此時，有一個難得合我眼緣的輕熟女在我面前走過，黑絲和高跟鞋已經足以喚起我的雄性本能，配上成熟知性的微曲長髮，樣貌雖算普通，但她們最大的魅力，是成熟知性，懂得觀人於微。

　　她悄悄地看了我一眼，再微微一笑，我知道這是一個可以前去狩獵的提示！

　　我輕輕推了友人一下說：「再傾！」

　　友人喝了一口悶酒再道：「聽日……我開舖啦。」

　　「Thank you！」

　　我點了一支香檳，再朝著今晚的獵物方向走去，久休復出的第一發，絕對不可以失敗，而且休養已久的小基已經扣下扳機，今晚隨時可以發射！

　　我先來個開場白，她報以挑逗性的眼神，然後我把一支準備好的香檳端到她面前，換來她主動笑著問道：「香檳？你……開錯酒？定有嘢慶祝？」

　　我笑著答道：「有嘢慶祝呀。」

　　「慶祝咩呀？」

　　「慶祝我……識到你囉。」

　　「喂喂喂，口花花呢一招而家對我已經冇咩用。」

　　「咁咩招至對你有用？」

　　「實際行動。」

　　說罷，她……已經用指尖劃過了小基一下，由於小基久疏戰陣，定力已經不如以前。

　　「由呢支香檳開始畀我證明?」

　　「好呀。」

Chapter 17
假的希望（下）

　　她用一抹嫵媚的笑意示意答允今晚成為我的床伴，但在她答允的瞬間，我的腦海卻突然想起 Cathy，對於自己置身於此並和眼前的女生眉目傳情，我竟然泛起濃濃的罪疚感。

　　「做咩呀？突然諗起啲嘢?」

　　「冇呀。」

　　「即係有啦，肯定係諗起女朋友。」

　　我就是喜歡這樣爽直的女人，說的話每一句都不會轉彎抹角，從來只是單刀直入。

　　我「嗯」一聲，再喝下了一口香檳：「唉，咁都畀你睇得出。」

　　「見過咁多男人，點會唔知佢哋個心諗咩？」

　　接著，我留意到她右手的無名指，有著戴過戒指的痕跡，於是我隨口說道：「你……除咗隻戒指。」

　　她笑道：「係呀，離咗婚。」

　　這年頭失婚的人妻真多，到底是婚姻這回事愈來愈被人看輕，還是人們變得太輕易 say hi and say bye？

　　「噢，sorry。」

　　「你都有個失戀樣，好似好苦惱、好煩。」

　　「嗯，係呀！以為睇開啲就冇事，點知……」

　　她接下去說：「點知發現有啲嘢其實唔係睇開啲就得，因為所謂睇開啲其實只係無視咗問題，到真係冇辦法無視嘅時候，就發現原來一直都堆積咗好多問題。」

　　「冇錯。」

　　「我同我……前夫都係。」

話音剛落，我們好像找到了一個今晚可以相濡以沫的人，我們乾杯慶祝找到了一個可以聊得上話的過客，這支香檳真是開得妙。

我把我的感情問題一邊喝著一邊訴說，她用心地聆聽著，然後溫柔的握著我的手，再輕輕親著我的臉頰，在我耳邊輕聲說：「算啦，無謂畀感情約束住自己，愛情應該係享受而唔應該係約束。」

「係咩？」

「我同我前夫以為好似做朋友咁相處會簡單好多，後來我哋會發現唔係每個人都可以用朋友心態去交往做情侶，而且人係感情嘅動物，好容易會僭越咗嗰條界線。」

她說到「僭越咗嗰條界線」的時候，她的手已經不停輕輕的挑逗著小基，然後再對我說：「唔好諗咁多，今晚陪我。」

我們對望了一會，這一刻我才驚覺這個輕熟女是魔鬼派來的誘惑，可是我接受了。

我有好好地聽過歐子瑜的訓話，亦有好好地當過一個安分的情人，但後來才發現自己並不適合戀愛，而且一開始用的方法就已經錯了，用朋友的心態去經營一場戀愛，根本不是每個人都能輕易做到。

因為人是感情的動物，只要僭越了朋友心態的界線，對於事情的觀點和角度便會改變了，而一開始所確立的關係便會變質，同時由於看法轉變了，問題亦隨之而多了。

果然認真就輸了。

想著想著，她已經主動吻了下來，雖然她的嘴唇沒有軟雪糕般軟滑香甜，但卻恰似魔鬼給予的果實。

曾經歐子瑜說過，魔鬼有著七顆不同的果實，他總會找到合適的時間和時機恰到好處的把果實給內心枯竭的人品嚐，縱使人們的理性如何堅定，牠依然會把果實貼著他們的唇邊，直到他們受不了誘惑咬下了一口，讓果汁滋潤他們枯燥的心靈，讓他們從此為追求果汁的味道而活。

假的希望（下）

　　我和這個輕熟女在酒吧中熱吻起來，接著便到鄰近的時鐘酒店，好好品嚐魔鬼的果實，讓牠的果汁洗滌著我的心靈。

　　其實每個人都是犯賤，尤其是像我這種人，追求愛情只是希望找個避風港，得到浪漫又要有空間，就算換上別人，亦會得到相同的結局。

　　那晚，忘了我和這個輕熟女換過了多少體位，大戰了多少回合，當我清醒的時候，已經日上三竿，該位輕熟女已經赤條條的伏在我的懷中，就在我們雙雙醒來的時候，我才得知了她的英文名——Cherry，而我亦用上另一個英文名來作自我介紹——Ken！

　　聊了一會後才找回了自己的手機，當拿著還未亮起屏幕的手機，我遲疑了數秒，心想要是Cathy找我的話，我該如何解釋？她下班回家後有否發瘋地轟炸我的WhatsApp？

　　直到解鎖了，我才會深深感受到愛的反面不是恨，而是漠不關心。

　　Cathy沒有找過我，沒有來電沒有WhatsApp，大概……我們已經是同屋主的關係，只是天真的我以為她心有不捨，而實際上對這段感情尚有一點留戀的就只有我嗎？

　　又或者，Cathy對我的看法已經變回剛認識時的那樣討厭著我，覺得像我這種人徹夜不回家是正常不過的事情。

　　想著想著，我不禁暗嘆，覺得一切又回到了原點。

　　洗澡後，我和Cherry各自穿回衣服，再一起照著鏡子整理儀容，她笑著的模樣惹起我的好奇：「做咩咁開心呀？」

　　「冇呀。」

　　她接著說：「我唔太清楚你嘅故事啦，但我可以同你講女人諗嘢唔係一加一等如二咁簡單，可能佢哋係心諗加三或者加四，但佢哋嘅想法同答案從來好少會直接同男人講，就算幾率直嘅女人都係一樣。」

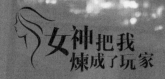

　　為何兩個人的相處總是不能簡單直接一點，而是要像拆解謎團般溝通？

　　「即係咩呀？」

　　「就係不懂女人心，好好聆聽下女人講過啲咩啦。」

　　「哈哈，我已經睇唔透啦。」

　　「你點會估唔到？其實你察覺女人內心嘅悲傷呢一點好準，醒多你一樣嘢！你女朋友想要嘅唔係你畀唔到，而係你遲咗，同埋……你畀錯咗。」

　　女人說話從來都是這樣，總需要男人動腦筋去思考，那一刻，我有努力回想過Cathy以前對我所說的話，不過好像沒有什麼所謂的暗示。

　　說實話，要是在生活每件事的細節都需要解謎的話，其實心會很累。

　　我又不是福爾摩斯，怎能對每件細微的事都作出推理？怎能對每句說過的話都細心解讀？

　　穿好衣服後，Cherry給了我一個擁吻，然後我們便各自離開。

　　想著從前以為自己深知女人心，直到昨晚以後，我發現自己想法十分天真，原來女人的內心想法會隨著年紀而有所改變，而我卻無所增長，仍然停留在解讀少女的思想，所以我所了解的一套已經不再合適她們的年齡層。

　　與其說是女人心善變，倒不如說成人的心變幻無常。

　　由於整晚沒有回過家好好休息，加上一天辛勞的工作，回到家後我已經累得說不出話來，只是脫下鞋子，從衣櫃取了衣服便衝進了浴室，洗過澡後便一直攤在梳化上，開著電視任由電視機的無聊節目聲浪驅去屋內的寧靜。

Chapter 17
假的希望（下）

這個時候我才發現Cathy還未回家，現在已晚上十一時多，估計她在下班回家的途中吧。

這些日子間，我已經忘了自己有多久沒有過問Cathy工作的時間表，對於她的時間表都是靠著過往的時間來推斷，有時候她會晚了點回來，也許是跟別人約會吧。

眼皮開始支撐不住，當眼皮快要完全合上的一刻，門鎖扭開的聲響使我霍地清醒過來，Cathy一臉倦容的打量著我，顯然地從她的眼神得知，她有話想說，直到她把袋子放下便對我問道：「尋晚你出咗去咩？今朝返嚟唔見你？」

「係呀，出咗去。」

她一邊把袋中的東西取了出來，一邊放好一邊問：「同你個兄弟去飲嘢？」

「係呀。」

「自己小心啲。」

Cathy在語末的時候，在朦朧間聽到她輕嘆了一聲。

「見飲完時候唔早咪返舖頭瞓。」

Cathy凝視著我說：「其實你唔需要交代得咁詳細。」

「又做咩呀？咁你問我咪答囉。」

她思考了一會：「咁係咪真係我問，你就會如實答我呀？」

「你問呀。」

「你到底係叫阿Ken，定Keission？你以前對我講所謂晚晚去飲嘢，其實係咪同啲女仔one night stand？」

Cathy怎麼會知道這些事情？

「如果唔係我姐妹今日同我食 lunch 時同我講，我都唔知道你以前係一個咁濫嘅人，仲要呃我只係去飲酒。」

我沒有回應，任由 Cathy 一邊紅著眼睛一邊連珠炮發的說道：「佢以前唔講係因為覺得我哋一齊好 sweet，唔想令到我哋關係破裂。」

「我當你以前年少輕狂，以前你話我哋用朋友心態去做情侶，我哋唔好諗一齊幾耐，的確我哋少咗好多煩惱，有好多嘢可以聽完就算，一笑置之，但後來日子耐咗我就發現自己唔得呀！」

「我有問過你，我哋係咩關係，你一係就答唔出，一係就話我哋而家咁樣唔好咩？唔開心咩？你唔發覺每一次你咁樣答完，我都係冇回應？因為其實我係唔開心。」

「同你一齊得愈耐，就愈唔敢投入好多希望，因為每一次有希望，你都會畀失望我，例如我只係希望你會答我，我哋係情侶關係，但你冇一次答過，我暗示過問過你，你真係想我陪你一陣？你就會答，未來嘅事冇人知。如果我真係只係想陪你一陣，會唔會願意同你同居？就算醫院有幾多人追，我都從來冇動搖過，我唔知道你哋啲男人點諗，但至少我冇諗過離開你。」

「我有時會覺得如果你只係想我陪你一陣嘅話，點解仲要花咁多心機時間去哄我？你愈對我好，我心情就愈複雜。」

「我哋之間從來冇承諾過對方任何嘢，亦都冇好好去了解對方，難聽一句就算而家問你，我鍾意咩顏色？我鍾意咩公仔？我鍾意去邊？你都答唔出。正如你要我而家講你嘅喜好，我都答唔到！我哋只係為一齊而一齊，為快樂而快樂。」

「好討厭你，好討厭自己，你知唔知我每一晚都係等你主動入房攬住我瞓，可惜每一晚嘅期望只係換來每一晚嘅失望。」

這一刻，我才打破沉默地說道：「做我女朋友，做我真正嘅女朋友。」

假的希望（下）

Cathy 蹲在地上搖著頭泣道：「呢一刻我知道自己點解會鍾意你，因為你真係好似我 Daddy！你哋根本係同一種人，一邊傷害個女人，一邊好溫柔咁同佢療傷，對住你我真係覺得好劫，我真係唔知你諗咩，我唔想再有任何希望同期望，對唔住，我唔要呀！」

這一刻看著 Cathy，我很想衝上去扶起她，然後再擁抱著她，明明從前和別的女性摟摟抱抱都很容易，也從未試過膽怯，現在我竟在人生中第一次覺得怯懦，我的腦海一片空白，內心卻非常愧疚，只能眼巴巴地看著落淚的 Cathy，更該死的是，我腦中的回憶竟然變得異常清晰，我猛然記起日常許多忽略了的事情。

人就是這樣，戀愛的時候不會覺得有什麼刻骨銘心，到了戀愛終結的時候，才會驚覺彼此走過的路，每一步都是深刻的回憶，每忽略的一句話都是遺憾。

我終於明白今早 Cherry 對我說的話，為什麼我遲了給她，而且我給錯了。

大概，在很早以前，Cathy 就已經想把我們的關係再進一步拉近，而我就抱著認真就輸了的心態去拒絕了。

大概，在很早以前，我以救世主的心態去拯救了 Cathy，給予她希望，然後我再一次傷害了她，給予她絕望。

我用上抖顫的聲線對她說道：「對唔住……」

我伸出手想扶起 Cathy，她卻哭著推開了我，然後掩面痛哭走進了睡房，並關上了門。

這一刻，我唯一能做的，可能就是離開這所房子，然後悄悄地遠離她的生活，直到某天她把房子交還給我的時候，就意味著她真的放棄了我們的回憶。

說穿了一點，我是在逃避。

那一晚，我沒有回家，整晚在無人的店舖聽著深夜電台的節目，直到聽到張家輝的《假的希望》，歌詞每一句都劃過我的心間，令我黯然神傷，不禁的潸然淚下。

那天我留下了訊息給Cathy後，基本上便再沒有回過家，只有偶爾回去看看Cathy有沒有搬走，而她一直沒有搬走，家中的一切擺設不變，而且她每天都請了家務助理打掃我的屋子。

有人說我很傻，不會害怕她帶男朋友回家，然後在我的床上糾纏？

我只是相信，她不會這樣做。

那天以後，我只能從Facebook偷窺Cathy的生活日常，可惜她再沒有更新。

那天以後，日間的我專心工作，晚上的我遊戲人間。

那天以後，我明白到每個人人生中總會有三個人，愛過一個人、藏著一個人、傷過一個人。

Chapter 18
貪婪的背影

那晚，我淌下了這麼多年來儲藏著的淚水，因為我已經很久沒有流淚。

那天以後，我好像再一次失去了流淚和心痛的資格。

那天以後，我總會相信我和Cathy的故事還未完結，但又希望她會找到一個可以愛護她的情人，同時衷心希望她這一生都不要再遇到我和她父親的那種仆街。

那天以後，沒有愛情的我寄情於工作，把滿足感投放在工作中，但這不代表我放棄了黑夜的生活，我仍需要半醉的感覺，仍需要性慾的抒發，仍需要借別人撫慰心靈和消耗空虛感，只是再沒有像從前玩得那麼隨便。

其實每一個男人都是征服者，征服者們都有一個共通點，就是貪玩，把征服當作填滿心靈的遊戲，把改造成為自己的成就感。

呃，說回我聘請回來的那個林志穎，說實話我真的不太喜歡像他這樣怯懦的人，同時更妒忌他竟然有一個富有的女朋友，可惜在這場戀愛關係中，以他不懂把握的性格和自卑低微的地位，注定是失敗者。

他的情路如我所料的崎嶇，起初我對感情問題視而不見，因為我覺得兩個人的情感問題，最終都是因為其中一方太過認真了，正所謂認真就輸了，有什麼話好說？

直到某天中場休息的時候，我終於忍不住對他教導了這句至理名言；我覺得他可憐又可恨，愈看著他，愈會覺得這個人如不加以教導的話，總有一天他會突然開竅，最終成為了另一個Amanda。

於是，我決心效法歐子瑜，借著教他處理感情問題，把某些道理教曉他，再從旁指引著他，希望他不要走得太歪，又不要活得像我。

在這樣日復日的情況下，想不到他漸漸依賴著我，更信任了我這個人，結果我們成為了亦師亦友的關係，同時我決定教曉他一門手藝，好讓他未來有一技之長，同時夾雜著一點的私心，希望他有一天替我打江山，成為我的拍擋。

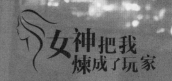
現在的我，白天是埋頭苦幹工作的肥基，晚上是半醉半醒的阿 Ken。

我享受以兩種身分生存的感覺，因為可以過著兩種完全不同的人生，可是工作上的同伴和阿穎都覺得不論白天還是晚上，我都活得十分不羈放縱，明明已用上認真就輸了的心態來工作，卻做得比其他人更好。

某晚，我突然領悟到一個道理，認真就輸了，不是用輕率的心去做任何事，而是心態上不要對事情過於執著，放鬆一點就能好好發揮；可是，以前的我曲解了這句話，浪費了歐子瑜當日的教導。

當我了解這句話的真正意義後，卻眼巴巴的看著另一個人因誤解了這句話而變成為另一個我。

這個人就是阿穎，可是那個時候的他已經聽不進我的話，他由自卑變成了有自信，由凡事點頭道是再恰似看透世事，我愈看他漸變的模樣，愈覺得他的語氣神情很像 Amanda。

直到他有一天不經意地說了一句話：「過去嘅事情，唔會再重複，失去嘅嘢，我會攞返。」

當時的我，竟然再一次支持他的想法，因為我還天真地相信，可以從中去指導著這個人，好讓他走得不像 Amanda。

因為我深知道，每個人內心都住著一頭野獸，要是得到滿足的話這頭野獸只會是一隻撒嬌的小貓，要是飢餓已久而且不得自由的話，這頭野獸便會變得十分兇殘和可怕，牠會把所有東西都吞掉，且會想得到更多的自由、食物和鮮血。

結果，我決定把這頭野獸控制在我的視線範圍內，就是邀請阿穎成為分店的負責人，剛好 cafe 的生意愈做愈好，於是我和友人有了開分店的打算，而專注事業的我當然有著濃濃興趣。

我深信有了這個希望，讓他一點一點的得到自由和學會知足，他便不會過度的貪婪。

Chapter 18
貪婪的背影

可惜世事總是難以預料，友人自作聰明就開分店一事對阿穎施了一個下馬威，阿穎被友人刻薄地嘲諷時，他的眼神簡直令我覺得心寒......

這種眼神我只見過一次，就是當年在校園的後樓梯，Amanda和我分手時所展露過的眼神。

那是嫉妒和憤怒的眼神，憤怒中帶著要奪取世間一切的貪婪......

事後，他的冷靜令我知道，接下來他會不顧一切的滿足自己的內心，就像Amanda一樣，可是我想不到他會如何滿足自己，同時又不能苦口婆心的勸說。

可是我的傲氣、倔強和好奇，令我不甘眼巴巴的看著結果，我想知道結果，更想知道貪婪的人走到結局的過程。

大概某程度上，我是想補完當年的一個遺憾，我想知道人會因為貪婪而做出何樣的事情，會付出何樣的代價，會得到何樣的結局？

後來，阿穎在廚房工作時，無心之失說了一句令我驚訝的話，當時我在和他分享夜店認識的人事，當中提到有一個已金盤洗手的黑道中人，現在白天會為慈善出心出力，晚上會到酒吧喝一杯悶酒。

阿穎聽到後，一邊煎著牛扒一邊對我說：「點解啲人會覺得呢個人係好人？有冇諗過佢以前害過幾多人？點解冇人會去話呢個人不知所謂，仲有人會去讚佢、欣賞佢，仲話佢為人豪氣爽直？」

「兄弟，你唔明世界上唔係得黑同白，仲有灰色，例如古惑仔都會讀法律，甚至要收買警察保護自己。」

「即係有錢人做過好多無良嘅事，之後捐返一百幾十萬就係大慈善家，一個賤人做過一百件壞事，只有一件好事，啲人都會對佢另眼相看。」

我聽到後只能默然點頭：「呢個世界就係咁。」

其實我都很討厭灰色地帶這回事，可惜我只能接受，然後再被這個價值觀同化。

這天以後，我意外地得知，阿穎突然找回了前度女朋友，縱使那個女人曾背叛他，但因為她是富家女，阿穎便背著現任女朋友跟她暗中走在一起；那刻我就知道，阿穎已變了。

他學會了控制前任女朋友的內疚和好勝，來達成自己心中的貪婪，因為這是一條最快的捷徑。

有時候我會在想，要是歐子瑜在的話，她會如何教導我去引導這個朋友？

大概，歐子瑜只會袖手旁觀，但我的性格絕不是這樣的人。

我一直從旁指導著他，為的不是希望他變好，只是希望他別走得太歪，因為我深信他還有良心，可惜當時他內心的憤怒已蒙蔽了良心；他內在的良知有時會在苦苦掙扎，可是我清楚，一切都是徒然，而他的結局……終會得償所願，對我而言亦不會有害。

我……只能這樣安慰自己。

結果，他把現任女朋友狠狠地拋棄，名正言順的和前任女朋友走在一起，更厲害的把她的肚子弄大了，我不知道該覺得他厲害還是可怕，然後他們奉子成婚，至於富家女的爸爸為什麼會答允婚事，是因為阿穎竟然願意自己的兒子跟從富家女的姓氏。

阿穎因此取得資金入股我們的店舖，最終成為了我們的大老闆。

人生就是如此離奇，看著現在的他，我難以想像當初見工時那落泊的他是同一個人。

有人說他是食軟飯起家，是一個仆街，是一個沒用的男人。

為什麼女人為錢出賣愛情，人們只會說她們是為自己打算，但男人為錢出賣愛情，卻會遭人白眼？

Chapter 18
貪婪的背影

　　歷史中出賣愛情的男人多不勝數，由劉邦、孔明到劉備等為人熟悉的人物，都是出賣愛情來提升自己的社會地位。

　　其實人們之所以討厭，說到底是不滿他人走捷徑。

　　只是，我又覺得好像是自己害他成了這個模樣，有點內疚、有點難以面對這個人，而且我也覺得這個人愈來愈陌生，就像當日Amanda一樣。

　　可是，我依然相信這個人還有良心，只是他已經沒有退路。

　　但再以結果論去看，我沒有損失，相反因為這個朋友，順帶著我賺得更多金錢，雖然我們的話愈來愈流於表面，見面的次數亦愈來愈少，但在股東分紅的時候，他總會悄悄地給我更多紅利。

　　阿穎的確愈走愈歪，但他的人生確實因此而得到轉變，我該為他的變化而憂心，還是因為他的發財而高興？

　　有時候我都不太清楚，他的太太不是他的最愛，他的兒子也不是跟他的姓氏，沒有親情和愛情，這只有金錢、只有冷冰冰數字的人生會是怎樣？

　　他對我愈來愈少話說，對一切愈來愈冷漠，就像戴上了一個木無表情的面具，一切感情包括笑容都是生硬的，恰似好不容易才能擠出來的。

　　有關他的一切，我真的不太了解，這樣說來好像很不負責任，畢竟他變成了今天這副模樣，就算我不是幕後黑手，亦算得上是有份參與的共犯。

　　是我害了他嗎？

　　有時候魔鬼之路，真的可以由善意堆砌出來。

　　自從阿穎入股後生意愈做愈大，我的錢包亦愈來愈多進帳。我開始請人管理自己的生意，計劃開更多的分店，這張美麗的發展藍圖，就是我和友人還有阿穎的共同目標。

由於有人打理生意，日子開始愈來愈空閒，我也同時變得懶了，因為在這段日子……我好像覺得渾身都累透，但怎樣睡亦不覺得足夠。

也許，忙碌的工作放緩並不是一件太好的事情，反而讓我有時間去思考，更該死的，是發現自己的心還在對Cathy的事隱隱作痛，依然沒有放下過。

由於白天的工作量已經不如從前，所以我又開始寄情於黑夜世界，每喝一口酒，為的都是不想清醒和思考；每抽一口煙，為的都是希望把內心的感慨和唏噓抽掉；每幹一個女生，其實都是為了每晚入睡的時候不會寂寞。

是藉口嗎？

我都不知道。

一切都變回原點，我的人生依然過得頹廢，過著輕易say hi和say bye的日子，縱使過程會談心和傾訴，可是我依然覺得不滿足和傷感。

和別的女人上床的時候，腦海總會有半秒會想起Cathy，甚至在下身抖顫前的一刻，我會幻想和我幹著的人是Cathy，而不是眼前的不知名女生。

其實我知道自己找不到任何一個見她的理由和藉口。

每一次回家的時候，總是不見這個女生，我的家依然整齊，家務助理每天都會上來清潔，有時好奇打開抽屜一看，會見到Cathy的衣服仍在，而且還添置了一些新衣，可見她還會回到這裡，不過我卻一次都見不到她。

她的Facebook已經有一年多沒有更新，電話也不接聽，WhatsApp從來亦只有單剔，難道是因為已經緣盡了？一切都已經過得太遲？

在這個情況下，我只好在某個聽著歌曲的晚上，藉著淺醉的感覺，拿起手機按進她的Facebook，想發一個訊息給她……

Chapter 18
貪婪的背影

看著對話框的對話還停留在尚未一起前的畫面，再看一次叫人萬般懷念，我一邊回憶過去，一邊想著該說點什麼，明明內心藏著千言萬語，但看著對話框的時候，卻不知要從何說起，最終過了良久，才發了個訊息：「最近還好嗎？舖頭生意愈做愈好，當日其實你苦口婆心嘅勤勉係冇錯，可惜我錯過了。你呢？聽講醫護人員好缺人喎，工作點呀？辛唔辛苦呀？有冇拍拖呀？如果有嘅話，記住用我同你Daddy做人辦，唔好識我哋呢啲呀，知唔知？最好搵一個玩夠嘅，咁就一定會係一個好情人。至於間屋，你可以一直住落去，我會買過另一間大啲，哈哈！而且呢度近你返工，出面啲租又太貴，搬返屋企住又會太遠，一來一回你會好辛苦。」

買大屋？我根本沒有想過，現在的我只是租住一間位於銅鑼灣的單位，這裡的租金真是貴，但地理位置鄰近店舖而且方便去玩，所以……我沒有所謂。

按下傳送後，其實我盼望的不是她的回覆，而是她已閱的標示。

有些話不用得到回覆，但求心聲真的可以傳遞到她的心裡就好了。

但事實上，我心裡想著的，那怕是一眼也好，讓我看看她的近況，看看她有否轉了髮型，有否變得憔悴，有否……新的情人？

我明白到失戀就像戒毒癮，找別人把自己綁起，忍一忍，捱過就沒事，更何況失戀不會死人，最多雖生猶死。

讓人尋死的不是失戀，而是失去自己。

天黑了！阿Ken是時候出動了。

從前我和友人是像小雙俠般出動，懲罰一班在夜場流連的淫娃蕩婦，自從生意上了軌道後，友人就再沒有到香港的夜場遊玩，反而轉攻韓國或台灣，每星期總會去一次，每次為期三至四日，因為他想把全世界的尤物都征服。

　　所以，夜場小雙俠現在餘下我這個獨行俠，遺下我獨自在黑夜世界浮浮沉沉，踏進慣常來到的諾士佛臺，由重回這個地方時的陌生，再認識了一班新的「朋友」。

　　但不知道到底是我的要求高了，還是現在的女生不容易讓我心動，許多時候一星期只有一天能一個人來、兩個人離開，其他日子都是飲悶酒為主，不過我也沒有所謂，我挺享受淺醉的感覺，過著醉生夢死的人生，倘若我的學識再多一點的話，在古代或許會寫得出一手好詩好辭，可惜我是活在現代的人。

　　再喝多一口烈酒，任由酒精支配著我的理智，我的耳邊突再次聽到高跟鞋的「咯咯」聲在酒吧門外經過，我縱使已醉得視線模糊，仍十分確定那是一個我討厭過、留戀過的人──Amanda。

　　她走到前方一間酒吧的門外，在坐著五男四女的位置停下，再和其中一個中年男人來了一個輕吻，接著坐在那男人的身旁，有點卑微的替他倒起酒來。

　　試想想吧，一個身穿行政人員裝束的女性，走的每一步都是傲氣凜然，但在這個情況下竟然主動為一個男人當上一個……侍應？

　　能夠讓一個從來不低頭、充滿傲氣而且專橫的人卑躬屈膝去倒酒，情況就像讓一頭老虎變成花貓，他會是一個怎樣的人？

　　對！他當然是一個有錢人，而且我十分確定這就是傳說中的未婚夫！但能夠讓 Amanda 這種人折服的，不是因為這個人是她的未婚夫，而是這個人擁有的金錢。

　　這個世界真的很奇怪，有人用金錢買愛情，又有人用愛情換金錢，從前我們會覺得愛情和金錢是分開，現在我們會覺得有金錢才會有愛情，更可悲的是……竟然每一個人都接受了這套價值觀，還為它創造了許多美麗的藉口，例如：金錢是男人有安全感、成熟的代名詞等等……

貪婪的背影

有人可能會說，這個女人貪錢，這個女人是妓女，但總會有人說她是為自己打算，然後整件事情便會變得合理化，最終抨擊這種事情的人，只能無奈地接受。

當然，這種護航的方式只適用於女性，男性的話只能埋怨自己生來多了一點東西，活在一個男女不平等，但打著男女平等幌子的社會。

想不到，獨自喝悶酒竟然能夠有額外的精彩片段觀看，明明應該為Amanda當天的放生感到慶幸，可是心裡眼見此情此景卻不是味兒，更有一刻我覺得Amanda和現在的阿穎真的十分相似。

他們只為金錢而活著，就算坐在情人的身旁，臉上的微笑都是堆出來的，幸而我曾經親眼見過他們二人最真摯的笑容，亦親眼見證這張笑臉被貪婪所吞噬。

過了一會，Amanda牽著她的未婚夫和其他人道別，看著Amanda漸漸離開的背影，竟然把當日身穿校服的她和現在的她重疊起來，看來......我還在懷念。

現在的她，只淪為有錢人的玩物，是有錢人的寵物，再也不是當日我見過充滿傲氣而迷人的女生。

或許因為阿穎的緣故，我對Amanda放下了一點憎恨，多了一點同情和理解。

想著想著，我竟然又掛念起歐子瑜和Cathy。

一直都為看輕一個情字而買醉，最終在淺醉時記起的就是一個情字，以前認為一醉解千愁，最終酒入愁腸愁更愁。

一個情字，結果往往換來都是一個愁字。

我打量著周圍的異性，再喝多一口酒，心想今晚還是應該一個人離開，於是我把杯中的酒一飲而盡，和酒保打了個眼色示意再見，就在此時，我留意到有一個短髮的女人獨個坐在酒吧較為不起眼的位置，凝視著眼前的一杯淺藍色加一片檸檬的cocktail在沉思著。

女神把我煉成了玩家

我問了問酒保那杯 cocktail 的名字，想不到這杯 cocktail 名為 Nothing。

噢，多有共鳴和意思的名字，所以連往日從不會喝 cocktail 的我，都故意為這個名字而留下點了一杯，喝了一口味道不錯，因為很像果汁，但我肯定只要喝多了肯定會醉的。

我朝那個女生的方向走著，愈走愈近的時候，我開始想，她⋯⋯會是我今晚的獵物嗎？

酒精雖然會引致視線模糊，神智會稍為不太清醒，但我十分確定目前逐步接近的目標相貌算得上為可人，走到她面前，剛好她亦把視線轉移到我身上，她的眼神有點莫名，而我立即展露出淺淡的微笑。

從她的反應看來，她不是常到夜場流連的人。

「Hi，你杯嘢飲好特別，我都忍唔住叫咗一杯。」

她瞄過了我手中的飲料，再微笑的點了點頭，但細心觀察下發現，在她微笑的瞬間，眉頭是深鎖的，由此可見她應該滿懷心事，畢竟我深信喜歡這杯酒——Nothing 的人，都是因為它的名字而感到共鳴。

「係咩？Thank you，杯嘢飲我都覺得好特別。」

看來我們打開了話匣子，有了某程度上的話題，於是我見狀便順勢而上：「我可唔可以坐低？」

她猶豫了半秒，我立即補上一句試探性的說話：「如果你唔方便或者等緊朋友嘅話，有機會再傾。」

她點頭笑說：「我一個人嚟，坐啦。」

我把飲料放下，接著再多點了一杯酒，然後坐在她的對面，仔細端詳之下，短髮更顯出她的成熟知性美，這種氣質間卻有一份 pure 的感覺，真是十分奇妙，而且更想不到短髮的女人除了林明禎會讓我覺得漂亮之外，現在還多了一個。

Chapter 18
貪婪的背影

她喝了一口後，皺了眉頭一會再笑道：「甜甜地，但有啲苦澀，總係唔明點解酒會咁多人飲，我重未識欣賞。」

「嗯？你……唔係飲開呢隻酒？」

笑容就好像是她的專屬表情，每說一句話都在微笑，而且她在微笑的時候，臉上會有著兩個不太顯眼的小酒窩。

她搖了搖頭：「我好少去飲酒，因為覺得啲酒好苦，只係朋友介紹呢隻酒，咁啱覺得個名好有意思，跟住每一次嚟都叫。」

她續道：「但我好喜歡佢個味，而且隻顏色都好靚，憂鬱嘅藍色，甜甜地但就有啲苦澀，總之同個名好 match。」

其實很多款 cocktail 都是甜中帶苦……

不過算吧，既然她不是常到酒吧的人，會用這個想法去品酒亦是正常，而且總覺得她的說話方式很新穎，就像一個旅客來訪我生活的城市，然後我和她交流著這個地方的人事一樣。

「咁……你個朋友都幾有品味喎，男仔？」

「女仔！不過都唔算朋友嘅，喺呢度識嘅，咁啱大家都有心事，交換過電話，但而家都好少約出去飲酒，只係間唔中 chat 幾句。」

「噢，同病相憐。」

她一邊說著，一邊皺著眉頭喝著，表情真的很可愛。

「佢可憐過我好多，佢男朋友正一賤人！捨佢而去，同咗個有錢女結婚，但佢好清楚個男人內心仲有自己。」

「你又知？一個人變咗心就係變咗心，佢選擇得同有錢女結婚，即係佢愛錢多過愛你個朋友啦。」

又是愛情和麵包這個問題，不過許多人只會選擇後者，因為人終究是自私的生物，只不過女人選擇麵包可以說成為自己打算，男人選擇麵包只會被人說成現代陳世美。

女神把我
煉成了玩家

　　她再喝了一口，眉頭再皺了一會，但她的臉上依然掛著微笑：「我聽佢講咋，因為佢見到佢個……前任啦，唔應該叫男朋友，本來應該係送張請帖畀佢，估計係佢而家個老婆逼佢啦，但佢親眼見住嗰個男人喺樓下大堂一個唔太顯眼嘅位置度撕咗張帖。」

　　「又會咁嘅……咁可能係嗰條友唔想見到你朋友呢？就算良心發現又有咩用呀，佢都係選擇咗錢！而且……我唔覺得人為咗改變自己環境去作出選擇同放棄係有問題。」

　　實情上貪婪的背影散落在這座城市的每一個角落，每個人每天都為金錢活著，為金錢作出取捨。

　　「唉，都唔知由幾時開始，愛情同金錢掛勾，所有人都會覺得冇問題。」

　　想不到，這個女生的價值觀和我有點相似，我喜歡和她聊天，至少彼此的對答不算庸俗。

　　喝多兩杯，話都說多了，說得不太客套，果然不容看輕這杯Nothing！

　　她凝視著我反問：「咁你呢？你接受到呢一套價值觀？」

　　我笑著卻暗自嘆一口氣：「接受唔到，但只能夠認同，最聰明嘅處世術，對世俗投以白眼，同時又同流合汙。」

　　「冇錯，我都睇開咗好多，冇咁執著。」

　　話音剛落，我們碰了杯，把飲料一飲而盡，然後再點了兩杯Nothing。

　　我不禁嘆道：「所以愛嘅人一般都唔會係同我哋終老嗰個，因為人大咗，對愛情嘅考量就會愈來愈多。」

　　說罷，她的神色深沉了一會：「唉。」

　　「嗯？」

Chapter 18
貪婪的背影

「但我對呢一點，仲好堅持！我希望愛嘅人，係同我終老嗰個。」

「如果唔得呢?」

她終於放下笑容，苦著臉說：「咁當我執著，我都會堅持努力爭取。」

「咁如果真係唔得呢?」

「問太多如果有用咩?」

「唔會後悔就得啦，做人最怕會後悔。」

「係呀，做人真係好怕後悔，做出一個決定時，最怕承受意料之外嘅結果，之後自己會後悔。」

「咁人係咪犯賤?」

「應該係話，人係喜歡痛楚，因為感覺會強烈一啲，刻骨銘心一啲，雖然話唔要唔要，但人最終都係鍾意自殘，你唔覺得人係一種喜歡自我毀滅嘅生物？例如飲酒，明知道飲得酒多會傷肝，但就死都要話飲紅酒會抗氧化；又例如戰爭，明明係會有死傷，但就偏要話自己係正義。」

「係，人係犯賤，但會將件事包裝到令自己感覺良好。」

我看著這個素未謀面的女生，卻聽著這番似乎只會出自歐子瑜口中的話，我不禁把她的臉孔和歐子瑜說教時的模樣重疊在一起。

大概，我看得她太久了，她好奇地問道：「嗯？做咩呆咗?」

「你……令我諗起一個朋友。」

「咩朋友呀？女朋友？暗戀過嘅人？係咪個個男仔識女仔都會咁講。」

哈，問得好，到底歐子瑜是我心裡的誰？

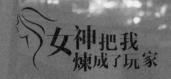

　　想著想著，酒精的作用使我鼻頭一酸，我說：「一個……又似天使又似魔鬼嘅人。」

　　「咁……佢應該喺你心目中好重要。」

　　我點頭：「係呀，都唔知係佢改寫我嘅人生定害咗我嘅人生。」

　　「既然係重要、係珍貴嘅，何須介懷嗰個人係好定壞，係改寫你定係害咗你？」

　　「好矛盾喎。」

　　我們又再說了一會，又再喝完了一杯！我從未試過和一個異性可以在酒吧聊這麼久，而且喝得這麼多。

　　更令我意外的是，這個女孩比我想像中能喝。

　　她說：「係呀，人不嬲都係矛盾，冇一個人可以永遠堅守自己嘅價值觀同信念。」

　　「咁你呢？」

　　「嗯，大家都係。」

　　我故意扯開話題：「既然大家都咁犯賤同矛盾，你叫咩名？」

　　「你呢？」

　　「Ken！」

　　「我想知中文名。」

　　第一次聽過有人對中文全名有興趣，可是我的中文全名是天大的秘密，至少故事開始至今，我沒有提起過。

　　「第一次見有人對人哋中文全名有興趣。」

Chapter 18
貪婪的背影

「因為我想記住每一個認識過嘅人，就算之後唔再見，我都想記住嗰個人。」

這一點和我有點相反，我是一個慣了離別的一個人，而她則享受去記住人生路上每一個認識的人，倘若我要像她的話，十個腦袋都不夠記著。

「你講咗先啦。」

「王凱汶。」

「好溫柔嘅一個名。」

「咁你呢？」

「當我欠住你先。」

「你細細聲講咪得囉。」

「唔啦，我冇咩點同人講過。」

大概，她也喝多了，竟然腳步輕浮的走到我身旁對我說：「你哋知唔知太多秘密會令女人好冇安全感？」

話音未落，我都不知道她是醉了還是突然站不穩，她竟然整個人伏在我的肩膊，我見狀當然不會放過可以進一步接觸的機會，我在她耳邊問：「你今晚有冇地方去？」

她笑著說：「你一開始撩我傾偈都係想咁......」

她再說：「咁你點解撩我傾偈？你覺得我靚咩？我又唔識哄男人。」

接著，她又再在我的耳邊道：「你哋個個男人只係想同女人開房，咁咪去開房囉。」

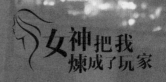
她說得很對！她的確是我的獵物。

Good！這是你提議的，我決定成全她這項建議。

我摟著她的腰，她依偎著我，我們二人朝著附近的時鐘酒店，開展今晚的下半場。

那晚以後，我明白到凡事總有例外，兩個人會相遇不是因為命運，而是因為選擇，例如我選擇了輕易離別，她選擇了對所有事情都珍而重之。

免費擁抱（上）

知道野獸是如何享用獵物嗎？

野獸會把獵物拖到自己的巢穴或者附近認為安全的地方，然後咬開獵物的表皮，再咬出一塊血淋淋的肉大快朵頤。

而我們會把獵物帶到附近的時鐘酒店，把她放在床上再解開她的衣領，和撿屍不同的，是獵物會和我們糾纏，使腎上腺素上升，增添情趣，接著我們不會咬出一塊血淋淋的肉，但會大快朵頤。

果然，人只是一頭被道德和智慧所規範的野獸。

她欲拒還迎的和我親熱著，還情深款款的打量著我，然後她主動解開我的褲頭，再在我的耳邊一邊喘息一邊親著我的耳窩。

當我們的肉體仍隔著內衣在糾纏時，她撫著我的臉頰輕聲說：「唔好呃我，可唔可以？」

「可以。」

她主動的吻上來：「咁……唔好離開我得唔得？」

「可以。」

男人在床上說的話和夜場的規矩一樣，十二點後所說的不可盡信。

然後，她竟然眼泛淚光，讓我整個人愣住了一會，心想她到底怎麼了？

「Andy……我會學識哄你，唔好離開我……」

原來她把我當作了……情人？

我們凝視著彼此的眼眸，好像把對方的內心世界讀取了一遍，在兩個本來不相通的世界之間築起了一條橋樑，接著……她整個人抽搐了兩下，如像打了一個噴嚏，把她今晚喝過的Nothing全數吐著我的身上！

　　我全身沾著她的嘔吐物呆了整分鐘，該死的是她竟然沒有沾到半點。

　　這是我一輩子從未遇過的事情，而且我這輩子從未感到如此震驚。

　　對於一個有嚴重潔癖的人來說，我好不容易整理了自己的情緒，然後說了句髒話就衝進浴室脫掉自己的內衣，不停揉著肥皂沖洗沾滿嘔吐物的身體，當腦海回想起剛才噁心的情景，小基亦不禁下了半旗致哀。

　　一會過後，我從浴室外再次聽到嘔吐聲，心裡突然有一絲不祥感，於是二話不說跑出浴室，驚見她竟然吐在我的名牌衣物上⋯⋯

　　最終，我還是整個人慌得尖叫了出來！

　　幸好銀包和電話絲毫無損，可是我整套衣物和她的外套報銷了，但她的其他衣物竟然沒有事，難道她是故意的嗎？

　　我的腦海不禁生出了一個大疑問，現在的我只餘下內褲，而整套衣物則不能穿上了，待會天亮了我該如何離開這間房間？

　　我看著這個名叫王凱汶的女生，嘆了一口氣走到她身旁，聽到她在哽咽：「好辛苦⋯⋯個胃同個頭好痛⋯⋯明明飲酒咁辛苦，都唔明你點解咁鍾意去飲酒⋯⋯唔好去飲啦，好唔好呀？我唔想晚晚瞓咗你至返屋企呀。」

　　她不停自言自語：「到底嗰個女人有咩好呀？你人工唔高，我願意辛苦啲儲錢結婚買樓，我唔怕捱，我唔會因為朋友話你冇錢就放棄你，你唔好唔要我呀，Andy。」

　　說著說著，她不停搖晃著我的手嚷道：「答應我呀，唔好呃我唔好打我，唔好同我分手呀。」

　　我不禁問道：「吓？條友竟然打你呀？」

免費擁抱（上）

「其實我知你係冇心，因為嗰日我都有唔啱，就算知道你偷食都唔應該打你一巴，應該解決問題。」

看來她把我當成她的男朋友 Andy。

「你係咪有病？個男人偷食都算啦，仲打你喎？你都仲咁愛佢？」

話音剛落，我從煙盒中抽了一根香煙，接著她對我說：「唔好食煙啦，食煙對身體唔好呀，你話過會想同我生兩個小朋友，會同我結婚，老咗會同我去公園耍太極。」

「吓？哄你上床嗰時同你講？佢而家都耍緊你啦，使咩等老咗？哈哈。」

「明明就係你哄我上床。」

「唉，係我呀係我呀。」

「我會努力挽回你。」

我抽了一口煙，吐出淺灰色的煙圈，苦笑地打量著她，看來又是一個為情所困的傻女子，都不知道是幸運還是不幸，她因為嘔吐才逃過一夜情的命運。

從她說的話看來，她的男朋友如無意外都是一個愛玩愛飲酒愛亂搞，而且滿口謊言的賤人。

不過，男人不壞女人不愛，眼前這個女人仍然逃不出這個命運。

歐子瑜的道理「要得到一個人的心，必須證明你不需要他」雖然顯淺，但做到的人根本沒有多個，因為愛便會需要他，唯有不太愛不太上心，才能平衡到兩個人之間的關係，只要有其中一方失衡，便會打破平衡。

接著，我替她蓋好了被子，她卻捉住我的手說：「唔好喺廳瞓啦，入嚟攬住我瞓，其實我每一晚都等你。」

　　這句話劃過我的心間，泛起了一股酸溜溜的感覺，王凱汶這句話令我想起了當年和Cathy的悲歡離合，一幕幕的片段如像走馬燈一樣浮現在腦海中，我的視線開始模糊了一點，鼻頭開始一酸，我不禁輕撫著她的額頭說：「歌都有得唱，前面會有美麗遠景，別留在此錯用情呀！希望……你唔好再愛一個咁樣嘅賤男，冇未來、冇幸福㗎，知唔知呀？」

　　她還是朦朧地說：「錫我一啖，可唔可以？」

　　接著，我點了點頭，親了她的額角：「可以。」

　　「攬住我瞓，可唔可以？」

　　我當作贖罪般擁了她一會，任由她伏在我的胸膛沉沉睡去，她頭部的重量沒有心中的內疚沉重。

　　過了一會，我到浴室弄濕了毛巾，敷上她的額頭，替她再蓋好被子，對於自己突如其來的正義感，沒有乘虛而入感到好奇。

　　難道我是良心發現？還是因為從王凱汶的男朋友身上看到自己而感到厭惡？

　　我打了一個呵欠，大概經過酒精和勞動過後，我也累透了，於是我取了一條較大的毛巾當作被子，就這樣睡在梳化上結束荒唐的一晚，替人生第一次純粹租房劃上句號，但願我張開雙眼的時候，王凱汶還在這裡，這樣的話我可以叫她到附近的商場買一套新衣服讓我更換。

　　又睡梳化，看來我和梳化的緣分絕對不淺，哈哈。

　　不知睡了多久，廣告來電的震動把我硬生生的從睡夢中吵醒過來，我把電話掛掉後，發現房間依然一片狼狽，一堆隱隱發臭的衣物散落在地上，還有床頭的一個用不著的安全套和……一個還在睡得正濃而且安然無恙的獵物。

Chapter 19
免費擁抱（上）

　　想著想著，估計由於宿醉的關係，所以傳來陣陣的頭痛，喉嚨有點乾，腳步有點輕浮，想不到從前千杯不醉的我，居然讓數杯 Nothing 害慘了，難道真的是年紀大了，而且報應到了？

　　更想不到的，是明明我已經睡醒過來，但王凱汶還在睡得正濃。

　　我該把她喚醒，再命她替我購買一套新衣嗎？畢竟是她害我的。

　　我再打量了一下那堆在隱隱發臭的衣物，內心糾結了很久才願意走去處理，始終對於一個有嚴重潔癖的人來說，要徒手去碰這堆衣物所鼓起的勇氣，好比玩笨豬跳時所踏出的第一步。

　　我閉著氣用兩隻手指去夾起那堆衣服，看上去除了沾有 Nothing 的精華外，還有她昨晚的晚餐，但由於已經化在一團，所以我沒有考究，而是把那堆衣服掉到垃圾桶，然後我衝進浴室呼出一口氣，把自己再沖洗多一遍。

　　當我從浴室走出來，只見王凱汶還是維持著那個平躺的姿態睡著，她……是暈了還是死了？竟然在一張陌生的床還能睡得這般安詳？

　　為了確認她真的沒有死去，我走到她身旁打量著她的睡相，想不到她在睡著的時候，本來緊皺的眉頭竟然鬆開了，再看多數眼，大概作為一頭正常的雄性生物，看見一個睡美人就在自己面前時，都曾經幻像過自己是王子或青蛙，可以親吻美麗的公主或者得到美女的親吻，但實際上在這些公主和美女眼中，可能我們都只不過是一隻田雞。

　　不管怎樣，為了完成全天下男人的美夢，我還是按捺不住輕輕親了她的臉頰，可是人總是貪心，我再輕輕親了她的唇邊，突然有一種久違的食軟雪糕的感覺……很軟滑和香甜。

　　慢著！她……好像昨晚吐完沒有漱口。

　　我如夢初醒般彈開了，再回想起剛才的情景，毫不覺得自己的行徑是王子親吻公主，而是電車痴漢非禮上班中的美女，或者痴漢侵犯醉酒女子……

　　幸好，她沒有醒過來，直到酒店房間的電話一響，嚇得我連忙接聽：「老闆十點鐘check out！」

　　「加多3個鐘唔該！」

　　「冇問題，玩得開心啲。」

　　可是我低估了這個人的睡眠能力……

　　我發愣的打著呵欠玩著手機，想抽煙卻又想起她昨晚對我說的話；於是我一邊百無聊賴待她醒來，一邊躊躇著該否弄醒她，還是找這裡的人替我買衣服然後離開？

　　但這裡是時鐘酒店，不會有room service的服務吧？

　　看著她熟睡的模樣，再瞧看她的樣子和有點憔悴的臉容還有眼角殘留的淚痕，估計她應該因為失戀而很多晚沒有好好休息過吧？

　　我竟然會有同理心……世界真的變了。

　　大概上天保祐和憐憫我這一刻的慈悲心，她終於醒過來了！

　　她擦擦雙眼，再打量著周遭的環境，驚訝地嚷：「點解我喺度嘅？」

　　接著她望到赤裸上身坐在梳化的我，再望進被窩裡，情況就像電影的情節，有點害羞和尷尬地說：「尋晚我哋……」然後再用被子掩著自己的半臉。

　　我還未想好如何解釋之際，她留意到垃圾桶內屬於我的衣服：「你嘅？」

免費擁抱（上）

「唔通係你嘅咩？你啲衫喺地下呀。」

「我⋯⋯嘔到你成身都係？」

「係！轉頭仲要拜託你同我去商場買返套衫，唔該你。」

她緊張地追問：「即係尋晚我哋冇搞到嘢？我哋去⋯⋯開房係因為嘔到你成身都係?」

嚴格來說，昨晚除了激吻之外，真的沒有發生過任何事情，所以這個解釋是絕對合理。

「當然係啦。」

她鬆了一口氣，再緊張地追問：「咁⋯⋯邊個幫我除⋯⋯啲衫呀？」

「你自己除嘅！所以咪畀張被你，我瞓梳化囉。」

她再找被子掩著自己整個人，在被窩裡嚷：「好瘀呀我！」

昨晚的確是她主動脫掉自己的衣服，我只是把中間的過程刪掉，整件事變得合理起來了，更何況昨晚我們確實沒有發生過關係。

她整合了自己的情緒和語氣，撥了撥自己的頭髮當作梳理，再把剛才醒來時掉下的毛巾亮在我面前對我說：「Sorry呀！好在你好人咋，冇對我做啲咩，仲照顧我，Thank you！估唔到你都幾君子，只係個樣唔似，哈哈！」

我不是不像君子，是我從來就不是一個君子，昨晚沒有事情發生的原因，她最應該要感謝我的潔癖⋯⋯

「嗯，下次飲酒小心啲啦。」

我也要小心一點，學會別把獵物弄得太醉，否則一場美夢只會變成惡夢。

「經過今次都唔敢再一個人去飲酒啦，仲唔驚下次畀其他人呃走咩，好在今次遇到你。」

　　這算是一件天大的喜訊，至少不會再遇見她，亦減少了發生這種情況的機率。

　　說實話，除了昨晚有一刻把她當做Cathy和今早想當王子外，每當看著她的時候，便會不自覺地聯想起在我身上嘔吐大作的情景。

　　要命的是她還一臉天真的對我報以莞爾一笑，眼神和表情就像遇見了神，認識了一個好男人。

　　難怪她會被人騙。

　　但正因為她的笑容，讓我不忍心討厭這個吐在我身上的人。

　　唉，不過沒有所謂吧，由這件事情上得知，人賤真的不要緊，最要緊是懂得偽裝或掩藏。

　　始終每個人都是犯賤地追求痛楚，男人不壞女人不愛這個說到口臭的道理，說到尾是因為人的本性愛冒險，愈得不到愈想要，愈想要便會愈上心，愈痛感覺愈強烈，最終便會抽離不到。

　　王凱汶這個女生就是最佳例子，聽她說的故事版本，任憑情人如何出外偷食，只要回來哄她數句，她便會死心塌地去盲目追隨。

　　她是一個好女人嗎？我不太確定，但我知道她絕對是一個對愛情愚忠的傻人。

　　要是換轉現在有一個既可以給予愛情又會給予麵包的絕世好男人追求她的話，她會答允嗎？

　　我敢說肯定不會。

　　那怕她會對此感到動心，會覺得這個人很溫柔，但由於太容易得到，她還是對那個既沒有愛情又沒有麵包的男人有所牽掛。

　　因為人對得不到的事情、欠缺的東西會很執著。

♠ 免費擁抱（上）

　　所以有錢人才有能力去追求真愛，他們可以不用選擇麵包，只是一味去選擇愛情，因此很多富家女會戀上窮小子或者某些我們覺得無用的男人，因為她們從不愁麵包，只愁得不到的愛情，而那個人剛好給予愛情的感覺，結果就成了令我們嫉妒的情況。

　　想著想著，只見王凱汶在埋頭苦幹按著手機，於是我問她：「你……有嘢做緊？」

　　她二話不說放下了手機再對我說：「我覆緊我細佬嘅WhatsApp，成晚冇返屋企佢好擔心我。」

　　「唔知……你介唔介意覆完幫我去買返套衫？」

　　她如夢初醒地說：「呃，好呀！我而家去呀。」

　　等她穿好了衣服，我從錢包裡取了數張五百元給她：「唔該，買啲好樣啲！」

　　她接過紙幣後數著，驚訝地道：「嘩，你使唔使畀成三千蚊我呀？」

　　「即係叫你唔使睇價錢，我嘅要求係唔核突同埋唔要啲街邊阿叔衫，因為我夜啲仲要返公司仲要見人。」

　　她自信滿滿地答道：「放心交畀我啦！」

　　當她用了二十分鐘替我買新的衣服後，我更清楚明白到男人和女人的品味和審美觀真的完全不同。

　　我從紙袋取出了一件……要是年少時穿上會覺得十分時尚的t-shirt和一條款式算是合眼緣的牛仔褲，還有一件……普通連帽款式的外套。

　　穿上去後照著鏡子，我頓時覺得自己回到了十八歲，不是她的眼光很差，而是我總覺得這套衣服和自己格格不入，需知道張智霖就算穿得再年輕一點，別人都會覺得沒有問題，但換轉是三哥苗喬偉穿得像張智霖的話，情況就像現在一樣，有一種說不出的奇怪。

更令我意外的，是王凱汶不停滿意地打量著我，無視我臉上的不屑，還在我身旁輕撫著我的下巴，弄著我的頭髮說：「剃下啲鬚會好好多。」

「你知唔知有啲男人留鬚好型，就好似我咁。」

想不到我認真地回答，換來她以為我在說笑，更不禁失笑地反駁：「你知唔知道好多女人其實係唔鍾意男人留鬚？哈哈！」

我反問：「吓，係咩？」

好像⋯⋯以前Cathy也經常叮嚀著我把鬍子刮掉，可是當年的我並沒有放在心上，現在記起也太遲了。

和王凱汶聊了一會，房間內的電話一響，意味著我們夠鐘check out了，但我想不到的，是王凱汶不知從何取了一個垃圾袋，再彎著身子把垃圾桶裡的衣服放進垃圾袋，我見狀不禁覺得有點噁心，還對她百般呢喃：「好心啦，咁臭！掉咗就由佢啦，仲點解拎返去洗呢？」

她笑說：「唉呀，唔好咁浪費，知唔知呀？而且睇你套衫都知唔平啦，名牌嚟㗎！」

「吓，普通啦。」

「嘩，我就唔捨得買啦。」

她把我的衣服一件一件放進垃圾袋，要命的是她竟然還把衣服和褲摺好，我整個人真是嚇呆了，覺得她十分賢淑，同時覺得有點難為了她。

「唔好執啦，你唔覺得臭同埋噁心嘅咩？」

她把我的衣服包好，然後打了一個結。

「唔覺呀，我男朋友成日飲完酒返屋企都嘔到成身都係，啲衫掉喺個籃度唔洗，我成日都上佢度都幫佢洗衫。」

免費擁抱（上）

說了一半，我已經有想吐的感覺。

「吓，如果你唔係日日上佢度洗衫執屋，咁咪......」

在我的角度聽來，這種情況令我心寒，但她卻可以發自內心笑著談及，只能說她是傻得自討苦吃和天生辛苦命的人。

「仲有呀，我細佬係一個肥仔，成日出晒汗，而且屋企人要返工，所以家務都係我做開，咩都係我做。」

「肥仔出汗我明呀，食雪糕都會出汗。」

「喂，我唔准你笑佢呀！我細佬好單純，絕對係一個好男仔。」

「我邊有笑佢？我以前都係一個肥仔。」

我竟然會說漏了咀，把以前最黑暗的歷史對一個認識了一晚的人娓娓道來。

「吓？咁就真係估唔到，你點減到而家咁 fit？我叫我細佬減下都好。」

她把包好的衣服放到床上，再走進浴室用肥皂洗手，然後我們便離開了時鐘酒店，走到一條人來人往的街上。

本來，我抱著一晚過後便再沒有然後的心態，打算不留電話甚至不留姓名，那套衣服就算洗好亦沒有打算取回，可是我的內心竟然對這個只會令我憶起嘔吐物的人有著依戀和不捨的情感，和過往不同，以前的不捨是淺淡的，洗過澡或者別過臉，給自己一首歌的時間便會忘掉，但這次愈看著她愈想把她留住，可是這樣做的話便會違反自己的規則。

我們站在熙來攘往的街道，她左顧右盼的對我笑道：「好似好怪咁，喺時鐘酒店行出嚟。」

我輕笑一聲回答:「哈,呢度係尖沙咀,而且香港人個個都係趕住返工,你估佢哋有冇咁得閒望下周邊啊嘢?」

「咁又係。」

「嗯。」

我想我還是冷淡一點回應這個女生吧,畢竟我愈跟她聊得多了,愈害怕從此泥足深陷,說到底我信不過自己對情感的控制。

「係呢,你想唔想去食嘢呀?我肚餓呀。」

看著她笑容可掬的模樣,不論怎樣冰冷鐵石的心,都會於瞬間被融化,不管我怎樣對自己說要硬下心腸,面對著她宛如太陽般的笑容,不需片刻的時間,我本應硬起來的心便軟了下來。

「你想食咩?」

她把視線移到右邊的一間茶餐廳:「近近地就食呢間啦。」

「哦,好呀。」

我竟然乖乖的聽話起來,從沒有任何一個異性,包括Amanda、歐子瑜和Cathy,甚至我的母親,沒有一個人可以讓我毫無反抗的順從著,而且在她身上總有一種發自內心的信任和安全感,難道這就是傳說中的母性的溫柔嗎?

免費擁抱（下）

　　一頓 brunch 的時間，從沒有一個異性可以讓我欲拒還迎的說了這麼多的話，一邊知道自己不能這樣下去，一邊矛盾地把自己的事情愈說愈多，她也把自己的事情對我娓娓道來。

　　感謝上天給予了我對異性靈敏的觀察力和可以想出無窮無盡話題的腦袋，可以一邊把話變得有趣，再把各自話題說得更多更深入，帶動了交談的氣氛，再從觀察中了解眼前的人更多。

　　她是一個十分節儉的人，一杯凍檸茶喝完後，會再把餐廳奉送的清茶倒進去，戳了檸檬數遍後又再大口大口地喝著。

　　她對我說，這是一個壞習慣，她討厭浪費，而且從前家境不算太好，所以和弟弟到茶餐廳只會兩個人分享一個套餐和一杯飲料，弟弟經常會喝著喝著便會忘形，把凍檸茶一飲而盡，為了不讓弟弟難過，所以她把清茶倒進杯子裡，再藉此安慰弟弟，漸漸地便養成這種習慣。

　　聽到這裡，我覺得她是一個愛惜家人的好姐姐，真是世間少有，但為了掩藏自己的感動和欣賞的心，我便嘴硬的指清茶根本是最不衛生，然後再報以嫌棄的模樣，可是她毫不在乎地對我說：「其實唔明白都係一種幸福。」

　　「咁又係呀，我發誓唔會畀自己過呢啲日子。」

　　「我就冇所謂，只要屋企人唔使過呢啲日子就得，你呢？」

　　「我？我冇屋企人要照顧，應該係話我父母以為好負責任咁畀晒啲錢同樓我之後，就各散東西組織另一個屬於自己嘅家庭。」

　　「我都想同你換呀，不過每一個人都有自己嘅難處，我明白你其實好空虛，有幾多錢同樓有咩用呀，返到屋企都係得一個人，飯又一個人食，笑又係一個人笑，如果唔係你點會去酒吧消遣呀？」

　　她說，人最怕空虛，因為空虛的人曾經擁有過幸福。

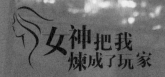

她⋯⋯只需要一句說話便能看破我的內心，相反 Cathy 用兩年的時間對我的了解都不及一個和我認識了一晚的人，緣分和際遇真的十分奇怪，有些人用上數年和無數的言語，都沒能傳遞到半點心聲，反之一個認識了只有數天甚至數小時的人，可以比那些認識數年的人了解得更多。

我故意悶哼了一聲，把黯然的愁緒好好收起：「人最怕失望，因為曾經都滿懷過希望，冇感受過幸福就唔會明白咩叫空虛。」

然後，王凱汶以奇異的目光凝視著我，就像彼此的一句話和回應，泛起兩顆心靈的共鳴。

她就像童話故事中的灰姑娘，縱使是幹著粗活，依然秀麗大方，我發現她最美的一面不是由第一眼便能看得出來，而是藉著彼此的交談和心靈的共鳴中感受出來的。

現在就只欠一個王子把她從苦困的命運中拯救出來，可惜我深知肚明自己和她的男朋友都不會是王子的最佳人選。

說實話，她值得擁有更好的人，可惜現實往往就是不公平，口蜜腹劍和偽善的人永遠站在這個社會的最頂層，至於像王凱汶的人，他們變不成阿穎的話就只能活得像肥基⋯⋯

她突然變得含羞答答的握著厚多士一邊咬著一邊問：「係呢？你唔使返工咩？」

「我冇限定時間返工，同朋友夾錢開餐廳。」

她雙眼炯炯有神的對我說：「真㗎？我好鍾意食嘢，你間餐廳喺邊呀？我會去幫襯。」

她不像一般港女，不會說開餐廳很辛苦，然後藉著慰問來試探你的家底。

免費擁抱（下）

我掏出了一張卡片遞給她，笑著說：「有機會去試下，或者你可以去之前打畀我，呢張係我私人畀朋友嘅卡片，到時我畀個discount你。」

「係?」

「係呀，言出必行。」

話音剛落，我看著她珍而重之的把卡片藏好，接著再大口大口的把多士吃掉。

用完餐後，她十分熟練地把紙巾一分為二，再遞到我面前和我一人一半。

她對我說，她的男朋友十分討厭她這種行為，因為總是覺得她不夠大方。

看著她的臉上笑容開始退卻，我不禁怒沖沖的說：「唔好聽你男朋友講啦。」

我怎麼會感到生氣？難道我是出於妒忌，覺得她的男朋友在暴殄天物嗎？

她搖了搖頭：「咁每個人欣賞嘅嘢都唔同，係咪?」

我夾雜著內心的慨嘆吐出一聲：「係……」

她低下頭按了電話一會，再展露出笑容對我笑說：「我WhatsApp咗你啦，Keisson。」

「嘩，你望過張卡片幾眼就記得?」

她淘氣地笑道：「我記憶力好好，不過唔知點解讀書就用唔上呢種能力。」

　　我們不置可否，相望而笑了一會，直到她驚覺時間不早是時候要離開，我主動結帳後指這是當作洗衣費用，所以這頓和下一頓都由我請客，起初擾攘了一會，幸好憑著我的三寸不爛之舌把她勸服，最終她也欣然地接受了我的好意。

　　在我們一起前往港鐵站的路上，我總覺得自己的打扮十分異相，就像一個叔叔穿上年輕人的服裝。

　　我們在月台準備分道揚鑣之際，我問了她的英文名、生日日期和星座，她亮出電話說會在 WhatsApp 答我。

　　果然，她離開不久後，我收到了她的回覆。

　　Yeva，6月28日的巨蟹座女孩。

　　原來是巨蟹座的女孩，難怪她會如此重視家人和執著愛情。

　　回到店舖的時候，午市剛好結束，時值落場時間，雖然現在有兩間分店，一間是位於銅鑼灣的總店，一間是旺角分店，但我偏愛到銅鑼灣店視察業務，大概是銅鑼灣這裡多一點熟悉的感覺吧，畢竟曾有過無數個晚上在這裡留宿，而新開的旺角店，說實話一般都交由阿穎或聘請回來的經理視察，旺角店開張至今，我只是到過不多於十次。

　　想著想著，原來阿穎已經在店舖逗留了一段時間，埋頭苦幹的在查閱營業報表和網上食評，說實話他也是很努力的打理著這檔生意，雖然他總是把不理會店舖的事情掛在口邊。

　　我緩緩地走到阿穎身邊，不知從何時開始，我們見面時變得客套，從前的友誼好像已經變質，不過這也是我的意料之內。

　　我裝作一如以往的說：「Hey，Bro……咁得閒上嚟呀？」

　　阿穎把報表放下，愣了半秒神態自若地說：「探下你同埋路過睇下間舖。」

Chapter 20
免費擁抱（下）

他示意坐下後，我才坐到他面前，然後他打量著我是日的造型，嘴角微揚地問：「你今日個look……」

「唉，唔好提啦，尋晚失咗手。」

「嘩，夜場獵人竟然失手！我就好想聽下啦。」

說罷，他不知從何掏出一支雪茄遞到我面前：「我岳父畀咗一盒古巴原裝進口嘅，試下。」

瞧著阿穎現在的模樣，對比起當日他來這裡見工時那落泊的樣子，真的感到不可思議。

當時我們就是坐在相同的位置，但現在兩者的關係已經有著明顯的改變，所以說世事幻變無常。

我對雪茄不太感興趣，接納了他的好意後，所以隨便說了什麼慢慢品嘗的藉口便把雪茄收起，再說著自己昨晚的荒唐事轉移話題：「唉，唔知係我年紀大定係點，竟然畀杯cocktail搞到頭又痛，又畀人嘔到成身都係。」

「哈哈，好在你係同我講咋，如果畀Selina聽到嘅話，肯定話你報應到。」

Selina就是阿穎的妻子，說實話，我從不覺得Selina比起我有多好，而且某程度上她比我更差，不過那些事情都已經過去了，至少……結婚後她真的在家相夫教子。

所以說，連一個妖女都能夠被人收服，世間所有事情真的相生相剋。

「唉，你老婆……算啦！過去嘅嘢唔講。」

阿穎聽到過去兩個字，神色稍為沉靜了一會，再點了點頭說：「啱嘅，過咗去就算，當初嘅選擇而家諗返都冇錯呀，我哋兩兄弟講好咗會一齊見證住呢條路嘅結局。」

說到這裡，其實我總是覺得有愧於他，但那份愧疚每當湧現的時候便會成為一個疑問，到底我是害了這個好友還是改變了他的一生？名利現在是他的囊中物，是他以前最渴望得到但又連想也不敢想的東西，雖然付出了不少代價，但凡事都是等價交換，不是嗎？

這一刻，我決定鼓起勇氣問他：「咁你有冇後悔過？」

想不到他二話不說搖頭笑道：「冇！但如果……我唔知道你尋晚飲咗啲咩搞到你咁狼狼呢，就一定後悔一世。」

看來他所選擇的路和心態已經變得與 Amanda 無異，甚至超出了我所能預料之內，就算他在和我談笑風生，我也感受不到他的笑容是真實的，就算他待我不薄，我很清楚這份情當中是牽涉了利益關係，他需要我替他打江山，但回想起當初的原意，我也有自私的想過教曉他廚藝後，讓他成為我事業上的一枚棋子。

只是時移世易，我也不是什麼清高的人，竟然談起愧疚和道德，還是該打消這個念頭吧。

「尋晚嗰杯嘢個名好正……你估下叫咩名？」

「叫咩名？」

「Nothing 囉！我飲完嗰晚之後，真係 nothing 啦！明明開房變咗純粹租房囉。」

阿穎聽到後眼神突然變得惘然，卻又堆出笑意：「咁……下次我一定要去試下。」

看著他的臉色大變，我也沒有打算過問，畢竟從某天開始，這個人戴上了一副面具，現在只是面具下的表情偶爾被我察覺到而已。

「係呀，有機會去試下。」

他取出手機對我笑說：「夠鐘返去啦，今晚要陪老婆同個仔食飯，我岳父仲話有啲嘢想同我傾。」

免費擁抱（下）

「好啦，下次再見！」

「Bye。」

話音剛落，阿穎已經急步離開了，就好像剛才的對話間，觸碰到他某些埋藏在心底裡的秘密。

他到底怎麼了？

我想不透，我愈來愈覺得這個人十分陌生。

我看著窗外的斜陽，不禁悄悄地慨嘆時光的流逝，看著天空上浮雲的聚散，就像人與人間都是不經意的走遠，想到這裡腦海總會浮現起幾張臉孔，掠過數幕經典的章節，我憂鬱的抽一口煙，再倒抽一口涼氣，感嘆有些人只能夠懷念，然後見證著日沉月昇，天黑了，我該回家，可是我住的地方並不是我的家，而我真正的家又到底在哪裡？

這一刻，我覺得真的有點空虛，同時突然記起了王凱汶的一句話，人最怕空虛，因為空虛的人曾經擁有過幸福。

想不到，只是相處過一晚的女生，已經佔據了我心靈中的一片角落。

既然已經天黑了，應該是時候回家裝扮一下，讓阿Ken這個角色好好地撫慰空虛的心靈。

刹那間，手機傳來震動⋯⋯

「返到屋企瞓著咗，而家瞓醒啦，你有冇休息下呀？你套衫我聽日放工去銅鑼灣拎畀你呀。」

是王凱汶，真的說曹操，曹操就到。

我看著手機的屏幕，不禁發自內心的嘴角微微翹起，而剛才充斥在心頭的唏噓和空虛卻突然消失不見。

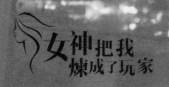

我一邊莫名的笑著，一邊輕按屏幕回覆著王凱汶的 WhatsApp：「你喺銅鑼灣返工？」

「灣仔，放七點呀。」

「但我可能十點至走。」

「冇問題呀，我放工都去銅鑼灣搵我細佬食飯，食完飯時間應該就差唔多。」

「好呀，咁十點邊度等呀？」

「我哋喺 Sogo 等？」

「好呀，咁聽晚見啦。」

「聽晚見。」她在訊息中還加了一個紅心的表情符號。

看著那個紅心，我錯愕了半晌，接著她補上一句：「Sorry，send 錯表情。」

「哈哈，唔緊要。」

噢，我看見紅心的時候，內心確實感到既驚又......喜？

因為一個簡單的紅心讓我七上八落，但當她補上一句是發錯的時候，我的內心受到一股衝擊，腦海彈出了一句：「叫咗你冷靜啲㗎啦，而家因為你唔冷靜搞成咁啦。」

這晚，我沒有化身為阿 Ken 去狩獵，除了因為昨晚的宿醉還未消散，整個人都感到有點疲憊外，我的頭依然痛得要命，腦海卻被一個人掏空了，美麗的女生可以讓人的目光停留一陣子，有智慧的女生卻可以令人銘記一輩子，那麼溫婉的女生，可以在一陣子中輕易取得別人的一輩子。

Chapter 20
免費擁抱（下）

　　我的腦海充斥著她的笑容和小酒窩，還有一種需要用心去細味的成熟知性美。

　　這晚，我的內心在交戰，對於自己的情感在蠢蠢欲動感到不安，Amanda、歐子瑜和Cathy的智慧和傲氣，和她們相處確實帶來不少衝擊和新鮮感，令人念念不忘，但另一邊廂卻覺得像王凱汶這般溫婉的女生才是自己最想要的類型。

　　男人和女人一樣，到了某個年紀才會了解自己需要哪一種類型，或者隨著人生的際遇而轉變自己需要的類型。

　　可惜，我深知肚明自己並不是一個合適去愛的人，因為內疚和情感在我們的心裡只像黑夜的煙火，都是轉瞬即逝，縱使有回憶，亦會因內疚而流淚，說到底我們最愛的只有自己。

　　就當我這種人用上一點僅餘的良知去保護她那宛如陽光的善良，自私一點去想的話，縱使她日後可能命運多舛，至少也不是在我手中枯萎，一生入面有太多遺憾，亦有過太多內疚，無謂再增添多一點。

　　內疚最痛不是當下的揪心，因為就算有多痛，事後都會淡忘；而最痛最漫長的內疚，其實是最沒有感覺，只是內心會有著無盡的唏噓，縱使偶爾會隱隱作痛，但只需回過神來的時候，痛楚已經消散得無影無蹤，這種不時發作的痛楚會像心絞痛一樣陪伴著一輩子。

　　情況就像哭泣一樣，無聲無淚的哭泣是最痛，因為淚在心裡流。

　　想著想著，天亮了，我該要小睡片刻，為了明天的見面而養精蓄銳。

　　醒來的時候已是日上三竿，手機多了三道未閱的訊息，一道是來自Facebook的訊息，難道是Cathy嗎？

　　我充滿期望的打開了應用程式，換來的是同等的失望，因為這道訊息是來自遠在外國的友人，他傳了一張圖片給我，而圖中有三個沒有穿衣服的外國美女躺在床上，美女的股間更用中文寫著「來自香港的征服者」。

這傢伙是有病嗎？唉，還是已讀他便算了。

至於某晚鼓起勇氣問候Cathy的訊息，果然⋯⋯彼此的心聲依然傳遞不到各自的內心。

另一則訊息是來自王凱汶的：「早晨呀，你套衫我洗好啦，而家香噴噴啦，不過你拎返屋企要熨下先。」

我決定冷淡一點回覆著她：「Morning，唔該晒你呀，今晚見。」

我拿著手機坐在床邊，擦擦雙眼，起床的第一件事不是到浴室梳洗，而是抽一口煙，好讓香煙的薄荷和尼古丁令自己的腦袋清醒一點。

換上是從前的我肯定會毫不猶豫的把她搶過來或者積極地展開追求，但不知道是因為年紀大了，還是經歷得多了，凡事下決定前總會多了一份深思熟慮，少了許多笑容。

從前擁有著的傲氣，現在已經收斂了許多。

從前每晚把酒狂歡從不感到寂寥，現在愈背著青春走遠，愈容易孤單，是真的因為年紀漸長嗎？

還是酒精已經再不能滿足自己嗎？

幸好，現在還有事業可以當作藉口成為我的寄託，要不然這人生路上灑滿的只是酒精和精液，肯定走不下去了。

大概，我活得最像一個人的時候，應該就是中學時期的那段日子。

正準備走進浴室梳洗之際，電話再有一則訊息，是阿穎傳來的：「肥基呀，我岳父搵過我，佢話租畀我哋間地舖想賣畀人，所以你明㗎啦。」

那一刻看著電話的屏幕，我的腦海空白一片，既說不出話來，又沒有任何憤怒，只有驚訝的心。

Chapter 20
免費擁抱（下）

「點解唔可以做落去？」

「希望你明白我有苦衷，我要退股，股份我一蚊都唔要。」

「我哋嘅夢想同承諾？」

「轉頭五點老地方見啦，我……拎張支票畀你。」

　　我整個人失神的跌坐在地上，我再沒有回覆阿穎的 WhatsApp，反而用了漫遊致電給遠在外國的友人，他睡眼惺忪的接聽：「喂，點呀？死嘢。」

「喂，分店嗰度……阿穎要收返同退股。」

　　我把整件事完整的對他娓娓道來，期間我才感到心裡的怒火要爆發起來，本來我以為友人會用上畢生最驚訝的語氣來回應，怎料他用上比黃子華老媽更瀟灑的態度來看待：「哦，冇所謂啦！既然係咁執埋銅鑼灣間舖仲好啦，都無謂做落去。」

「吓？」

「老實講呀，咁辛苦做嘢咪又係為錢，而家有錢啦，仲咁辛苦做咩呀？」

「你唔會覺得可惜嘅咩？」

「可惜？休息一段時間再講啦！等我返香港，到時處理好所有嘢就搵人頂埋間舖，咁我就索性唔返香港喇啦，喺外國享受人生仲好啦，香港冇得玩㗎啦。」

　　這一刻，是我這麼多年來頭一回對這個老朋友感到失望。

「咁我辛辛苦苦去營運睇住檔生意為咩？」

「為錢囉！兄弟，好老實講呀，都唔明你咁躁做咩，又唔係冇錢分，仲有嗰筆錢係好可觀喎，計埋你之前袋嗰啲，你仲有層樓，仲有基金等等，你呢一世都唔使憂啦，如果你真係咁想開返間舖嘅，咪自己注資搞囉！係咁啦，啲鬼妹等緊我呀。」

　　話音剛落，友人便把電話掛掉，我這一刻的思緒很混亂，覺得沒有一個人是可靠，覺得承諾這回事只要建立在金錢上，一個意外便會被推翻。

　　我怒吼一聲，用力揮拳打在地上：「仆街！」

　　說實話，我都不太清楚自己為什麼會動怒，手很痛，但不及內心中的疼痛。

　　大概，這刻的動怒並不是滿腔怒火，而是失望和不甘心，眼巴巴打了一場無謂的仗，過往付出的心血付諸東流，深信換轉是別的人，觀點都會和友人一樣，把著眼點放在金錢上的補償。

　　又或者，我這般煩躁的原因，主要是因為沒了心靈上的寄託吧？

　　我多抽了一口煙，再倒抽一口涼氣，見時間差不多便動身到了約定的老地方，把所有事情作出了斷。

　　當我抵達的時候，已經見到阿穎在這個地方等候，我徐徐地走過去，那一刻看著他那張一臉無奈的臉孔，恰似世間上的一切都是他身不由己的抉擇，便很想揮拳揍他一頓。

　　可惜，看著他這刻的身影和神情，就好像回到了當年和Amanda決裂的情形，一切……只能默然地接受。

　　「你決定咗真係執咗間舖？」

　　阿穎遞了一張支票給我：「呢筆錢係你同老闆應得，其他就當係員工嘅遣散費。」

　　我接過支票後，看著他那雙無情中夾雜著一絲黯然的眼神，不知道這副面具的背後，他決定捨棄了多少，糾結了多少個晚上。

　　這一刻看著他的眼神，我知道當日落泊的那個朋友，那我看輕過的人，他的善良和良知已被拘禁。

　　要是我認識的這個人本來就是絕情絕義的話，大概我的內心會變得更加好過。

Chapter 20
免費擁抱（下）

想著想著，我不禁把他和當年 Amanda 的臉重疊在一起，他把支票遞給我的那個動作，就好像當年 Amanda 為了保護冬菇頭而摑了我一記耳光。

那一巴掌時至今日還在空蕩蕩的心靈內聲聲作響，把我的怒火一掃而空，同時更把我的內心掏空至今。

當他轉過身子背向著我的瞬間，就像當年 Amanda 牽著冬菇頭的手捨我而去的那個貪婪的背影，我記起在酒吧重遇時，她如何自願為金錢當上有錢人的玩具，如何用愛情去換取麵包。

我的心莫名揪痛了一下，眼眶溢出一滴淚珠，滑過臉頰後，伴隨早已支離破碎的內心一起散落滿地。

這一輩子，我見過這種相似的眼神三次，一次是 Amanda，另一次是母親決意離家的時候，而第三次就是現在。

我放聲大笑說道：「多謝喎老闆，件事就交畀我啦，真係夠兄弟夠良心，仲要畀咁多錢我哋，但你一定唔會明白咩叫心血啦，應該係話你都唔記得咗。」

這一刻我才記起當日和阿穎在這裡有過很多許諾，我們如何談笑風生，說過他日老掉，讓我到他的家作客，他和太太要煮飯給我這個老朋友等……

我開始控制不了自己的嗓子，說話開始哽咽起來，直到他「嗯」了一聲後，我悲愴地道著：「唔知道，而家再冇所愛嘅人，再冇想見嘅人，係咩感受呢？唔知道，返到屋企都唔識真心咁笑，每一日都要做戲去做個好老公，係咩感受呢？唔知道，連個仔都唔係跟自己姓，老婆唔係自己最愛，每日只係望住銀行啲錢，係有幾寂寞呢？」

愈看著他背向著我的身影，便會愈聯想起另一個人。

阿穎淡淡地道：「只有快感。」

看來，一切都沒有改變，劇情又再一次回到中學時期的某個起點。

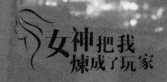

「哈哈，既然有呢筆錢，我都應該去澳洲風流下，打下工過新生活！咁……你保重啦，兄弟。呃，唔係，係老闆至啱。」

我拭去淚水，再度打量著這他的背影，然後逕自離開了。

明明已經擁有著別人窮盡一生去賺取的財富，上過許多別人眼中的女神，為什麼我仍然感受不到任何滿足，反而感到累透了？

從某天開始，我見過有許多有著她的影子的人和朋友，最終我真的只能再度泣然，同時領悟到有些事冥冥中自有定數，不由我們說了算，我們可以控制自己的心靈，但控制不了世事的幻變，有些人注定像邪惡天使路西法那樣墜落。

要是所有劇情都是一個循環，大概這一刻我最期望的，就是歐子瑜會再次出現在我面前，然後教導我該如何走下去。

可惜，她已不在了。

拿著這張支票回到銅鑼灣店舖，我對員工說今天晚市不會營業，然後讓他們趕快離開，接著躲在沒有開店的店舖內喝酒，把庫存的啤酒一罐又一罐的喝掉，反正分店結束，友人亦打算把這間總店一併結業。

也許我可以選擇一個人接手這間店舖，但我已經感到累了，再沒有動力去重新開始任何事情。

看著天上的雲彩，果然散聚無常，就像我的人生一樣。

或許，很多人和我的想法一樣，曾經追求的只是一些簡單的事情，一段簡單的愛情、一個簡單而幸福的家庭，或者是一段安穩平淡的人生，但每當我們找到了成功的門匙時，老天便會二話不說把門鎖換掉，以為自己找到實現願望的神燈時，輕輕一擦才發現這是一個尿壺，並跑出一個屁孩對你說，這是逗你玩的。

以前，我也深信自己是最後的勝利者，憑著那點傲氣和幸運去迎戰一切，但現在我的那點傲氣都開始消退了。

免費擁抱（下）

我忘了自己喝了多少罐啤酒，可惜仍然沒有半分醉意，想不到連上天都這樣作弄著我，該清醒時就讓我醉掉，該醉掉時卻讓我異常清醒。

我一個人發瘋的在空無一人的店舖內怒吼，直到手機的一則WhatsApp讓我停了下來：「你喺邊呀？我到咗啦，你仲忙緊舖頭啲嘢？」

再環顧著烏燈黑火的店舖，看著店舖內充滿英倫風的鐘擺，原來已經晚上十時。

可是，以我這副落泊的模樣，我真的沒有勇氣去見任何人，於是我沒有回應王凱汶的WhatsApp，一個人看著窗外的夜景發愣。

「你今日好忙？去咗邊呀你?」── 22：30

「你仲未走得？不見不散啦!」── 23：00

「做咩突然唔見咗人？其實我好怕啲人突然間失蹤。」── 23：30

「喂呀，你喺邊呀？我好擔心你。」── 00：00

「我仲等緊你，你會唔會係冇咗件事?」── 00：30

她到底是瘋了嗎？為什麼願意浪費兩個多小時去等一個只是認識了一晚的人？

那一刻，我覺得內疚和感動，正正因為這種內疚，讓我下定決心不顧一切，衝出店舖跑在街上，可惜因為突然跑起來，酒精開始發揮功效了，我的腳步開始感到輕浮，腦海感覺有點魂遊太虛，而情緒開始因為酒精的化學作用而漸漸崩潰。

我竟然在街上表現出這般落泊和狼狽的模樣，我從未試過因為喝醉而變成這樣，但既然已經走在街上，也只好硬著頭皮的撐下去前往目的地。

　　我好不容易地走過皇室堡的正門，但到底王凱汶是不是仍在門外等待著我？

　　走著走著，我的意識開始逐漸模糊，崩潰的情緒開始讓我的眼眶充滿著淚水，而視線不知道是因為酒精還是淚水的影響，開始漸見模糊，一步一步的走著，只見前方有一個人拿著一塊燈牌在閃閃發亮，幾經辛苦才把視線對焦，接著「Free Hug」兩個字映入眼簾，而拿著燈牌的是一個短頭髮的女生，心想這個年頭還流行 free hug 嗎？

　　短頭髮的女生？是王凱汶嗎？

　　但她怎麼會拿著一塊「Free Hug」的燈牌？

　　我們的距離愈來愈近，我才看清握著燈牌的真是王凱汶，她察覺到我緩步走來後，眼神有點喜悅，然後有點憂心，估計是望到我這副醉掉後的恐怖模樣。

　　直到我走到她面前，感受到那股從她身上散發的溫柔，意識突然放鬆起來，而情緒終於忍不住崩潰的痛哭起來，我不置可否，順隨著內心的想法和自然反應，緊緊的把眼前的人擁入懷中。

　　她放下了燈牌，雙手摟著我的腰間，再輕輕掃著我的背部，在我耳邊溫柔地說：「乖，唔好喊啦，有咩唔開心慢慢同我講。」

　　想不到，我遲來了兩個多小時，她並沒有怪責的說話，反之待我依然如此溫柔。

　　像她這般纖瘦的女孩，擁起來的質感卻像某牌子的太空枕一樣，很舒服很柔軟，填滿了內心的空虛，更有一股暖意湧入心間。

Chapter 21
平行世界的另一個自己

　　刹那間，明明是浪漫和動人的情節，卻被一把男性的嗓子劃破了：「喂，你邊位呀？放開我家姐呀！」

　　我還未來得及反應，有一道體形龐大的黑影閃過我面前，再用力的把我推開，那股衝力是我這輩子從未領教過的。

　　我差點整個人跌到在地上，幸好我的平衡力不算太差，還勉強的站起來，當我如夢初醒的了解著目前的狀況，眼前有一個皮膚白皙、身形肥胖的男生擺出葉問迎戰的姿態擋在王凱汶面前，她見狀輕輕拍了他的頭頂一下，再跑到我面前問道：「你有冇事呀？」

　　那個胖子一臉無奈地問道：「家姐，你識佢？」

　　我接著反問：「吓，呢個你細佬？」

　　他就是王凱汶傳說中的弟弟？為什麼樣子長得完全不一樣？

　　不知為何，第一眼看著王凱汶弟弟的臉，總覺得有點討厭和有點熟悉的感覺。

　　王凱汶輕輕拍落沾在我身上的塵埃，再點了點頭對我說：「係呀，佢係我細佬呀。」

　　說罷，她放下了溫柔的語氣，擺出姐姐應有的嚴肅道著：「基基，同人講對唔住。」

　　王凱汶的弟弟不忿的說：「Sorry 囉……但佢係邊個呀？」

　　王凱汶暗嘆一口氣答道：「家姐咪就係等緊呢個朋友拎返件衫。」

　　她的弟弟聽到後怒不可遏的罵道：「哦，原來就係你個仆街，搞到我家姐等咗你兩個幾鐘都算啦，仲要玩失蹤，你知唔知我家姐好驚人玩失蹤……」

王凱汶聽到後再打斷了他的話柄：「王維基，夠啦！唔好再講啦。」

聽到這個名字讓我錯愕起來，我終於明白到自己為什麼會第一眼便討厭這個男生。

由於心中的驚訝，讓我不禁衝口而出的問道：「咩話，你叫王維基？」

她的弟弟不屑的回應：「咁點呀？得罪你呀？」

「嗱，肥仔我警告你呀！你玩 free hug 咋，唔係玩 free fight 呀！唔好後悔呀。」

「我一定唔會後悔呀，我第一眼見到你就已經好討厭你。」

「我夠係！第一眼見到你就已經覺得你乞我憎，聽完你個名之後真係想大巴大巴咁揪落去你塊脂肪面度呀！」

「點呀？肥仔得罪你呀？」

我們你一言我一語地互相叫罵著，王凱汶終於忍不住站在中間把我們漸入白熱化的對罵叫停：「喂呀，夠啦！你哋做咩啫？仲細呀？」

她的弟弟表演了如何瞬間由怒目相向的模樣，變成垂頭喪氣的樣子，我打量著這個聽姐姐話的乖弟弟，愈看愈覺得他真的沒有出息。

說實話，我愈看就愈討厭眼前這個……乖弟弟！

王凱汶問道：「做咩突然間咁躁呀？我細佬正話推開你係佢唔啱，我代佢講多一次 sorry。」

Chapter 21
平行世界的另一個自己

看著王凱汶這雙水靈和惹人憐愛的眼神，我竟然內疚得主動說了一聲抱歉：「Sorry，其實係我問題。」

「點解呀？因為心情唔好？」

「呢個係其次啦。」

「咁點解呀？」

「唔好問啦。」

王凱汶突然嘴角微揚的問道：「咪住，你叫Kession？又唔肯話我知你中文全名，難道你又係叫王維基？」

事已至此我唯有把本世紀最驚奇的秘密公開吧！

我英文名是Kession，花名是基神或者肥基，而中文全名是……王維基！

所以我看到他第一眼的時候，便覺得異常礙眼和討厭，正因為肥胖時期那段日子是我的污點，是我人生中的黑歷史，當我得知他的名字時，就像現在跑了一個不但名字和我相同，而且……樣貌和神態都和我相若的胖子，簡直是自己的黑歷史跑到街上，然後和自己相認，情況就像看到來自另一個平行世界的自己，不停在告訴著我許多恐怖的假設和可能性。

我面對著另一個自己，總有許多言不由衷的感受，很討厭，很想狠狠的揍他一頓，同時很想改變他，更想他努力把身形瘦下來。

說到底，人其實最討厭的是照著鏡子望到自己，或者回想起那個過去不堪入目的自己。

當一個和自己過去相似的人，又或者好像是來自平行時空的另一個自己突然出現在面前，我不禁把本來壓抑著的哀怨和憂鬱，藉著我們的對罵一併發洩出來。

王凱汶順著直覺而揭曉了這個世紀秘密，她看見我無奈的神情而得知自己猜中，因而面露歡顏，而王維基則只有一臉茫然。

剛才的鬧劇本應就此靜止下來後，卻因為王維基的一句話：「即係⋯⋯呢個人都係叫王維基？吓？唔係咁，有冇搞錯呀，咦⋯⋯」

我見狀不禁再度燃起內心的那團怒火：「咦咩呀，肥仔？同你撞名仲衰過去旅行撞機呀！」

「如果真係要同你撞名，我真係寧願撞車啦。」

「係呀，我都係叫王維基呀，你快啲衝出馬路等車撞啦！呃，不過唔好撞到散晒，要啲人開 OT 洗返乾淨條馬路，你知你啲脂肪多人成倍！」

王維基聽到後臉帶不悅，可惜無言以對。

雖然他像我，可是他沒有我的經驗和賤透的嘴，所以這個世界是賤人和仆街主宰，基本上十個有錢有權的人中，九個都是賤人，還有一個是仆街。

王維基住口了後，一臉驚慌的打量著一直沉默、低下頭的王凱汶，他好像預見到接下來會有什麼可怕的事情發生⋯⋯

王凱汶瞄了王維基一眼後說道：「你聽話，早啲返去，好唔好？」

他爽快地答允：「知道，家姐。」

說罷，那龐然大物竟用上保特的速度逃離現場。

看到王凱汶恰似嘟嘴的看著地面，我主動的說道：「Sorry。」

不知為何，每當我感受到她內心有半點不快的時，心中總有一股愧疚和揪痛，就像我是對她有過百般虧欠，只能不由自主的說著對不起，直到她真的原諒，直到她真的重拾笑容。

Chapter 21
平行世界的另一個自己

　　她別過臉，再把那袋洗好的衣服單手遞給我，我見狀竟然開始焦慮和不安起來，換轉是別人的話，現在這個情況只會連那袋衣服都不要，拋下一句神經病便拂塵而去。

　　可是面對著王凱汶，我連狠下心腸的勇氣和念頭都沒有，因為我害怕只要我狠下心腸後，心靈敏感脆弱的她便會受到傷害。

　　大概，這就是巨蟹座女孩的通病？

　　到底我什麼時候相信星座？從前我只會相信女人的三圍，而且還要經我親自驗證，好像由和Cathy同居後，在她耳濡目染的情況下，才漸漸認識星座這回事。

　　我決定再補上一句：「對唔住呀，我應該要畀面你同你細佬。」

　　這是我人生中第一次道歉，而且把道歉的內容說得如此詳細。

　　她聽到後才打破沉默，報以憂傷的眼神看著我說道：「我唔想我嘅朋友同我屋企人咁，我唔鍾意同人嘈交，唔鍾意睇到身邊重視嘅人嘈交。」

　　重視？喂，我們只是認識了一天而已。

　　不過認識的時間深淺都不要緊，因為有一些人只用一天便注定當一輩子好友，有些人注定用一輩子也不能和另一個人當一天好友。

　　我低聲下氣地說：「我知道啦，對唔住。」

　　三次的對不起，我竟然不由自主的對人連番抱歉，我到底是怎樣了？

　　我把那袋衣服接過後，點了點頭便準備離開，但她竟主動捉著我的胳膊嚷：「去邊呀？你都未同我講心事。」

　　「我……冇心事講呀。」

話音剛落，她只用一個眼神，已經足以叫我坦白從寬：「係......我係有心事，我間舖唔做啦。」

「吓？」

語末，她輕輕的揉著我的胳膊，就像是一種朋友間的撫慰。

我點了點頭笑說：「係呀，所以畀唔到discount你食嘢啦，但請你食飯就得，不過應該喺第二度。」

王凱汶報以一抹雲淡風輕的笑意，搖了搖頭：「請我飲嘢咪得，買啤酒飲下。」

「吓？又嚟？」

「咩又嚟呀，飲啤酒我唔會咁容易醉。」

「係咪㗎？」

對於那晚純粹租房依然心有餘悸，而且焦點不在於王凱汶的酒量，而是那些嘔吐物讓我心緒不寧。

「你信我啦，我其實冇咁容易醉！尤其係飲啤酒，我打邊爐飲啤酒當可樂飲。」

我半信半疑的說：「好......咁買啤酒飲，上我舖頭度飲？望一眼啦，之後都冇得望啦。」

話音剛落，我暗暗的嘆了一口氣，王凱汶二話不說答允了這個提議，那個時候我沒有去想過她為何會答允，亦對她的警覺性深感憂慮。

我們在便利店買了至少三打啤酒，那個時候我真的沒有想過會否出事，只是但求一醉，剛才明明難得的醉了，可惜因為王維基的出現卻令我酒醒過來，於是決定再戰下一個回合。

Chapter 21
平行世界的另一個自己

回到店舖，亮起了燈，啤酒罐遍地的情形嚇得王凱汶一邊把啤酒罐踢開，一邊笑問：「嘩，呢啲全部都係你飲？」

「嗯。」

我們找了最接近窗邊的位置坐下，我很喜歡這個位置，因為可以從高空眺望銅鑼灣熙來攘往的街道，有一種君臨天下的自豪感，雖然不及在半山的感覺，但像我們這種半個中產人士，能在這裡FF便好了。

我豪邁和熟練地拆去包裝，遞了一罐給王凱汶，然後自己開了一罐，只見王凱汶斯文地開著酒罐然後和我碰了酒罐當作碰杯，接著細口細口的喝著，她每喝一口都是皺著眉頭，顯然地她並不喜歡喝啤酒，不過她又為什麼會提議喝啤酒？又為什麼會自誇自己能把啤酒當可樂喝？

可是我沒有心情去解開和過問，這一刻我只求一醉。

可是明明只是求醉但卻愈喝愈清醒，該要清醒的時候就讓我醉掉，該醉掉忘卻痛苦的時候，偏要讓我痛不欲生。

老天的玩笑從未停過，當我對肥胖的人生感到絕望的時候，老天給予我一場高燒讓我瘦了下來，改寫了我的下半生，更令我得到校花的歡心，得到了一段刻骨銘心的初戀。

當我以為自己活在幸福的時候，卻遭到無情的出賣，然後又安排歐子瑜教導和改造了我，成就日後的基神，正當我以為這輩子能有著這個絕色美女作知己的時候，她悄然離開了，她的離開令我明瞭自己的內心世界割讓了一席位給她，可惜她沒有受領，她的離開令我明瞭，有些愛情來得很慢，慢得它離開了才恍然大悟。

失去了歐子瑜後，令我引以為傲的家也散了，父母各走各路，留下的就只有金錢和用作自住的單位，接著我開始流連在色慾的黑夜世界，慣了拿命碰杯的人生，慣了輕易say hi和 say bye的關係，每晚就像一頭動物一樣，尋覓著另一頭雌性交配，為的是在晚上不會寂寞。

　　然後，我再認識了 Cathy，我以為一切慢慢地建立起來，回復正常的人生，可惜這些只不過是假的希望。

　　接著一邊埋頭苦幹工作，成就了事業，一邊每晚尋找可以讓我征服的女人，為的不是金錢和情感，而是排遣寂寞和取得成就感，結果在過程中我改寫了一個人的人生，起初把歐子瑜所教導的事情教曉了他，為的是希望他保護自己，也為滿足我自己的一己私利，最終卻害苦了自己。

　　至於什麼友人等等，他們都只是自己人生中的過客，他們從沒有了解過我，都是輕易說來便來，說走便走，大概我們都是自私的人，遺下的原來就只有情慾交纏的回憶和銀行戶口的幾個零。

　　想著想著，我一聲不吭的連喝了數罐，可是竟然愈喝愈精神，後來我發現，不是我一直喝都不醉，而是已經累得分不清何謂真實何謂醉掉，兩個世界其實都沒有多大的分別。

　　直到那個時候才驚覺王凱汶的視線沒有離開過我，一直凝視著我，一直默默地喝著，我忍不住道：「喂，唔好再飲啦，你呃我唔到，你根本都唔鍾意飲啤酒，扮咩啤酒當可樂飲呀？」

　　她淚眼盈眶的看著我說道：「我冇呃你，我真係成日啤酒當可樂飲。」

　　她鼻頭一酸補上了一句：「但我唔鍾意飲啤酒都係事實。」

　　「咁點解要勉強自己？」

　　「因為我男朋友鍾意，佢好鍾意飲酒，咁我咪陪佢飲囉，我問佢點解咁鍾意飲酒，佢話飲酒可以止痛，人生太多煩惱呀等等。咁我同佢成日都喺屋企飲啤酒，其實我都只係唔想佢出去飲，飲到醉咪同佢上床囉，反正佢喺出面飲醉咗都會同第二個㗎啦。」

　　「一個男人要去食女，你點樣獻身點樣遷就佢，到最後結果都係一樣咋！咪傻啦，我就最清楚，我同你男朋友一樣，都係一個仆街，都係晚晚花天酒地食女，不過佢仆街過我，我叻過佢。」

平行世界的另一個自己

她淡然地說道：「你唔係一個仆街，你係故意去令自己做一個仆街。」

「有咩分別？冇人自願同天生做仆街。」

王凱汶說著說著，不停輕按著自己的額角，估計是昨日酒醉未散，不是經常喝酒的人都會出現這個情況：「我就真係唔知啦，啲姐妹成日都話，有啲男人天生係一個仆街。」

「知唔知點解呢個世界咁多人寧願做一個仆街？」

「唔好同我講咩要保護自己呀等等嘅老套理由囉。」

「梗係唔係啦。」

「咁係咩？」

「因為做好人就要好似唐三藏咁，經歷唔知幾多苦難取得真經至可以成佛，仲要分分鐘行埋回程條路至叫完成任務，但做壞人只係需要做一件事，就係放下屠刀立地成佛，你話著數幾多呢？」

「哈哈，笑話嚟㗎？」

我想了一會，用了半秒的時間快閃過往的人生，然後再記起歐子瑜的一句話，嘴角微揚的答道：「悲劇嚟嘅，只不過遠睇就似喜劇同笑話。」

我別過臉，打量著窗外的街境，再看著黑漆漆的晚空，其實所有事情是喜是悲我都分不清，只知道我的眼眶無意間淌下今晚最後一滴淚，剛好又被王凱汶看見，她輕輕握著我抓實的拳頭，柔聲地道：「至少喺我眼中，你唔係一個仆街。」

我合上雙眼嘆道：「但都唔會係一個好人。」

語末，我再把所有事情由Amanda開始，對王凱汶娓娓道來，她就這樣一直任由我訴說著，一直緊握著我的手，我都忘記了她在我吐苦水的期間有沒有把手鬆開過，直到她說了一句：「其實所有嘢唔係出於你內心嘅憤怒同埋空虛，而你會覺得空虛係因為你受咗傷，需要止痛。」

這一句話彷彿解開了我內心的枷鎖，讓我明瞭不知由何時開始的隱隱作痛是什麼的一回事。

原來連自己都不知道受到的傷害，其實是最漫長的痛。

一直以來，只知道自己某處在隱隱作痛，本能讓我尋求治療，結果只是服用了一粒又一粒止痛藥，直到有人察覺後再對我說：「咦，你受了傷。」

那一刻，我才知道自己在很久很久以前受過了傷。

她續道：「不過好老實講，聽你講咁多嘢，其實喺你心入面最有分量嘅人係Cathy，我呢個外人用一晚就察覺到，更何況係一個晚晚瞓喺你旁邊嘅人？你話佢唔明你，其實你都冇明白同了解過佢，你講到幾唔捨得係因為對佢內疚。」

直至聽到這句話，內心的揪痛感湧現，在苦痛的盡頭，原來只有無盡的唏噓。

「可惜好多嘢都行錯咗，好多嘢都選擇錯咗，就好似我，好似阿穎，好似所有人。」

她說，或許並不能責怪每個人的選擇，只要走歪了路，便不能輕易的回頭，只有一錯再錯的把路走下去，接著再把錯誤養成了人生的習慣，再讓自己萬劫不復。

要是世間上每一件事都能夠輕易的重新再來，能夠像電影般戲劇性的美好結局，就不會有這麼多人選擇了結生命。

　　說著說著好像說得太多關於自己的事情，於是我決定把話題的重心轉移到王凱汶身上：「咁你同你男朋友點呀？」

　　「其實應該係前任啦，不過我唔想接受現實，哈哈。」

　　「逃避痛苦同現實，係最真實嘅人性。」

　　「佢冇搵我，我都冇搵佢，一直望住佢 WhatsApp，望住佢 online 望住佢 offline，但就一直都等唔到佢 typing……」

　　「何苦呢？」

　　「其實一開始我都唔鍾意呢個男人，係佢追我。」

　　「敵不過甜言蜜語呢？哈哈。」

　　「嗰時我係有男朋友，但不幸地畀我知道佢偷食，跟住我本來諗住原諒佢，點知就係呢個男人，佢喊住勸我唔好原諒嗰個人，佢係唔會珍惜，仲話會保護我、照顧我同我屋企人，我覺得呢個人都追咗我兩年啦，應該會對我好好，於是就答應咗，結果就變成咁……」

　　噢……這個情節好像有點……熟悉。

　　「其實你係咪改編我嘅故事，再弱化咗我呢個男主角？」

　　至少當日我沒有一哭二鬧這麼窩囊去哄取 Cathy 的芳心，我是有技術的！

　　王凱汶瞪著我不發一言，然後換來我又一次的道歉才願意接著說下去：「所以話選擇錯唔係問題，最大嘅問題係明知錯咗都冇後悔過。」

　　「人真係犯賤，可憐你嘅真心，但你嘅愛都好可恨。」

　　也許，愛情故事來來去去的情節都是同樣，往往都像某些公式的文藝片或肥皂劇，只是到了結局的時候又再一次循環地播放，只是角色換了人選，又或者換了另一個視角而已。

　　大概，話題太過沉重，因此我決定聊一些別的輕鬆點的話題：「係呢？咁你個英文名……係Yeva？其實係點讀？都係Eva咁讀？」

　　「咁如果係嘅話，你會唔會覺得我應索性叫Eva？第一唔使咁煩，第二冇咁複雜，個個都識叫Eva個名？」

　　「嗯……都會㗎，不過我會覺得每個人都應該有自己嘅特色。」

　　「其實知道我叫Yeva嘅人唔多，一般係叫我Eva，就算set我電話連絡人都係set Eva！叫下叫下我都接受咗，哈哈。」

　　說罷，她再把握在手中的啤酒一飲而盡。

　　「又係習慣就好了，係唔係？」

　　「如果唔係可以點？有幾多人勇敢喺社會面前做返自己堅持到最後？唔係我冇同人講我係Yeva，而係啲人覺得一樣，佢哋就係鍾意叫我做Eva！」

　　她的英文名簡直是道盡社會的無奈和悲哀，為迎合他人強行的改變了自己，明明自己是Yeva，卻要方便他人把自己變成了Eva，不是自己沒有堅持過，而是這個世界的遊戲規則往往只能如此，你不是迎合就是被淘汰，縱使過程中你有奮力抵抗，最終也只可以隨波逐流。

　　我一言她一語，兩個人藉著酒精說著心底話特別暢快，看著她說話的語調開始有點輕浮，看來她真的快要醉掉，這個時候某些不好的回憶再度湧現。

　　「喂喂，飲夠啦。」我搶掉她的酒罐，該死的是在我搶掉她的酒罐的時候，她立即會開過另一罐並馬上喝一口，結果你開我奪每一罐喝一口，最終她……抽搐了一下，有過上一次的經驗，我已經最快作出反應，由於這一次距離有點遠，所以我得以逃過大難。

平行世界的另一個自己

　　我好不容易閉著氣，把她轉移到另一個靠窗的位置上，她捉住我的手喃喃地說：「我覺得你好好，至少嗰晚你冇趁機逼我上床，仲照顧我。」

　　我嘆了一口氣誠實地說：「其實我有，我仲同你磨得好開心。」

　　「你呃人，唔好逼自己做一個仆街啦，我知道你唔係，我信你，我覺得對住你好有安全感，覺得你好好，我願意咩都同你講。」

　　「你唔信？我而家就上咗你，你信唔信？」

　　她笑著搖了搖頭。

　　說罷，我打量著她那醉掉卻一臉樂天的模樣確實有點於心不忍，不過另一邊廂我又在糾結，像她這樣的女生，總有一天會栽在別的賤男手上，倒不如早點給她教訓，讓她早點認清事實，第一又可以拯救他人，第二又可以教育社會。

　　可惜我還是不忍心，原來溫柔這回事真的十分可怕。

　　這一晚，從她的口中好像在不同的人身上見到另一個自己，差點連自己都忍不住揍自己，在和她的對話間，我好像從另一個角度審視自己，知得失知錯對。

　　夫以銅為鏡，可以正衣冠；以古為鏡，可以知興替；以人為鏡，可以明得失。

　　這句話不是出自歐子瑜，而是我在溫習中史時記得的，不過……好像又是歐子瑜逼我硬記的。

　　王凱汶這個女生不可直視得太久，因為她的美是愈看愈美，是會令人愈來愈著迷，愈來愈惹人憐憫，而我終於明白到為何她的賤男情人會對她許諾保護她、照顧她一輩子，因為我也有這個想法。

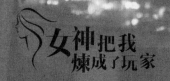

　　最終，我還是忍不住親了她的額角一下，可是我明白該要在這裡點到即止。

　　而且黑漆漆的晚空漸漸變成寶藍色，我知道天快亮了，阿 Ken 這個角色只能活在黎明以前，還是讓他下班吧。

Chapter 22
我代你哭

　　晨曦的第一抹陽光把整間本來黑漆漆的店舖照亮起來，而我則汗流浹背的把店舖打掃乾淨，我抹一下額頭的汗水，畢竟剛才花了接近半個小時，一邊閉著氣清理嘔吐物，一邊清理著遍地的酒罐，另一邊廂卻要不時張望在睡夢中的王凱汶。

　　我把店舖還原了後，看著睡得正濃的王凱汶，愈看著她的臉容愈覺得她可愛和溫柔，這個看法漸漸成為一種感覺，而這種感覺隨著時間一分一秒地過去，再變成一種由憐生愛再萌起的著迷。

　　店舖的電話突然響起，硬生生的把王凱汶弄醒過來，她睡眼惺忪的左顧右盼，再輕輕的揉著自己的額角，顯然地她又一次宿醉。

　　這個故事教訓我們，不能喝的話，就別要充酒囊，否則害苦了別人害慘了自己。

　　我接聽了電話，原來是友人致電過來，因為我的手機沒電，所以沒有人接聽，但我只是交代了會把錢匯到他的銀行帳戶，從今天起店舖再不會營業，換來他輕快地說終於可以真正享受人生後，還笑著對我說再見，叮嚀一下我應好好效法他，接著便把電話掛掉。

　　電話掛掉後一陣子，我不禁暗嘆一口氣，打量著店舖內的環境，總覺得所付出的心血付諸東流。

　　王凱汶腳步輕浮的走了過來，雙手捉住我的胳膊，再輕輕的揉了數下，接著有一股暖意湧溢心頭，這個就像朋友的撫慰，卻成為了好感大增的催化劑，不知不覺間讓我心底渴望著這種暖透心靈的溫婉。

　　我看著她，她二話不說迴避著我的視線，我不明所以好奇地問：「做咩呀？我個樣太型，搞到你不敢直視？」

　　她害羞的低語道著：「瞓醒個樣太唔知點啦，而且起身有口氣。」

　　「怕咩？」

　　她尷尬的支支吾吾說：「唔好啦。」

　　「我拎杯水畀你呀。」

女神把我
煉成了玩家

接著我走進廚房，從私伙雪櫃中拿出支裝水遞給王凱汶，然後眨眨眼說：「做慣廚房就好少會飲同食廚房嘅嘢，不過我就冇咩所謂，但己所不欲勿施於人。」

她接過支裝水後，一臉懵懂的喝著聽著我說一些有關廚房的都市傳聞，例如三文魚不新鮮的話會如何處理等等⋯⋯

更可怕的是她點了點頭說：「都估到啦，不過算啦，出得街食就冇得避。」

她這一種就是傳說中香港人的阿Q精神，總把不合理的事情看得樂觀一點，然後就會接受了，再把一句習慣就好了成為人生格言，但從沒有想過習慣了事情就真的會變好嗎？

不過我深信像王凱汶這種人，其實她們本來不是逆來順受，起初都不相信宿命這回事，只是經歷得多了，慢慢養成一種將就，而別有用心的人便會把這種將就成為從她們身上取便宜和傷害她們的利刃。

想著想著，我突然靈機一觸：「喂，你肚唔肚餓呀？」

王凱汶神情訝異的反問：「你煮畀我食？」

「係呀。」

說罷，我打開廚房的雪櫃，看到還有數塊原本訂來作自選菜式的A5和牛，和一些英式全日早餐的垃圾材料，說實話我都不明白那些英式全日早餐有什麼值得吹奏的地方，總有一班假裝識飲識食的港女經常點來打卡，明明這些材料在超級市場亦經常特價發售，然後來到我的餐廳，經過我的包裝後，便以超出十倍以上的價錢賣出。

不過，正因為有這些港女，我的錢包才可以一直增長，所以對我們這些毫無良心的商人或者當權者而言，這個世界最好每個人都是無知的好人，都是蠢得無可救藥的，那麼我的事業便可以千秋百世。

「我早幾日入咗幾塊A5和牛扒，反正都唔會有機會賣出去，我哋食咗佢算。」

我一邊說著一邊把扒爐預熱，而王凱汶不時從廚房門外探進頭來，還一臉嘴饞的問道：「但你真係決定咗唔做啦？」

「係呀，唔做啦，唔係冇錢營運落去，而係冇咗嗰個心。」

「明白嘅，不過我覺得好可惜。」

「點解呀？」

「因為我覺得煮嘢食嘅你好有型，個樣好認真，男人認真個樣係最吸引女人。」

想不到，當年為了取悅Cathy而跑去學廚藝，結果換不來任何一句讚賞，反之換來一次又一次的誤解，她以為我無所事事，實際上我為的是她一笑。

更想不到的是這句等了這麼久的話，竟出自別的人口中。

我不經意的衝口而出：「係？咁我吸唔吸引到你呀？」

她臉紅耳赤的咳了數聲：「咳，少少啦，男人同女人咪一樣，吸引就會望㗎啦。」

「係咩？」

別想太多了，像我這種人對王凱汶這些女生而言是十分吸引，但結果往往是令她們受傷，所以有些人不適合走得太近，所以世界上最完美的事情都是模糊的，因為只能活在我們的想像中，遺憾和缺角才是現實的美感。

歷時半小時後，一頓豪華的A5和牛扒放題配英式全日早餐另加厚多士，熱烘烘的放在王凱汶面前，她萬分驚喜的半掩著臉看著桌上的豪華早餐，還笑得露出臉頰上的兩個小酒窩對我說：「Thank you！」

「唔使客氣，唔想任由啲嘢食擺到過期，於是搵你清埋佢。」

她搖了搖頭笑道：「你係第一個屋企人以外煮早餐畀我食嘅男仔。」

「其實我係男人。」

「佢以前未試過煮早餐畀我食，一直只係得我煮。」

「食嘢啦，唔好諗咁多過去。」

她樂得取出相機道：「一定要影低佢留念。」

我為 Cathy 煮過這麼多次早餐，她卻沒有任何一次快樂得像王凱汶一樣。

當時的我確實沒有為意到王凱汶眼中流露著的感動是有多誇張，大概我都分不清是我真的沒有為意，還是不敢為意讓自己想得太多。

可是，她那張笑容可掬的臉，卻深深的刻烙在我的腦海中。

我看著王凱汶吃得開懷的模樣，幻想著 Cathy 愉快地吃我所煮的食物，雖然她們二人不論樣貌還是性格都沒有共同之處，可是我偏偏會把王凱汶代入了 Cathy 的角色，其實某程度上，Cathy 是 Amanda 和歐子瑜的代替品，而王凱汶……是 Cathy 的代替品嗎？

我不停找代替品，再用同樣的方法、同樣的愛去愛著不同的人，許多人窮盡一生在追尋這些共通點，事實是去追求一個活在回憶中的人，最終失去了現在的自己。

大概，我還是應努力讓自己清醒一點，打消任何會使自己增加對王凱汶好感的念頭，我不停地對自己說，王凱汶就是王凱汶，她不像別人。

然而，可能是老天的作弄或者是自己自掘墳墓，就因為想著王凱汶不像別人，而是個獨立個體，結果我竟開始欣賞她的成熟知性，她喜悅時的率真，還有她發自內心的溫柔。

想著想著，我不期然咳了數聲，惹來她問：「嗯？唔舒服？飲咁多酒要飲返啲水呀，知唔知？」

我搖頭笑道：「唔係呀，食得太快。」

「慢慢食啦。」

話音未落，她把一張紙巾撕開後把其中一半遞到我面前，我一邊輕擦嘴巴一邊不時打量著她吃得正開的樣子。

吃得捧腹後，王凱汶輕輕揉著肚子對我笑說：「食和牛食到想嘔，係咪有啲折墮？」

「唔係呀，係幸福。」

「Thank you！」

「唔好係咁講 thank you 啦。」

「咁我諗唔到除咗 thank you 之外，可以點樣多謝你嘛。」

「唔好諗到我咁好啦，有時對你嘅好係意外。」

她情深款款地說：「咁都要你有心，至可以營造呢個意外。」

我裝出輕笑的模樣：「哈，如果啲女仔好似你咁容易哄，咁……我就唔使花咁多心機。」

她一笑置之，恰似在嘲笑著我；「係呀係呀，如果要花心機至做到一個……玩家，即係證明你唔適合做，回頭是岸啦。」

「都係嗰句啦，放下屠刀就可以立地成佛，簡單得多。」

王凱汶只是一直微笑著，但沒有回應我。

我續說：「明知道有開始就有終結，對我呢種人嚟講更適合 say hi 同 say bye 嘅關係，太深情我會受唔住，又會怕太認真換來嘅就只有痛楚，不如簡單啲就算。」

她的眼底好像閃過一絲無奈，接著再堆出笑意道：「咁 say hi 同 say bye 之間，你得到啲咩？就係嗰一刻嘅慰藉？」

「可能係啦，講到尾我係唔鍾意負責任。」

她苦笑說道：「浪子往往最吸引人。」

從這刻起，她便把我戲稱為浪子，叫著叫著便習慣成自然。

「男人不壞女人不愛，呢個簡直係定律，正如賭博一樣，點解明知十賭九輸都要賭？因為有一個會贏嘅希望，同埋嗰種過程係刺激。」

情況就像我在狩獵場狩獵一樣，每一晚每一局都是新的冒險，永遠估計不到今晚會得到什麼，永遠估算不到會鹿死誰手。

「唉，可能係啦。」

「知唔知點解，愛情呢一場角力，有人會一直贏，但有人會一直輸?」

「唔知道。」

「就係因為，你要得到一個人，你必須證明自己係可以唔需要嗰個人。」

「我有呀……」

「但結果?」

然後，她默然不語。

「愛情就係一個邊個上心就邊個會輸嘅遊戲。」

她眼神堅決的答道：「如果係咁，我寧願一世都輸。」

「What？我有冇聽錯?」

「係呀，我寧願輸。一段關係公式化好劫，如果經常提自己唔可以放任去愛一個人，你唔覺得好悲哀？如果真係愛，我寧願唔諗咁多嘢，就算明知係輸，但愛得就冇得怨。」

哈，原來這個世界有些人活像頑石一樣，是點不透、教不壞的。

Chapter 22
我代你哭

不過，正因為她的執著和頑固的個性，才令她沒有在逆境中走歪，卻同時害自己在情路上失意。

我不明白自己為什麼會不期然待她無條件的好，無條件的順從，也許，我沒有把她當作是Cathy的代替品，卻藉著王凱汶這個女生替自己贖罪，說到底是為了自我感覺良好，為了撫平良心的不安。

那頓早餐後，她對我說，其實她很害怕哭泣的時候只有自己。

我笑著說，那就對著我哭吧。

她說：「如果你想喊又唔敢喊，就畀我代你喊啦。」

我們相望而笑，彷彿在這個悲哀的世界中相濡以沫。

我們各自回家後，她在WhatsApp傳回了一張我在廚房中帥氣地煮食的照片，接著她想加我為Facebook好友，我答允了她的要求後，她便二話不說在Facebook上傳了那張照片，還標籤了我，在近況寫上：「人生中第一個家人以外煮早餐給我的男性，thank you！浪子。」

浪子這兩個字其實真的有點……怪。

她在WhatsApp再情深的對我道：「無以為報，所以就准許你佔用我Facebook其中一則近況啦。」

我笑著答：「謝主隆恩。」

突然Facebook再彈出一則提示……

「Cathy Wong Kai Ki讚好了你被標註的照片。」

原來老天的惡作劇，還未完結，剛才只是中場休息。

我目不轉睛的把那則通知重複看了不下五遍，同時我略想了一想，不知道Cathy這個讚好到底是什麼意思？

說到底我更該害怕她是若無其事，畢竟那怕有一點死心、失望或者釋懷的感覺，至少我還在她心中佔有著半點位置，要是若無其事的話，我們就真的該要完結。

只是我不願她離去，亦不願和她形同陌路，所以我才選擇離開，過著有家不回的日子，好讓她依舊住在我的家裡，只要她還未搬離，證明我們這段感情的遺骸仍然猶在，而且以 Cathy 的性格，深信只要死心的話，便會毫不猶豫的搬走，因為她絕不是那些貪小便宜的港女，亦從不貪婪別人的東西，想要的事情總會靠自己雙手努力去爭取。

單單這一點價值觀上，我們已經有所分岐，因為我信奉的，是不論你有多能幹，沒有別人的協助，你永遠都是只有一個人的力量，而 Cathy 認為這就是依靠別人才取得的成功。

這個永沒對錯的答案，就像我們的感情一樣，只能日復日的拉鋸，隨著時間把兩個人的耐性、感情、希望和包容都耗盡。

知嗎？有時候人很奇怪，明明兩個人相愛的過程都已經差點忘記得一乾二淨，甚至連她的外貌變了多少，近況如何都已經一概不知，但偏偏就是那僅餘的不捨令人念念不忘，世事往往就是如此諷刺，從往昔至今的愛情故事，令人刻骨銘心的原因，全因為整個故事男女主角都是在演繹兩個字──遺憾。

快樂和悲傷從來是獨立個體，兩者是對立的，但人往往都銘記悲傷、輕視快樂，正如幸福和遺憾一樣，兩者都是對立，但我們往往都是看輕幸福、記住遺憾。

說起了舊居，快有一個多月沒有回去，是時候回去看看。

回到舊居，取出鎖匙笨拙的打開家中的大門，說實話這個從小到大成長的地方，推門進去的瞬間卻感到非常陌生，這大門、梳化、睡房和客廳等等的一切擺設都沒有改變過，梳化、飯桌、睡房，甚至廚房依然一塵不染，顯然地仍舊有人定時定候打掃，再打量著周遭的

我代你哭

環境，突然一股涼意吹過，劃過一絲愁緒上心頭，我深呼吸一口氣合上雙眼，如像時光倒流到那段美好的時光，父母走在一起的日子，Cathy和我同居的回憶都一一湧現。

那一刻，我發現自己長大後的時間觀念很差，今夕到底何年何月？有多久沒有慶祝過自己的生日？有多久沒有經歷過聖誕節等節日？自己離開了多久？有多久沒有見過自己的家人？雖然應該再沒有機會相見。

看著掛在牆上唯一會改變的年曆，我才深感山中方七日、世上已千年的感慨。

我緩緩地走進睡房，實際上我的家有兩間房間，有一間是雜物房，即是從前父母的睡房，另一間原來是屬於我的，現在就暫時成為Cathy的。

睡房除了掛在門後的衣服有所改變之外，一切都是大同小異，我無聊的拉開Cathy的抽屜，發現內在有許多林林總總、來自不同追求者的禮物，手段老套得想哭，難怪Cathy只是選擇藏起而已。

這些人雖然老套，但我卻羨慕他們可以佔有Cathy抽屜中的位置，至於往日由我所送贈的禮物，所寫的心意卡和便條紙，全部都消失不見。

看來她早已重過新的生活，只有我還靠著那丁點的不捨依戀著過去。

連可以佔有她的抽屜，這些機會都不屬於我的，我該如何執著下去？

我嘆一口氣，走出睡房再輕輕的把房門關掉，門外突然傳來鎖匙開門的聲響，我望了時鐘一眼，估計是鐘點清潔工人上來打掃，但願她沒有被我嚇壞，畢竟我總是悄無聲息的回來。

　　木門推開的一刻，我吸一口氣堆出笑意，而走進屋裡的身影並不是鐘點清潔工人，而是一個熟悉的臉孔，一個很久不見的女生，她除了把頭髮弄曲了和樣子憔悴了一點以外，其他都沒有任何改變。

　　她拿著外賣愕然的看著我，我們兩人靜默了好一會，腦海不停組織久別的第一句開場白，恰巧我們異口同聲地道：「好耐冇見。」

　　她顯得有點惆悵，而我則感到不知所措。

　　過了一會後，Cathy把門關掉，再整合一下自己凌亂的情緒，裝出一副不慌不忙的樣子，放下外賣在飯桌上，皺了皺眉頭，再暗舒一口氣，默不作聲和我對望。

　　正當我準備說該要離開的一刻，Cathy別過臉問道：「呢段日子你去咗邊？講低一句就走咗去？」

　　「Sorry。」

　　「我唔係要你講sorry。」

　　那一刻，我真的不知道該說什麼。

　　「啱啱放工？」

　　Cathy冷冷的道：「係。」

　　「其實呢段日子我有返過嚟睇下間屋。」

　　「我知呀，但你有勇氣返嚟，冇勇氣留低？」

　　語末，Cathy才把視線轉移過來，她的雙眼開始通紅的說道：「你每一次返過嚟，其實管理處個叔叔都有同我講，每一次聽到話你返過嚟，就每一次都覺得失望。」

我代你哭

為什麼我每下的一個決定，結果都只會令 Cathy 失望，我真的不明白。

我呆了半晌後才道：「其實我有希望會撞到你，我有希望有一日你會唔再嬲我，去我舖頭搵我。」

「咁我呢？解決問題唔係逃避，你咁樣一走了之更加似我 Daddy 呀！」

「咁我搵你唔到，我有 pm 你，我有......」

「我一直都喺度等你呀！」

說著說著，她的語調開始激動起來，嗓子開始哽咽。

「Sorry 呀。」

「Sorry 係我講，我唔應該對你再有任何希望，你都重新開始你嘅生活！我覺得自己好傻，每一日都等一個令我失望過嘅人返屋企，從來冇答應過任何一個追求者，亦冇帶過任何人返屋企，冇做過半點背叛呢段關係嘅嘢，但係我知道應該要死心啦，我應該要搬走，唔應該再等。」

我以為她不想見我，所以離家出走，結果她一直在等待我，她在不停等待希望再徘徊在失望的日子間，開始慣了沒有我的日子，重過著自己的生活。

她和我一樣，因為那半點不捨的念念不忘，而糾結在這個地方，一直沒有離開。

Cathy 沒有哭泣沒有流淚，只是語氣有點哽咽而已，看來她因為絕望而變得更加堅強。

「過幾日我會搬走，一個女人唔等得太耐，人嘅青春係有限。」

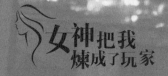
　　想不到，Cathy的淚水竟然轉移到我身上，看著她那堅定的眼神，我知道再沒有回頭的機會，我的視線漸漸模糊，接著我提起腳步準備離開之際對她說：「Thank you！舖頭執咗啦，呢一刻真係需要重新開始。」

　　我沒有看過Cathy一眼便頭也不回的離開，因為我不想讓她看到我的淚水。

　　關掉門的瞬間，我聽到她在屋內嚷道：「做任何事都可以厚面皮，但喺呢件事就只係逃避，我真係好憎你呀。」

　　我一步一步的離開，再讓淚水一點一滴的洗刷著我的臉頰，一邊用手機傳了一則Facebook訊息給她：「對不起，我總不知在哪裡出錯，不知為何我們總是錯過，不同出發點的好意卻換來無盡的誤解，我承認自己在逃避，看見你再哭不出淚水的時候，我已經知道自己的所作所為如何令你迫不得已變得堅強。」

　　接著她傳了一首《埋頭苦愛》給我，然後就再沒有回應我的訊息。

　　那天以後，我再沒有回去，不知Cathy有否真的搬離了這個家。

　　終於，Cathy把自己的感情狀況由一言難盡設定為單身，換來一百多人的讚好。

　　我也把感情狀況設定為單身，換來的是王凱汶的慰問：「你有冇事呀？如果想喊可以搵我，講好咗『我代你哭』。」

　　有時候，我都不知道自己走著什麼運，總是遇上不同的女孩，然後再該死的自以為是任由她們離開。

Chapter 23
人若然忘記了愛

　　我一個人回了店舖，酒和食物也喝完吃盡，我和Cathy如無意外也是曲終人散，這間再不會營業的店舖和我們的感情一樣，是時候結束了。

　　把自己的腦海掏空了，接著點燃了一根香煙，讓自己沉浸在煙霧彌漫的世界中，眼前的事物都因為煙霧而變得疑幻疑真，靜白一片的腦海，漸漸浮現起某些畫面。

　　王維基，是我本來的名字，不是肥基，不是Keisson，也不是基神，這是我第一次願意面對自己本來的名字，同時確實了解自己的幼稚和怯懦。

　　王凱汶說過，在眾多我生命裡的女性中，最不獲重視的就是Cathy，同時Cathy默然不語的情深，卻刻烙在我的心間，可惜最終我還是辜負了這個女孩。

　　想著想著，頭有點痛，我再抽一根煙，發現尼古丁這回事的確可恨，抽一點可以讓人提神鎮靜，抽太多會令人頭昏腦脹。

　　就像我這個人一樣，愛一點的話會覺得很有趣，太深愛的話會讓人變得迷離恍惚，不過感情就是這樣，因為太珍惜一個人，結果只會不被人珍惜。

　　往日我還是一個好人，從來沒有人會了解我的「好」，只看著我的「壞」，直到我變壞了，很多人竟然覺得我很有趣，想試圖接觸和了解我，再從我的「壞」中尋覓我的「好」，然後我就變了一個連自己都不再認識的人。

　　可悲嗎？

　　人生近看就是一場悲劇，而遠看就是一場喜劇，但怎麼我努力演著，橫看豎看都是一場鬧劇？

在取得別人原諒前，要率先原諒自己，這是成年人無恥也是必須的心態，縱使日後內疚會不時找上門，但深信不會維持很久，反正像我這種人來說，無恥和內疚是並存的，因為一切早已作出選擇，現在該要承受自己種下的因所結的果。

大概，這點殘餘的傲氣，縱使經過不同的消磨依然還在，也是這段日子間讓我生存下去的養分。

由白晝沉思到黃昏，看著天上的白雲散聚無常，再看著陽光和紅色的雲彩漸漸湮沒於黑漆漆的晚霞。

人都是在不斷的錯過和誤解間走遠，只是在走遠的過程中我們還沒有發現，直到開始感到心淡，開始有心理準備，而且不停在腦海把那些還未發生的情景模擬了很多次。

但當終結來臨，縱使曾在腦海把類似的情景幻想過千百遍，卻仍然受不了面對現實時那一次的痛楚。

從前的甜言蜜語，變成了現在的自言自語，再回到原點。

我們都不知道，用多少天用多少年的跌跌撞撞才找到終點，用多少傷痛才能留住心愛的，用多少謊言才可掩飾彼此的不完美，要用多少個世紀才讓我看透一切。

最後一口煙了，同時這是最後的一根煙，抽盡以後又該重頭上路。

我沉重的把店舖的招牌燈關掉，想起大約一個星期前我們還在談論未來的發展藍圖，今天所謂的藍圖就只能是空想的藍圖，我明白所謂人心和世事善變其實只不過是事過境遷。

有些事情過去了便需忘掉，有些人只能夠懷念，有些內疚和自責就讓它好好地痛一輩子。

人若然忘記了愛

那天以後，這間店舖宣告結業，友人和阿穎從此消失在我的生命中。

王凱汶在某頓晚餐期間，問過我有何打算，我只是對她說想到澳洲生活一段日子，想體驗一下夏天過聖誕的滋味，王凱汶一矢中的說我是在逃避。

嗯！我是在逃避，逃避失敗。

這句話過後，她再一次緊緊地捉住我的手，我看著她那楚楚可憐的眼神，加上雙重的內疚感，於是我開始在盤算：「咁……我唔走有咩著數先？」

她看著杯子中的橙汁苦苦思量著。

「諗唔到，咁我走啦。」

她紅著臉支支吾吾道著：「吓？咁……每個星期請你食一次飯。」

「呢個係理由咩？」

「咁我諗唔到嘛。」

「咁我唔逼你啦。」

她笑著說道：「呃，諗到啦！」

「咁係咩呀？」

她別過臉低語道著：「煮飯畀你食……你應該都好耐冇食過住家飯。」

說起住家飯這回事，我都忘了有多少個年頭沒有吃過，更差點在我的字典中忘了住家飯這個字。

既然如此，這場交易條件不錯，值得成交。

「好呀！都唔知幾耐冇食過住家飯。」

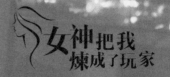

她笑道：「嘻！但係我講明呀，唔一定煮得啱你心意，所以唔好嫌棄呀。」

「我唔會呀，答應你！。」

「咁下星期四上我度食飯呀。」

「好呀。」

「但家常便飯你真係唔好嫌棄呀，最多加個湯。」

「不知幾開心，有人煮住家飯畀自己食。」

她莞爾一笑的打量著我，然後眼底閃過一絲憂愁，再暗暗的嘆了一聲：「如果個個都係咁就好。」

我知道王凱汶這刻又在回憶著從前的不忿，說到底是她在執著和不捨。

為一個人付出百分百的心意，然後得不到讚賞，接著再換來奚落的感受，我絕對理解而且深感同情，只要煮的不是雞翼魚蛋湯，一句讚賞又何須吝嗇？

我看著微微別過臉的她，情不自禁想輕輕捉住她的手一下，就像她給予我安慰般的模樣，可是內心卻有一股滿溢的內疚感使我清醒過來。

我不是一個合格的情人，因為太容易對別人心動，一不小心也會讓別人心動，我已忘記了該如何去愛一個人，亦既害怕又遺忘了被人愛的滋味，然後只會不斷的讓人受傷，而且我不是王凱汶真正需要的類型。

想著想著便打消了這個念頭，對她笑說：「有時候未必係你心目中嘅人欣賞你，但唔代表冇人會欣賞。」

「但如果係嗰個人識欣賞，我就唔再需要其他人欣賞。」

Chapter 23
人若然忘記了愛

我苦笑了一下：「其實由我哋追求別人欣賞而學識順從其他人時，真正嘅自我就已經被抹殺，係唔係呀？Yeva！唔係 Eva 嘅 Eva，係 Yeva 嘅 Yeva。」

她點了點頭沒有回應，畢竟沒有人可以說自己從沒有順從過這個社會。

我們沉默了一會，她再打開了話匣子，說實話，有王凱汶在場我們總有說不完的話題，談不盡的感性。

「係呢？食完飯有咩做呀？聽你講呢幾日都喺屋企冇出過街喎。」

對！自從和 Cathy 再度鬧翻後，我已有數天足不出門，整天在家睡覺，畢竟店舖已經結業，即是意味著我現在是雙失——失業和失戀。

我想了一想，喝一口酒，再答道：「嗯，係呀！當補眠囉。」

她皺了皺眉頭：「你咁樣唔得㗎喎！點都好，點都要返下工搵嘢做，如果唔係你只會愈來愈頹，就算自己有錢有樓唔憂生活都好啦，都唔可以畀個藉口自己頹落去同逃避。」

這句話好像 Cathy 從前對我說過，但好像又有一點不同。

王凱汶在說話期間的眼神讓我十分在意，因為她的眼神是流露著真摯的憂心，而不是嫌棄和埋怨。

對一個認識日子尚淺的人，她都可以如此苦口婆心，可見她的善良和母愛是有多泛濫。

在這樣的溫柔面前，我找不到任何藉口去敷衍，而且亦不想因為語氣而誤傷溫柔，於是我爽快的答允了王凱汶的要求。

王凱汶的溫柔是我的致命傷，總是令我找不到任何理由去拒絕，每次都會令我心甘情願的服從，那怕是從前覺得難以啟齒的一句道歉，在她面前總能發自內心的說著，而且更怕說得不夠。

不知道是我把內疚的感覺轉移還是別的原因，但我清楚，她的溫柔絕不是我這種人配得上。

「應承你啦，後日去搵工。」

她追問：「點解唔聽日就去呀？」

「因為我今晚想去飲嘢。」

她倒抽了一口氣：「飲少啲酒啦，傷肝呀。」

「冇傷肝（沒相干），下次我哋食鵝肝補返。」

她不禁笑道：「爛 gag！但你真係要記住搵工。」

「放心啦。」

「你真係要記住㗎，就算咩工都好，返住先好過浪費人生，就算唔返工都搵啲有意義嘅嘢做下⋯⋯」

其實我是一個很怕被人煩著的人，偏偏王凱汶就是一個特別的例子，她語重心長的話我沒有覺得煩厭，反而覺得能被這樣的溫柔包圍著是一種幸福。

我到底怎麼了？有時候我弄不清到底王凱汶是特別的例子，還是自己改變了？

怎麼了？沒有腳的小鳥想降落了嗎？但沒有腳的小鳥想降落的下場就是摔得遍體鱗傷。

晚飯過後，由於王凱汶明天要上班，而且她不是想像中經常上夜街的女孩，於是注定了我今晚獨行，不過這也算是一件好事，畢竟以王凱汶的酒量而言，和她到酒吧談天，只會增加我的負擔。

送了她上車後，我逕自到尖沙咀，在酒吧外的露天座位，我抽一口煙喝一口悶酒，打量著酒吧內隨著節奏搖動的異性，幾乎沒有一個看得上眼，唯一看得上眼的異性，早已有數個獵人在重重包圍，只是不知道今晚鹿死誰手。

人若然忘記了愛

而我現在學會了冷眼旁觀這裡的一切，當以上帝視角去觀察這個地方，便會發現更多樂趣。

這裡有外賣自取的野餐混蛋，倘若我真的是上帝的話，會恨不得一聲響雷劈下去。

這裡有不擇手段的獵人，不停請獵物喝酒，而自己只是喝少少而已。

這裡有出賣朋友的獵人，就是叫兄弟替自己打頭陣，把獵物灌得半醉，接著由自己補上尾刀取下獵物，而兄弟只成了助攻。

還有一個人喝悶酒不理世事的女性、一堆姐妹抱頭痛哭的「棄婦團」，甚至有假裝獵物去捕捉獵人的女性獵人等等……

在這裡遠比看電影有趣得多，但看得多了便會生厭，然後感到沉悶，接著便會覺得唏噓。

至於我還會否繼續去狩獵？

大概我不會再像從前般主動出擊。

喝完了數杯悶酒後，我覺得今晚應該不會有任何令我有興趣的事情發生，於是便帶著淺醉的感覺結帳離開，可是我卻依然沒有任何歸家的念頭，所以我決定一個人獨自在街頭聽著歌曲踱步。

昔日，我不會明白為什麼許多人總愛戴著耳機聽音樂，我以為他們是為了解悶。

現在，我明白到戴著耳機後，世界便會變得寧靜，一切會變得事不關己，一切可以順應著自己的心情和歌曲的旋律，想笑便笑，想哭便找個地方坐下哭出來，大概這是成年後唯一可以任性的權利。

我不知不覺來到了尖東，但我對於噴水池那邊沒有多大的興趣，畢竟那裡入夜後是情侶談心、朋友散步和酒店高鐘大嬸等客的地方，那裡人太多了，我較喜歡帶著淺醉讓自己好好安靜地沉澱。

於是我選擇了港晶中心那邊的一個公園，畢竟那邊較為路幽人靜，走著走著涼風淡淡的吹來，把我的酒氣和一點的醉意都吹散。

再走多一會，眼見公園渺無人煙，這裡尤其寂靜，可以讓我在這個沉重和感性的晚上，好好抒發一番。

正我找了一個地方坐下，從煙盒取出一根煙來，準備點燃起來，突然發現有一個低下頭、穿上黑色皮褸、白色 t-shirt、淺藍色緊身牛仔褲的女人迎面走來，她一邊用手輕輕拭著眼角，一邊拼命的從手袋中找著東西，應該是要找紙巾吧，從遠處看來她的手袋也絕非便宜貨，不過這裡是旺區，當然什麼都會有吧。

而我作為一個貼心的男性，紙巾這回事當然是常備吧，同時我亦不明白為什麼有些女孩可以不帶紙巾。

我眼見她漸行漸近，一邊心想難道可以獨佔這個地方的機會也給人抹殺了？另一邊廂，我也想拿出男性該有的紳士風度，走過去遞一張紙巾給她。

直到她坐在我的斜對面，在陰暗的燈光中看過去，總覺得這個人有點熟悉，到底她是我從前上過的女生？還是我在日常所認識的人？或是過去出現過在我生命的異性？

因為我的好奇心，我取出一張紙巾，假意把紙巾遞給這個人，同時把答案揭開。

我把紙巾遞到她面前，喚了她一聲後，她抬起頭來，一張熟悉的臉映入我的眼簾，而我的心情由剛才的好奇、同情變成討厭……

這個哭得死去活來的女人，竟然是Amanda。

我打量著Amanda現在失魂落魄的模樣，從前的傲氣和自信悉數全無，由眼角到臉頰劃過一條鮮明的淚痕，眼睛亦哭得紅腫了，眼眶盈著淚水，猶如一頭老虎被拔牙脫爪後再被狠狠地鞭打了一頓，再困進籠中，眼神充滿了哀怨。

Chapter 23
人若然忘記了愛

我看著她落寞的樣子，嘴角不受控制的微微揚起，最終一個恍惚失神，看著她這般樣子，我不禁縱聲失笑起來。

「哈哈。」

世界上還有人比我更賤嗎？遇見前任在哭泣，不是視而不見作罷，不是故作好人的慰問，而是表露真性情的在她面前笑了起來。

這一聲橫笑，就像為自己忍了這麼多年的一口氣，一併發洩了出來，完全表現了後現代的「睇人仆街最開心」。

她見狀率先是目瞪口呆的看著連聲失笑的我，接著掩臉痛哭起來，而且她的哭聲大得蓋過了我的笑聲，嚇得我笑不出來，不知所措的一邊遞上紙巾，一邊輕輕拍了她的肩膀數下，再對她說：「唉，唔好喊啦，我買你怕，我唔笑你啦。」

說罷，她哭得更大聲。

每次看見女人的淚水，我便會六神無主，起初天真地以為自己可以任由她一邊放聲痛哭，我則從旁一邊恥笑，但是這些只不過是我腦海中的幻想而已。

換句話來說，曾經有過感情，就算不知誰對誰錯把愛變成恨，事實上只是轉了另一個方式把對方藏在心裡。

愛的反面不是恨，而是遺忘，但其實只要愛過，又怎會真的忘記得一乾二淨？

我找了個位置坐在她身旁，把紙巾遞到她面前，可是她沒有接過，只是一直掩著臉哭得抽搐，直到哭得累了，她才停了下來接過我的紙巾，拭去了臉上的淚痕，再喘著氣嗓子沙啞的罵我：「你係咪男人嚟㗎？見到個女人喊緊你唔安慰都算啦，你仲走去笑人。」

看著她這副樣子，頭髮有點凌亂，再加上臉上的淚痕，我本以為真的可以發自內心的笑起來，可是事實上我卻沒有想像中的那樣高興，相反內心卻有一股酸溜溜和忐忑的感覺在翻騰，然而我卻裝作樂透的模樣答：「如果係第二個女人，我會遞紙巾畀佢、安慰佢，如果佢需要M巾，我都去幫佢買。」

她不屑的用力打了我一下：「你有冇咁憎我呀？當年你都威返畀我睇啦，你估我唔知你為咗贏、為咗威，去搵歐子瑜條姣婆幫你？」

想不到，原來Amanda竟然知道這件秘密。

「吓，你點會知呀？」

「因為我喺一樓見到你哋囉！我真係唔明呀，點解你肯聽條姣婆話，而我勸咗你咁耐，你一次都冇聽過？」

說著說著，我的無名火便湧了起來。

「咪住，你唔好諗住合理化自己嘅行為喎，不過我都要多謝你呀，冇你邊有今日嘅我呀？」

「吓？你怪我呀？我一早同你講咗，我有我嘅目標，我有勸過你，你冇聽咋？我深信唔會有一個女人要一個幼稚、冇用同冇未來嘅男人呀？你同我分咗手之後，你嘅男女關係好得我幾多呀？一星期媾一條女，另一邊就同個歐子瑜日日放學幽會。」

她說的話，換轉是以前的話，我會覺得錯得很，但現在聽來，她亦有道理，就像阿穎一樣⋯⋯

「你侮辱我唔緊要，唔好侮辱歐子瑜呀！」

人若然忘記了愛

「呵，睇死你哋肯定搞埋咗啦，都唔知點解佢可以迷到啲男人聽曬佢話。」

說實話，對比起Amanda，歐子瑜的魅力和氣質是沒有任何一個男士可以拒絕。

這一刻，我覺得只有Amanda可以解開我的一個心結，誰會比朋友更清楚了解一個人？就是她的敵人。

「咁佢會考之後做咩突然走咗嘅？」

Amanda笑了一笑：「好想知？你掛住佢呀？」

她竟然輕易看穿我的意圖？

噢，差點忘了歐子瑜和Amanda是同一類人，他們很容易便洞悉到男人的心思，很容易便看透一個人。

「我比較有興趣知道……你做咩喊？」

她聽罷突然變得恍惚，支支吾吾的說道：「你……真係想知？」

這是我人生中第一次見到Amanda女王變得躊躇。

「你唔講都得。」

「扮嘢，你根本想知。」

「唔想知。」

「咁我走啦。」

Amanda站起來動身的一刻，我竟然不自禁的捉住了她的手，她停下腳步的回眸，我對她說：「你可以去邊呀？咪又係搵個地方喊。」

她點了點頭：「咁同我去飲杯嘢。」

「Sure.」

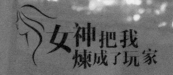

曾經，我在尖沙咀遇見過她，所以我們把酒談心的地方自然是回到諾士佛臺。

今晚，她不想到自己往日常光顧的酒吧，於是我把她帶到自己的主場，大概由中學時期開始，從來我都是領著她到我的主場，然後……再被她搶奪了主權。

今晚，我決定一雪前恥，可惜當她坐下了後，她用上流利的英語說：「I want ten sets of Jägerbombs and a bottle of white wine.」

「Anymore？」

「Later.」

她看了我一眼，頓感她的霸氣突然歸位。

聽到這個驚人的數量把我嚇得整個人呆了，接著她取出了自己的黑卡把帳單付了，同時我看到她戴著一隻卡地亞手錶，顯出了她的個性和品味。

看來這些年來她混得比我還不錯，深信她銀行的零頭比我的結餘還要多。

「Ten sets of Jägerbombs」即是三十杯 Jägerbombs，而且還有一支白酒接踵而至，我不禁倒抽了一口涼氣。

畢竟，我年紀開始大了，酒量不勝從前，而且三十杯 Jägerbombs 是會喝死人的……

想不到，闊別一段日子，Amanda 竟然比我更能喝，她……是做陪酒的嗎？

Amanda 拿起其中一杯對我說：「你真係想知我點解喊？真係想知歐子瑜做咩突然唔讀？」

「嗯嗯。」

Chapter 23
人若然忘記了愛

「鬥快飲晒佢，你飲得快過我嘅就同你講，好唔好？」

我點了點頭，拿起其中一杯，便接受了 Amanda 這個挑戰。

我們把理智放下，她是為了從這場競技遊戲中取勝，而我就為了解開一直以來纏繞著內心的謎團，我們不停的喝著，瘋狂的程度惹來酒保的注目，他們一邊洗著杯，一邊不時偷瞄著我們。

喝到第五杯後，我已經開始感到頭昏腦脹，Amanda 卻一臉從容的繼續喝著，只知道這樣下去的話我會輸掉，而歐子瑜的下落就只能石沉大海。

此時此刻，不甘心的念頭充斥著我的腦海，同時亦不希望永遠敗在這個女人身上⋯⋯

於是我加快了喝酒的速度，不管喝得有多狼狽，我都任由酒精洗臉，直到拿起最後一杯 Jägerbomb，亮在 Amanda 面前，然後把酒一飲而盡，不消數秒我感到胃內有一股暖流在翻滾，接著二話不說取了一個冰桶後便嘔吐大作，換來 Amanda 連聲大笑。

「哈哈，你輸咗啦，依然都係我贏。」

我痛苦地答道：「係我最快飲晒十五杯 Jägerbombs，所以你輸咗！」

話音剛落，Amanda 表現出氣定神閒的模樣，緩緩地把手中的酒喝掉，再不滿的對我說：「點解你死都要同我鬥？讀書嗰陣，當我知道你竟然同嗰條姣婆合作對付我，嗰一刻我至發現認真咗嘅係自己！」

我知道，Amanda 的樣子看似清醒，實際上她已經醉了，又或者她在裝醉，把一直以來的不滿訴說出口。

她眼神迷糊的接著說道：「我唔要輸呀，細個嘅時候屋企人無能，唔代表我係呀，我要走得更遠，爬得更高！我覺得有錢就可以滿足我所有願望⋯⋯」

我嘆了一口氣說道：「所以你就決定靠男人。」

「咩靠男人呀？嗰個男人只係我可以利用嘅工具，只係可以令我走得更遠同埋事業嘅踏腳石，只係我估唔到以為控制到佢，最後認真嗰個係我，冇男人唔緊要呀，就算冇佢我都會得到我想要嘅嘢。」

「咁你到最後想得到啲咩？」

看著她，我不禁想起阿穎。

「錢！跟住……冇啦。」

話音未落，她已經哭了起來。

我、阿穎和Amanda，都曾經品嚐過在魔鬼給予的果實，我追求了情慾，他們追求了貪婪，我們都為追求果汁的味道而活，到後來我們才發現在追求果汁的過程中，得到的並不如自己所求般渴望，相反卻失去了所擁有的東西，但失去的東西是什麼？

我不知道，只知道失去了自己。

「你失戀？」

Amanda抹掉自己的淚水，搖了搖頭：「我唔重視愛情，應該話曾經都有重視過愛情，但已經唔再係嗰個年紀。」

說罷，她的眼神帶著歉意的眨了眨眼，流出一抹淚珠。

「咁係咩？」

「你知唔知我買咗樓，應該係話買咗樓畀屋企人，又買咗一個單位畀自己，仲有幾層樓同地舖收租。」

「咁咪好囉，當年你最想做嘅嘢都做到，冇人再睇唔起你屋企人。」

她點了點頭，合上雙眼，再暗嘆道：「係呀，我得到咗自己最想要嘅嘢，但失去咗屋企人。」

「嗯？」

Chapter 23
人若然忘記了愛

　　她開了那支白酒，添了一杯給自己，一邊喝一邊說：「讀大學嘅時候，阿媽生癌走咗，好突然走得好快，跟住就係我前未婚夫照顧我，仲打點我屋企人嘅嘢，好老套嘅情節啦，雖然我知道佢都唔係啲咩專一嘅好男人，但我覺得食住佢咪得，到後來訂婚再分手，其實好多嘢都預咗。」

　　我沒有回應，一直靜靜地聽著Amanda吐著苦水：「今晚7點，我Daddy啱啱過咗身，我身為佢個女，連佢有病都唔太知，阿媽過咗身之後，我就好少返屋企，佢咳兩聲都係叫佢睇醫生就算，嗰段期間我一邊搵錢其實一邊想話畀佢知，佢以前有幾咁無能，令到阿媽走嘅時候連屋都冇，結果見佢最後一面，佢已經講唔到嘢，佢摸咗我一下……嗰一刻我都唔知得到啲咩。」

　　語末，Amanda終於按捺不住，伏在吧枱上痛哭起來。

　　我們總希望一些傷害過自己的人得到報應，但這一刻我覺得她所受的報應有點多，而且這些報應就是要她孤零零一個人和自己不斷追求的金錢空虛的活下去。

　　有人會覺得不夠，但沒有人會明白到其實無間斷的孤獨和空虛，是佛學地獄中最可怕的一層，大概她已經活在這層之中。

　　我輕輕撫著Amanda的頭髮說：「Sorry，我……正話唔應該笑你。」

　　Amanda整個人霍地彈起來問道：「你正話講咩？」

　　「……」

　　她訝異的反問：「我有冇聽錯？你竟然會主動同人講sorry？你飲醉咗？」

　　噢！對了，我怎麼輕易道歉了？

　　「一時口快，你唔使放上心。」

　　她破涕為笑拿起酒杯說道：「真係要恭喜自己，竟然可以聽到你講sorry。」

女神把我煉成了玩家

我點了點頭，和她再喝了一杯。

接著，她想聽一下關於我這些年的往事，明明我們注定當不回情人，現在卻可以像老朋友重逢一樣，摸著酒杯底，說著彼此道別後空白的人生。

我由踏進黑夜世界開始的漫長故事一直說著，說到王凱汶的出現和店舖結業。

想不到，Amanda竟然靜靜的聽著我說故事，她聽得很入神。

我說，所有事情都回到原點，感情如是，事業如是，最終還是只有自己，人生就是一個圈，轉了一個圈，我們還是相遇。

她說，你都轉了幾圈了還不明白？生命是一個過程，可悲的是，它不能夠重來；可喜的是，它也不需要重來！

看著Amanda凜然的說著這句話的時候，我不禁把她和歐子瑜的臉重疊起來。

然後，我們再喝了一口酒。

說完了我的故事，她莞爾一笑的說：「你變咗好多，sorry。」

「嗯？」

Amanda竟然主動對我道歉？

嘩，這件事簡直比我學會道歉更加難得。

她情深款款的說道：「我都想同你講一聲sorry。」

我打趣的說：「做咩呀？想鍾意多我一次？我而家只係合適say hi同say bye。」

她搖了搖頭笑道：「我唔係一個無恥嘅人，而且太過懷念過去嘅感情，只會破壞咗呢一刻。」

Chapter 23
人若然忘記了愛

「咁又係。」

「不過，而家嘅基神真係好得意，如果呢一刻仲係當年嘅我，我⋯⋯真係控制唔到自己。」

一向說話不饒人的Amanda居然讚賞我，不知道是她喝多了還是發自內心，只知道她的一聲抱歉和讚賞，過去的對錯，真的重要嗎？

大概，人大了，看開一點其實對自己的心臟也有好處。

說著說著，店內竟然亮起了燈，我們才驚覺原來已經快五時，酒吧要關門了，也是我們該離開和分別的時候。

我們走出了酒吧，不禁相望而笑，這一抹彼此的微笑，好像把壓著內心的死結也鬆開了，你在哪裡懷疑愛情，就回到哪裡解決問題，頓時感到釋懷。

別讓曾經的執念，破壞了今晚的和諧。

Amanda主動投入我的懷抱，一個擁抱化解了過去的對錯，一個擁抱就當作從沒有在一起，過去的虧欠都別再追究，將一切都體諒和原諒。

天漸亮了，眼看著酒吧關門，也許每個人的章節都是這樣淺淺的、淡淡的上演著，縱使劇情多麼的令人拍案叫絕，多麼的讓人怨聲載道，無可否認人生近看就是一場悲劇，而遠看就是一場喜劇，不論觀點與角度的不同，最終在結尾的時候也是把舞台燈關掉謝幕。

我們鬆開了彼此的擁抱，她對我說：「我有歐子瑜Facebook，不過佢兩年前已經冇更新，我畀你呀。」

接著，我新增了歐子瑜的Facebook，看著沒有頭像的Facebook，內裡只有一張照片，是歐子瑜一張輕舞飛揚回眸一笑的照片，透過照片讓我看多她一眼，也會令自己開始愈來愈貪心。

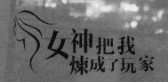

然後，Amanda笑著對我說：「我走啦。」

我點了點頭笑道：「再見啦，希望如果有機會再見嘅時候，你拖住嘅係一個你愛嘅人，一個令你幸福嘅人。」

「You too！」

像我這種慣了輕易say hi和say bye的人來說，深明有開始自然會有終結。

兩個人因為一聲say hi而走近，不管在中間的過程可以陪伴對方走了多久，只希望在終結的時候，彼此可以笑著說一聲再見或者一個擁抱，而不是一聲sorry。

我⋯⋯決定原諒這個人，畢竟過去兩個人都付出過真心，都有笑過，都佔有過對方人生中一部分的回憶，反正日後應該沒有機會再見。

看著Amanda離開的背影，我心中惆悵不已，因為那天以後，到目前為止我再沒有見過她，她就像歐子瑜一樣，在我的人生劇場中離場；至於歐子瑜的Facebook，她沒有答允過我的交友請求。

Chapter 24
人來人往

從那天以後，我再沒有見過Amanda，可是和Amanda道別時的相望而笑，卻抵銷了昔日在走廊她那雙無情的眼神和背影。

有些事情釋懷了後才會發現原諒一個人很容易，恨一個人很困難，因為我們需要拼命的絞盡腦汁去記著那個人。

從那天以後，我每天總會不期然看著歐子瑜的那張照片，Samantha Au原來是她的英文名，連一個英文名都取得特別典雅，不愧為我人生中第一個打從心底欣賞的女生。

分隔了這麼多年，到了今天才得悉她的英文名，因為Amanda的緣故我們才走得更近，今天同樣地因為Amanda，我再認識了她多一點，雖然真的遲了很多。

哈，或許有過傾慕，甚至是迷戀，不過我都不太確定，一時會認為是錯過的愛情，一時會認為是從欣賞而產生的傾慕。

許多時候我所記起的只是她對我說過的話，只有在午夜夢迴時才憶起平安夜的那幕和在課室內的犯禁。

那一個吻和那一個擁抱，暖透了孤枕入睡的晚上。

接下來的日子，我乖乖的聽從王凱汶的叮嚀找了一份工作，要不是從Amanda口中得知自己的轉變，我也不敢相信自己竟然不知不覺被一個認識日子短淺的女生的溫柔和母性所改造了。

有時候我會想，是否因為她的溫柔和母性剛好填滿了我內心深處失去的親情和愛情？這樣就不得而知了。

呃，說回我的工作，由於我很怕過於機械式和沉悶的工作，起初我去應徵一份普通的售貨員，但卻不獲聘請，於是我決定用漁翁撒網的方法，最終獲得數份工作的回音，而我選擇了一份食材批發公司的推銷員，不知為何從知道這間公司的一刻起，便覺得這份工作合適自己。

女神把我
煉成了玩家

　　果然，憑著過往當老闆和廚房的經驗，我很容易便和一些餐廳老闆和主廚混熟，再用上我天生的口才，加上我明白到他們經營的難處，能用他們的角度思考，在自己的利益和他們的利益中取得平衡，由訂單優惠、食物用料品質和結帳的數期都為他們貼心打點，上班只是三天便已經為公司取得六間餐廳的長期訂單。

　　由於在一個新地方發展，我選擇把自己自我催眠，當作這是我的第二人生，忘掉了自己所擁有的金錢和物業，當自己是一個平凡的上班族，日常只靠薪水過活，至於其他錢我則約束著自己不能動用，我因此終能用別的角度去看這個世界。

　　原來，這些日復日夜復夜的日子不但苦悶，而且會覺得平淡的人生被局限，看到同事們狼吞虎嚥的吃著飯盒、努力的工作，我明白重複著這樣的日子，確令許多人丟了自信和傲氣，因為如果不丟棄的話，便很難在這個社會活下去。

　　對於很多年輕的上班族，如果下班後可以從容的談戀愛和情人牽手閒逛，就已經是人生中最大的趣味。

　　要是人生是一杯水的話，這一種趣味就是那點額外添加的砂糖。

　　戀愛？我沒有了！不過我這杯水還有一點額外添加的砂糖，就是王凱汶。

　　雖然她不是我的情人，我亦不敢心存任何幻想，而且開展了第二人生後更沒有閒情像往日般作過多的遐想，畢竟……工作上就算多有滿足感，人亦會感到疲倦，重複的日子中，工作的滿足感都會變成慣性，這種慣性會使人苦悶，再變成心累。

　　但每個星期總有一天，她會趁著母親放假北上遊玩時招待我到她的家作客，吃著她親自下廚的家常便飯，雖然談不上美味，而且有時候會因為她的心情而失準，但這份笑聲笑聲滿載溫馨，快樂發心內的感覺，已經足夠抵上任何美味佳餚。

大概，一整個星期中，只有這一天最令我覺得自己仍然活著。

每星期總有一天得到了滿足，但每星期也總會有一晚為了平衡滿足感而得到失落，就是歐子瑜依然沒有答允我的請求，同時Cathy開始更新回她的Facebook，她開始和別的異性約會，雖然從照片的距離中看得出，依然保持著朋友關係。

至於那間屋子，我不知道Cathy有否搬走，因為我沒有回去的念頭，那怕逗留一秒我都受不了，畢竟過往有太多不快的回憶發生在那間屋子，但賣掉卻捨不得，於是任由它空置或者讓Cathy住下去，並僱用了家務助理隔日打掃。

到王凱汶的家作客雖然窩心，但同時間需要習慣和另一個自己同枱食飯，起初有點難以接受，畢竟他由個性和某程度上的幼稚都真的十分像過去的我，但後來我又會覺得這個王維基也是一個挺有趣的胖子，漸漸地因磨擦而了解，我竟然和這個胖子成了朋友，而他也把我當成一個「壞哥哥」。

家庭樂是快樂的一種，大概從前在黑夜的世界中是找不到的，雖然沒有狂歡，但有溫馨的笑聲，沒有波濤洶湧的派對，只有一對肥仔波亮在我面前，有時搞不懂為什麼王維基總愛在家中不穿上衣，難道他真的很熱嗎？

縱然沒有美女如雲，卻有一個成熟知性的女生在照顧著我。

王凱汶看著我吃飯的模樣，總是不禁甜絲絲的笑，這總令我只要一個失神便會幻想她是我的妻子，而王維基是我的……弟弟。

但我明白到，這一種關係和感覺，是因為保持了距離和劃好了界線，只要越過了便會希望索取得更多，然後為了追求滿足感，就會生出貪婪，最終會破壞了這段關係。

有時候，我會覺得自己總會不期然在意著王凱汶的事情，由她細微的一個舉動和臉頰上的淚痕，慢慢地從觀察中熟悉了她的脾性。

有時候，我會覺得自己對王凱汶特別好，就像生怕她再受到任何一點傷害，我會內疚得死去活來。

我知道，這是因為我把對自己的自責和對Cathy的內疚轉移到王凱汶身上，但正正是因為這份內疚，成為了保持這段友好關係的界線。

有時候，我總覺得王凱汶的笑容背後，彷彿藏著許多心事和愁意，至於她失戀的那回事，她仍然沒有好好的面對，只是選擇避而不談，情況大概就像我一樣，以為避開了就沒有發生過，最多晚上看著舊照片，憶起一段又一段往事，好好的哭上一回。

直到某一天，我和王維基發現了一件事……

那天，我如常晚上七時前到達了王凱汶的家，我按下門鈴，王凱汶替我開了門，我看見她化了一個淡妝，並且笑容滿面，而那抹不經意的淺笑是由心而發，由那一刻起，我就觀察到王凱汶有點異常。

往日要是我到她的家作客的話，她會主動和我聊上數句，問工作怎樣等等寒暄的話，但今天她卻老是留在廚房，而且全程都緊握著手機。

我悄悄地問了正在打機的王維基：「喂，你家姐做咩呀？」

王維基瞄了廚房一眼便說：「好似由前日開始，成日都機不離手同人WhatsApp，夜晚仲不時有人打畀佢。」

「咁佢有冇出夜街呀？」

人來人往

　　王維基想了一想，答道：「前日就遲咗返屋企，尋日直頭冇返屋企煮飯，仲成一點至返屋企。」

　　難道，她戀愛了嗎？

　　王維基放下了遊戲手掣，望了我兩眼後問：「你想問咩呀？」

　　突然變得聰明的王維基使我反應不來：「嗯？冇呀，覺得佢好似有啲唔同。」

　　的確由前日開始，王凱汶和我 WhatsApp 的回覆速度突然減慢了一半，有時候更會過了兩小時才回覆我，這個細微的舉動顯示了她可能是在戀愛或跟別人曖昧中。

　　王維基不禁嘆道：「唉，唔使諗咁多啦，肯定係條仆街搵返佢，家姐又一次衰心軟啦，見慣啦。」

　　他接著說：「睇死條仆街又喺 Facebook 度打咩『當攬緊他人，想起跟你熱吻』嗰啲老套嘢啦！事實就係條友畀人飛咗，或者溝唔到女，又或者手緊，都唔係第一次啦。」

　　一向愛護家姐的王維基在面對這些事情時，態度竟然如此從容，在他每嘆的一口氣時的神情和語調中，都夾雜了心裡的無可奈何。

　　由我察覺王凱汶的轉變，到王維基把他的推測告訴我的一刻起，我就有一股心悒的感覺揮之不去，那是一直壓抑著的情感。

　　人這種生物很奇怪和犯賤，許多事情都以為可以看得開，直到眼見或有預感快將失去之際，腦海和情感就會變得前所未有的清晰。

　　想著想著的同時，王維基語重心長的輕聲說：「其實我家姐係一個好念舊嘅人，但同時都係一個好容易感動嘅人，呢個可以話係佢嘅優點同缺點，家姐好清楚同知道條友唔會改，但佢都係選擇唔對呢個人有希望同失望，無論痛幾多次、喊幾多次都好，都係會心軟。」

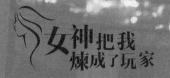

　　我很記得王維基在語末的連聲長嘆。

　　歐子瑜的話說得很對，你要得到一個人，必須證明你不需要他，而王凱汶永遠學不會這個道理，總是成為一個需要別人的角色。

　　幸好，她有著一種在黑白世界戴上萬花筒活下去的樂天性格，學會了自欺欺人地覺得世界是色彩繽紛的，就算受了傷也是被世上最美的玫瑰花割傷。

　　我們可以做的不是強行拿走她的萬花筒，因為她會受不了現實和夢想的落差，更何況就算拿走了萬花筒，像她這種無可救藥的樂天快樂人，也會在腦海中補完黑白世界的色彩。

　　總括而言，像她這種人，我們是喚不醒的。

　　今晚這頓飯，有人歡喜，有人擔憂，亦有人發愁，王凱汶總是機不離手的回覆 WhatsApp，王維基則憂心忡忡的看著他的姐姐沉醉著在自欺欺人的愛情世界，而我……則裝作沒事，還打趣的問：「喂，王凱汶小姐，你到底係同 WhatsApp 嗰個人食飯定同我哋食飯呢？」

　　她含笑的答道：「吓？同你哋仲有同佢一齊食飯。」

　　那一刻，我知道這個人就算未來承受有多痛的心傷都喚不醒。

　　可笑嗎？是我描述得太輕描輕寫嗎？大概這種事情，近看從來都是悲劇，遠看就是一場喜劇。

　　晚飯過後，我趁著王凱汶放下了手機洗碗的時候，終於找了一個機會問她以撥開我內心的迷霧，其實在開口提問的時候，經過剛才的觀察，我內心已經有了答案，只是餘下的要由當事人親口揭曉。

　　「你搞咩呀？拍拖啦？」

　　我知道她故意別過臉沒有直視著我：「仲諗緊呀。」

Chapter 24
人來人往

「咩人嚟㗎？畀我分析下都好。」

她沉默了半晌才答道：「咪嗰個囉，所以我仲考慮緊。」

不論心中推算和假設了答案多少次，總不及親口聽到答案來得震撼和不安，同時有一種令人恨得咬牙切齒的無力感在盤踞著我的思緒。

我苦思了一會才展現出該有的語調答道：「考咩慮呀？你個心已經接受咗。」

我從側臉看到她的眼神，可見她早已選擇把萬花筒移植到自己的眼睛。

「我都唔知呀。」

「唔怕受傷咩?」

「你知道我個答案。」

我點了點頭，再「嗯」了一聲作結。

她深深地吸了一口氣對我說：「愛情係麻木同盲目，正如你都可以原諒一個你痛恨咗咁多年嘅前度，我都好希望佢可以好似你個前度咁，變成一個更好嘅人。」

這個時候，我竟然發自內心的說了一句窮盡畢生也不敢說第二次的話：「咁你盲咗嘅話⋯⋯希望我可以做你對眼。」

王凱汶放下了碗筷，用上訝異的目光回眸：「嗯?」

我苦笑地說道：「好老實講呀，男人睇男人一定睇得最清，而且講到賤同仆街，邊個夠我嚟呀？哈哈！」

她低頭像思索著一些事情，然後抬起頭笑問：「即係話你覺得自己同佢好似，所以你睇得清佢想點？所以你想做我對眼提點我?」

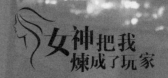

　　我扯開了話題：「天下男人想法都係大同小異，所以個個男人都係相似，哈哈！」

　　那晚離開了王凱汶的家後，我沒有歸家的念頭，內心的沉重感把我壓得透不過氣來，剛才明明還可以假裝雲淡風輕的閒聊，但到了獨個兒時，才發現自己的內心是多麼難受。

　　我抽了一口煙，卻呼不出猶在心頭的巨石，縱使明早還需上班，不過就算回家都只會落得失眠的下場，所以我決定到尖沙咀藉著淺醉感，把自己的內心麻醉。

　　我到了以前常光顧的酒吧，然後點了一杯 Nothing，恰巧被我留意到有一個獨個坐著的女性也點了一杯 Nothing，那一刻我回想起和王凱汶的認識就是因為一杯 Nothing，那一晚兩顆受傷和寂寞的心在午夜的世界相遇了，然而我清楚明白到她那晚的淚水和黯然，在日後的人生只會不停重複著。

　　我再看清楚一點那個點了 Nothing 的女性，總覺得她很眼熟，想了半刻，她把視線移了過來，看著她的正面，我們互相打量了數秒才驚覺她正是昔日阿穎所拋棄的女朋友，好像叫 Nana……

　　這一刻，看著她對我微笑點頭，我的內心卻有一絲歉意，畢竟要是沒有我的引導和教唆，她便不會落得被拋棄的下場。

　　她拿著酒杯走了過來，面對著我說：「Hello，好耐冇見啦。」

　　我顯得有點不知所措：「Hi，好耐冇見啦，你……最近點呀？」

　　面對著自己間接所傷害的人，尷尬程度遠比在街上遇見前度高。

　　「Okay 啦，你……哋呢？」

　　「我同佢好耐冇連絡，間舖頭都執咗啦。」

Chapter 24
人來人往

她的眼神有點恍然：「原來係咁……」

她看著我左邊的空位問道：「介意嗎？」

我搖了搖頭笑道：「冇人呀。」

Nana坐下來後，好奇地問道：「係呢，你仲有冇搵Natalie？」

Natalie？我好像有點印象……

呢！是那個當日和她同行的另一個同事，記得當晚真是難忘，她的體位、叫床聲、配合程度和求知慾簡直令我難忘，既然她哄得我快樂，而且我亦需要購買一份保險，所以當晚我們都只是各取所需而已。

「冇啦，經紀同客戶嘅關係……」

Nana不禁點頭笑道：「佢就快結婚。」

「有人埋單？唔係，唔係……佢結婚啦？」

「係呀，聽講未來老公條件都唔錯。」

想不到床單女王都可以有人結帳，而且還可以嫁得不錯，反觀王凱汶的情況不禁使我悲從中來。

我見狀問及Nana的近況，畢竟要是她的日子過得不錯的話，我的良心也會好過一點。

「咁你呢？仲……有冇拍拖呀？」

她笑說：「我結咗婚啦。」

我瞪著她答道：「嘩，恭喜你。」

我的心頓時放下了心頭大石。

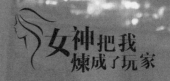

「Thank you！」

我們沉默了一會，Nana凝視著自己的那杯Nothing問道：「係呢，佢……點呀？」

我知道Nana所指的他是誰，其實我深信由Nana走過來的一刻起，目的只是打聽阿穎的近況，可以當作想念，可以當作希望聽到他過得不好，讓自己的心瞬間爽起來，但難免當中依然有所隱隱作痛。

「近況就唔太清楚啦，冇搵大家。」

「佢……結咗婚？」

「嗯，有埋個仔啦，不過就成個人都變晒。」

Nana鼻頭一酸，再裝作乾咳一聲：「其實佢冇變過。」

「嗯？」

「只係一個人選擇咗想要嘅人生就冇得返轉頭，只可以默默去補償，我哋可以選擇去憎呢個人，但我哋亦可以諗呢個人餘生都要受良心嘅責備，所以唔需要去憎恨呢個人。」

要是沒有經歷和Amanda重遇的那晚，我絕對領會不了Nana這句話的真諦，有多少人能夠像我這樣幸運，可以和前任用一個微笑，把過去的對錯放下，在那晚把過去的事情付諸輕談中？

就算沒有一個微笑，就算沒有重遇那個糾結在心頭的人，有時候原諒別人不是真的代表原諒，而是放過自己。

接著我們輕輕的碰了酒杯，Nana的一抹酸溜溜的笑意，我知道她的餘生就算過得有多幸福，都不代表她會放下過往，畢竟快樂和悲傷從來都是獨立運作。

Nana看了手錶一眼：「你呢？你最近點呀？」

Chapter 24
人來人往

接著，我把王凱汶的事情從頭說起，想不到 Nana 亦是一個絕佳的傾訴對象，一個絕佳的聆聽者，記得她聽完我所說的事情後，她苦笑答道：「可能我同佢都係相似嘅女人，如果阿穎而家返轉頭搵我嘅話，我肯定都會即刻心軟，有時候人就係好犯賤，如果要喺幸福同深刻嘅感覺選擇嘅話，女人一般都係選擇後者，就算嗰個人曾經傷害得自己好深。」

我無奈地點頭，她支支吾吾的說：「喺你朋友心目中，佢男朋友係一個影響佢嘅男人，而你係一個令佢感動嘅男人，如果佢男朋友更加似你嘅話，可能佢只會變得更加盲目。」

「咁我係咪要恭喜自己？」

「唔知啦……」

剛好，Nana 的電話響起了，同時對我說：「我走啦，我老公過緊嚟接我。」

我揮揮手示意再見，她趕忙拿起了手袋和我點頭道別，聽著她的高跟鞋離開時的「咯咯」聲，腦海不禁想起了幾個人。

Amanda、Cathy、王凱汶、歐子瑜……

有時候，我真的十分佩服自己的內心竟然裝下了至少四個女性，我一邊喝著酒，一邊抽著煙，戴上耳機聽著流行曲，再暗自感嘆和痛恨自己的多情。

大概我和王凱汶的世界觀有點不同，我想看色彩繽紛的世界就只能靠著夜場的鎂光燈，而她不論置身於何地，就算身處低谷的時候，她的萬花筒總能把世界看得很美。

鄭中基的歌曲是道盡仆街和賤男的心底話，而陳奕迅的歌曲最適合描寫人們感性而無奈的心境。

今晚淺醉的感覺很奇怪，整個人如像被一股黑暗的漩渦吸了進去。

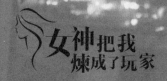
　　酒醉的我頭腦比白天更清醒，我的內疚在心底作祟，令我至今依然不敢戀愛，而她則有自己的不捨在心底流動，引致她每次都會選擇原諒前任。

　　我喜歡她，但正因為對Cathy的內疚和了解自己的缺點而不敢再去追求，或許她覺得我總能輕易讓她感動，但我不是她心目中觸動心靈的那個。

　　我們相處得像家人更像密友，但兩個人的關係只能在這裡止步，因為在一開始的時候，我們已經選擇錯了，彼此都有各自的苦衷和無奈。

　　早知如此絆人心，還不如當初不相識。

　　那晚，我用了陳奕迅的《黑洞》來催化了酒精的作用，然後我明白到我再笑著痛，戴著萬花筒的她也看不到。

　　晚了，是時候回家，明天還要上班。

　　那天以後，王凱汶真的答允了前度復合的要求，由她再度更新了交往中的近況的一刻起，昔日她標籤我的照片便自動消失了，然後我不知不覺的迷戀亦宣告結束，接下來的日子我再沒有到王凱汶的家中作客。

　　有時候，我不明白女生的想法到底是怎樣，又或者連她們都不知道自己想法，我們作為旁觀者怎能明瞭？

　　走在人來人往的街道，路人一個接一個的和我擦身而過，我總覺得他們有點眼熟，或許我們有過一面之緣，或許我們曾經共醉在酒吧，但同行的路人卻寥寥可數，陪我走到目的地的只有自己。

　　就在這個時候，我的電話響起了，是王凱汶。

　　我們已經有一個多月沒有聊過和見過。

Chapter 24
人來人往

「你最近點呀？王維基話唔見你上嚟食飯覺得有啲唔慣呀。」

「返工、放工啦，費事上去啦。」

王凱汶壓著嗓子答道：「咁……好啦。」

我笑著說：「係呀，我買啲嘢返去先，再傾呀。」

電話掛掉後，我知道王凱汶致電給我的原因肯定別有內情，說王維基不慣只是幌子，雖然我也有點想念這個胖子，想念冬日可以喝下暖烘烘的熱湯，想念這種難以言喻的溫馨，可惜……這種溫馨對於我的人生而言總是短暫。

明明王凱汶這些女孩最容易追求和哄騙，可惜我偏偏在每一次機會來臨的時候變得卻步。

換轉是從前的我，有情人又如何？搶過來便行了，而且以自己的條件根本不愁面對這種廢物般的對手。

但只怪我一直沉藏心裡的內疚感作祟，使我凡事想多一點，每想多一點的同時，傲氣便收斂多一點。

走到快餐店的門外，工作的辛勞已經使我疲憊不已，我打算買兩個漢堡包當晚餐，不知從何時開始，我的生活變得愈來愈「貼地」，回想起往日「離地」的人生，其實兩種人生都是頹廢和空虛，只是前者的生活沒有精神讓你感受空虛和思考人生，把八成的時間放在工作上，上班下班每天機械式的人生，沒有愛情沒有親情沒有時間應酬友情，還不算頹廢嗎？而後者就是因擁有太多時間而感到空虛和頹廢，兩者相同的特點是找不到人生目標，被空虛和頹廢侵蝕，最終連自我也失去，每天為的是讓自己活得比較看似有意義，但實際上回想起昨日的種種，以為最深刻的事情都似水無痕。

內疚總是敵不過念念不忘的感覺，我的自制能力總是不好，總是沒把該說的話好好說，該體諒的時候總會執著，不該沉默時會變得沉默，該勇敢時整個人便會軟弱起來。

「下星期四晚得閒嗎?」

王凱汶秒回了我的 WhatsApp:「得呀,不如我哋去唱 K 呀?」

「得我哋兩個?」

「係呀,想去唱 K,可以嗎?」

「好。」

　　接著我再沒有理會她的回覆,而是走進了浴室洗澡,當我把頭吹乾了後,再看一下手機,無視了工作上的過百條的訊息,再瞄過了王凱汶回覆的一個微笑表情,我便決定已讀不回作罷,畢竟面對別人單覆表情符號的時候,已讀不回就是最好的做法。

　　由這晚開始,王凱汶這個對話框再次變得活躍起來,其實我知道她有心事想找人傾訴,有問題想找人解決,找一個依靠。

　　到底由何時開始,我由一個 player 變成了 loser,還是我根本沒有改變,在夜場上是長勝將軍,在感情路上是一條悲哀得很的可憐蟲。

　　人愈長大,除了新陳代謝的速度開始減慢之外,連心理上的自我修復也開始失效,視線不但開始愈來愈模糊,連對事情和對人的觀點也愈來愈看不清。

　　欲言又止的話總使人心癢,使人既愛又恨的關係總惹人欲罷不能,人的不朽回憶是否總要活在缺陷美內?

　　我不知道自己有多久沒有唱 K,因為我總是認為既然跑去唱 K 喝酒,倒不如直接在酒吧劈得地老天荒,而且十數人困在一間房內,如對方唱得難聽又不能喝倒彩,既然要貼錢買難受,倒不如直接到酒吧聽歌或者宅在家中自己一邊洗澡一邊唱得力竭聲嘶,至少可以把受影響的人數大幅減少。

Chapter 24
人來人往

星期四的晚上，我和王凱汶相約在尖沙咀的卡拉OK，由取房到進房的流程我都覺得十分陌生，但我沒有理會，因為我的視線總不期然落在王凱汶身上，眼睛有點紅腫，眼袋亦依靠著妝容來遮掩，淚痕雖然看不清，但從她憔悴和強顏歡笑的臉容，就知道她昨夜一如往昔的獨個流淚到天明，就像剛認識時的情形，她的淚痕惹人憐憫，溫柔的苦笑使人黯然心傷。

走進了一個可供十人開派對的大房，有獨立廁所，但只有我們兩個人顯得有點冷清。

不知道是不是唱K已經不再流行，還是我們幸運，雖然甚少去唱K，但記得很久以前一房難求，可以成功訂房已經是幸運，別說是一間大房。

王凱汶笑著打量周遭：「嘩，佢畀間大房我哋喎。」

我左顧右盼的答道：「但……好似有啲大……」

她搖搖頭笑道：「點歌先……」

話音剛落，王凱汶坐在屏幕前熟練地點著歌曲，不消一會整個點選列表已經滿了，這個情況嚇得我目瞪口呆，她拿起咪高峰唱著第一首播出的歌曲《戀愛疲勞》，意味著開始了「王凱汶個人演唱會」。

幸好，王凱汶的聲音不錯，在可接受的水平，不過就算不可接受，亦只能任由她蹂躪我的耳朵。

過了一會，服務員拿了兩支酒和兩支綠茶進來放在枱上，我一頭霧水的看著，王凱汶一邊唱歌抒發情懷一邊開酒，卻無視了那兩支綠茶，直到她終於喝了第一杯後才對我說：「一齊飲啦，我叫㗎，不過……好難飲。」

「你幾時嗌?」

「一入嚟即刻是但指一個套餐。」

　　看著她一邊喝著一邊皺著眉頭的模樣，我無奈的勸道：「你溝埋綠茶會好飲啲。」

　　「唔溝！」

　　「你咁飲唔使幾杯就醉啦！」

　　她紅著臉笑說：「冇醉過。」

　　醉？說起了王凱汶喝醉這回事，我又有點心寒。

　　她添滿了一杯酒，再遞到我面前：「Cheers！」

　　我接過了這杯酒後一喝而盡，畢竟已經有一段日子沒有喝過烈酒，這一下子對於胃裡有一股暖流在翻滾的感覺有點不慣，然後我再眼巴巴的看著王凱汶喝光了一杯，心想今晚肯定有事，但願今晚不用回家洗衣服。

　　因為酒精的關係，王凱汶的臉頰愈來愈紅，而且眼神有點恍惚，直到她整個人伏在我的肩膀，我才知道她真的不能再喝下去，於是奪去了她的酒杯，並把那兩支酒放遠了一點，惹來她嚷道：「喂呀，畀返個杯我呀。」

　　「你唔好再飲啦，你醉咗啦。」

　　「我唔會醉呀。」

　　「咪玩啦，你飲啤酒都醉啦。」

　　話音剛落，她把手纏在我的頸子，在我耳邊哽咽地說道：「求下你畀我飲啦。」

　　然後，我感覺到有一抹淚珠從她的眼眶劃過我的頸，再落在我的衣襟上，大概女人的淚水是對付我的絕密武器，可是由於我不想回家洗衣服，所以我在這杯「酒」上動了手腳。

既然她已經醉了，綠茶當酒應該可以瞞天過海。

她喝下了第一口便問道：「咁淡嘅?」

「你飲醉啦!」

她迷糊地取過其中一支酒，正準備直接喝下的一刻被我立即喝止了，然後她見狀便瞪著我問道：「你呃我?明明係綠茶。」

「⋯⋯我唔想你飲醉。」

她開始有點生氣的說道，然後把酒杯拋到另一邊的梳化上：「點解你哋啲男人咁鍾意呃人呀?」

「唔係我哋啲男人鍾意呃人，而係你哋鍾意畀啲賤男呃，呃完一次又一次，但你哋都係會選擇信佢哋。」

她低下頭泣道：「我唔係鍾意畀人呃，而係我真係好愛呢個人呀。」

「咁佢唔愛你有咩用呀?」

她把情緒平復下來對我說道：「我有咗。」

聽到這個消息，我的腦海一片混亂，但同時又該死的清楚事情的來龍去脈，亦清楚知道接下來我將會得到的答案。

「你肯定?」

「前一個星期搵醫生check過。」

不知為何，在那個瞬間我的心窩被一股酸溜溜的感覺所填滿了，整個人就像在太空艙旋轉，一切都變得天旋地轉，我的腦袋被掏空了，她見狀輕輕的撫著我的臉頰：「傻啦，唔使擔心我喎。」

語末，她報以一抹雲淡風輕的微笑。

　　看著王凱汶的笑臉，我情不自禁的衝上前和她擁作一團，她摟著我的腰間，親了我的臉頰一口。

　　在那一刻，我曾經幻想過接納她懷孕的事實，埋單成為小朋友的父親，畢竟以我的經濟能力養活一個小孩簡直輕易而舉。

　　倘若我曾勇敢的把她搶過來，她會有今天這樣狼狽嗎？

　　然而所有幻想就被她的一句所戳破：「咁就足夠㗎啦，唔需要再為我做任何嘢，我唔可以咁自私。」

　　話音剛落，她輕輕的推開了我。

　　這一刻，我知道我所做的事情有限，從她的眼神看得出，她並不需要我為她付出什麼，她亦不像別的港女來想博取男人同情。

　　她說，不需要全世界的人去愛你，有一兩個最愛的人在你身邊就夠，不需要全世界的人欣賞你，只需要有一個人欣賞你就夠，不需要別人了解自己支持自己，自己明白就足夠了。

　　那晚，王凱汶因為喝多而累了，於是我找了王維基過來把她接回家。

　　那晚，我藉著王凱汶上洗手間嘔吐大作的時間，把一些東西硬塞了給王維基，並要他立誓一切保密，大概王維基這個胖子亦不算笨，明白到現實的俗套和殘酷，亦明白到現實中的「萬一」和「如果」的情況，總比自己所預料的差。

　　至於那樣東西就不便說了，因為這件傻得很的事情，做一次就夠了。

　　人家常說，愛一個人要傾盡所有，明顯地我不夠愛這個人，所以只能給予她三分之一。

Chapter 24
人來人往

那晚以後，我才知道自己失戀了，想不到長大後連感覺也變得遲鈍，所有事情都變得後知後覺。

昔日的傲氣已經所餘無幾，但願在結局來臨時，在謝幕的時候，我可以在舞台燈關掉的一刻雲淡風輕地微笑。

對嗎？歐子瑜。

如果人生是一個循環的圓，我都已經走了一個圈，你怎麼還未出現？

你想得到他，必須證明你不需要他，歐子瑜這句話到底說穿了天下間多少男女關係的現實？

可能，我最希望的是聽到歐子瑜的斥責和訓話，甚至是再聽一次人生道理也好，好讓我再聽一次，把錯過的銘記在心。

大概，現在的我只能在回憶中搜刮散落的碎片。

我唏噓的抽一口香煙，愣在電腦面前聽歌發傻，Facebook 彈出了一道通知使我在意起來：「Samantha Au 答允了你的交友請求。」

然而還未來得及驚訝，隨著這道通知，還附上一則 Facebook 的訊息：「差啲唔認得你，靚仔咗同成熟咗咁多，但你點解會搵到我嘅 Facebook？」

到底我該如何回覆才不失霸氣，既能掩飾內心感動、興奮和思念之情，又能讓歐子瑜覺得我們一如以往沒變。

首先，我相信回覆的速度不可過快或者過慢，要保持在兩分鐘左右。

「信唔信我犧牲咗好多，等咗好耐至搵到你Facebook？」

時間開始計時……

「哈哈，唔信！」

果然，她在兩分鐘後便回覆了我，不愧為player maker歐子瑜！

「點解你要突然間離開香港？」

按下了傳送後，看到歐子瑜秒閱了我的訊息，只是她沒有回覆，我的視線一直沒有離開過手機，任由時間一分一秒的過去，兩分鐘過後，她依然沒有回覆。

三十分鐘也過去，她依然在線，可是對話框卻沒有任何動靜。

既然明知道我等了這麼久，為什麼時至現在還不給予我一個答案？

為什麼每次都在我面對失意和迷惘時突然出現，然後轉眼間便銷聲匿跡。

歐子瑜，你太狠了。

Chapter 25
心動

　　那晚歐子瑜悄無聲息的答允了我的好友請求，以女神般的姿態在我人生面對低潮時降臨，就像昔日一樣，突然以個人之力衝進A班的班房禁地，同時更闖進了我的生命，更在過程中把我徹頭徹尾的改造了，然後在某天……她消失了。

　　這次也是一樣，突然出現在我面前，轉眼間再無聲無息的銷聲匿跡。

　　因為歐子瑜的出現，我本應冷掉的心開始死灰復燃，但現在那丁點火花已被無情的風所吹滅，一切又回復原狀。

　　有一句老掉牙的話，有些人不應該遇上，老天偏偏安排他和我們遇上，他們出現只有一個目的，就是讓我們學會何謂患得患失，再讓我們成長。

　　再抽一口煙，倒抽一口涼氣，我凝望著歐子瑜那張回眸一笑的照片，隨著時間流逝，天亦開始亮，一個徹夜無眠的漫漫長夜結束了，我伸了一個懶腰，要是從前的話，我肯定會昏睡過去，但是現在，天亮了便要上班，這是既可悲又不能改變的普通香港人定律。

　　經過一天辛勞的工作，我連腿也差點走斷了，下班回家後便把自己鎖在房間中，任由感性的午夜煎熬著我，直到天明的時候才可得到解脫。

　　每一個晚上，我都在想從前的傲氣跑到哪裡了？

　　每一個早上，我便明白到從前的傲氣已經泄了氣。

　　其實我不用過著這種平凡人的人生來自我折磨，但不過著這種人生的話，我便會失去了贖罪感，失去那種讓我感受到每天自作自受的感覺。

　　說到底，我同樣在逃避。

　　說到底，其實以我的能力可以做的事情比一般人多，這一點王凱汶也提過。

　　說起王凱汶，自從唱K那晚以後，她把Facebook的感情狀況變了訂婚，且更新了一張故意撫摸著扁平肚子的相片，此後就再沒有任何動態，我只能靠著王維基給予的情報，才可以得知她的近況，聽說她的未來老公因為雙方家長的壓力，當上了一個廿四孝老公，只能說世間最美好的愛情，還有像王凱汶這種有美貌、氣質、性格、獨立經濟能力且思考有點傻的好女人，往往由賤男所得到，正如擁有世間最多財富的人，一般都是最沒有道德可言。

　　突然間，我想起了……

　　「知唔知點解呢個世界咁多人寧願做一個仆街？」

　　我想當回從前的自己，至少可自私地風流快活，獨個享受著自我的幸福，可惜我卻敵不過那股隱隱作痛的內疚感。

　　再看著我和歐子瑜的對話框，那個狠得乾脆的已讀不回，我不禁暗自佩服之餘，也打從心底的感到揪痛。

　　再按進歐子瑜的個人檔案，往日還未答允好友請求時的私密照片，現在都可以一一細閱，就讓我這個晚上好好的偷窺歐子瑜過往的人生吧。

　　看著她一張一張的自拍，驚嘆她變得更美更個人，美得已經再不能描述。

　　許多的照片都是在外國拍，有的在英國，有的在德國，這不足為奇，她的家這麼富有，不過這些照片全都是自拍，沒有和他人的合照，確實以歐子瑜像我的浪子風格而言，她怎會讓人佔領她的領域，那怕是一丁點位置？

　　當然其中也有不少在香港拍的照片。

　　我順著她的相簿一直看下去，她的每一張照片都讓我的心跳加速，每一張都令我憶起往日的瑣事。

♠ 心動

2012年12月21日晚上十一時，她在灣仔海濱，而那天是阿穎的結婚大日子，我也在灣仔的某酒店等待他婚禮完結後的下半場酒會。

2012年4月17日下午四時，她在我舊店舖的樓下自拍一張，說討厭香港的天氣，當時是店舖的開張日，我就在後巷抽煙，我們相距的就是一個轉角。

2011年的12月24日晚上八時，她在尖沙咀的某間餐廳門外，而我和Cathy剛好在那間餐廳。

2011年2月14日的晚上十時，她坐著電車戴上耳機，說要迴避閃光彈，當時我和Cathy剛好慶祝完情人節，打算乘電車在這節奏快得令人窒息的城市放緩一晚，可是由於Cathy親戚來訪，於是一切也告吹了。

2011年1月1日的清晨五時，她在尖沙咀天星碼頭拿著一支啤酒，還裝出鬼臉說討厭香港人的公德心，當時我和Cathy在看海談情，聽著她訴說往事，我們就在這裡訂下陪伴一陣子的誓言。

2010年12月31日除夕夜，這晚是我和Cathy邂逅和一起的晚上，她就在時代廣場附近自拍了一張。

直到最底……

歐子瑜果然沒有忘掉。

那是一張滿懷著年少輕狂的MK自拍，一張在校門外的合照。

這天，是我最後一次見到歐子瑜。

她寫上：「I wish you all the best my...」

有時候，緣分就是一個圓圈，讓我們在圈內不停追逐。

似是命中注定我們的緣分未夠，我們總是差一點便能相遇，我倆穿行在一樣的城市、一樣的街道、逛同樣商場，明明活在同一片天空下，卻沒有得到一個動人的重逢。

我還來不及唏噓，Facebook 訊息提示的音效卻突然響起……

「回港了！後日我想返母校。」

歐子瑜這個該死的女孩終於回覆了我的訊息。

那一刻，我顧不了什麼最佳回覆的黃金兩分鐘定律，我只希望快點見到這個總是差一點便相遇的女孩。

那一刻，我不想再和這個人擦身而過。

「好呀，後日見。」

「但係……我有一個要求。」

「咩要求呀？」

「我想著校服返學校。」

歐子瑜還是一如往日一樣，滿腦子都是我們凡人想不通的念頭、驚為天人的價值觀和別樹一幟的至理名言。

校服？我的校服好像已被棄置在昔日父母的睡房中，即是現在的雜物房，但我又不想回到那個單位，更不想打開那間塵封已久的房間。

那麼，我唯有買過一套新的，或者從校服店買回那個外觀醜陋得很的十字架校徽，然後再買套西裝自行改裝。

「好呀，咁後日幾點呀？」

「兩點，學校門口等啦。」

確定了時間和地點後，我的心情如履薄冰，這麼多年沒見，我到底該用上何樣的語氣、語調和用字來打開我們的話匣子？

要是一句簡單的很久沒見，想必歐子瑜會當場取笑著我的俗套。

和異性約會對我而言是輕易而舉的事，所謂的事業女強人，在我眼裡也是小事一樁，就算是歐子瑜級數的異性，最多是難纏一點，但約

Chapter 25
心動

見的對象是歐子瑜本人的話，情況便會變得不同，因為她絕非一般的異性，甚至以這些年有所增長的見識和身材來推斷，她已經成為能凌駕 Cathy 和 Amanda 的人。

在她面前，我便會變得渺少，我懂的事情，她比我懂得更多，某程度上而言我是她的黑影，拾著她的牙慧再模仿著她，而且她總能一眼便看透我的內心，一句說話已經足以使我無言，一個道理便能使我慚愧不已，總之在她面前我什麼都不是。

歐子瑜就是如此令人懊惱不已，但同時也令人心醉、著迷。

其實我是在庸人自擾。

現在已是清晨五時十五分，我坐在電腦前看著電腦桌面所顯示的時鐘，覺得時間的流逝好像緩慢起來，由歐子瑜找我，到約好了時間，以為想了這麼多的事情，可以換來一個天明，但事實上只是過了半小時而已……

明早還要上班，可是每一個晚上我都全無睡意，有時更忘了睡眠這一回事，徐徐地走進浴室，鏡子中的自己憔悴得不似人形，更有點沮喪和頹廢，唏噓的鬍子讓自己更顯得飽歷風霜，再這樣下去的話，我就不再是少女們喜歡的成熟風，而是讓人惋嘆的滄桑。

但明明我還未到三十歲，樣子卻已和一個中年男人無異。

我試重拾著當年的霸氣和傲氣，輕敲了手機屏幕數下再按傳送，從前我認為表達內心想法是人的基本權利，現在我卻覺得在老闆面前履行自己請事假的權利是多麼困難。

我到底怎麼了？大概我真的有病，而且燒壞了腦子，到底從前的我跑到哪裡去？

說著說著，內疚感再次作祟，我知道若未能擺脫這種內疚的一天，自我折磨的日子依然會繼續。

　　往昔，我覺得自己的傲氣總能讓自己威風凜凜，從不後悔自己所下的每一個決定，現在，我會為自己的言行甚至自己丁點的傲氣而膽戰心驚。

　　我步出客廳，看到一支塵封在飯桌的紅酒，可見我有多久沒有酒癮起，記得這支酒是店舖開張時，某個連名字都忘掉的朋友所送的，說不上太名貴，但又不算便宜貨。

　　既然有緣遇見，而且明早不用上班，在等待黎明的時光裡，就讓我把這支酒喝盡吧，聽說紅酒有助睡眠，不過我估計都是藉口而已，畢竟酒能穿腸，豈會有益呢？

　　我熟練的把這支酒開了，一陣酒香和果香芬芳撲鼻，喝下第一口的瞬間，果香和紅酒的苦澀滋潤和麻痺了深邃的靈魂，就像一頭野獸，嚐到了久違的鮮血，就在我瘋狂地喝得忘形的時候，到我目眩到眼前一黑都只是彈指之間的事。

　　當我從酒醉的夢中清醒過來已經是十個小時後的事情，頭痛得很而且睡意猶在，早知就不要喝這麼多吧。

　　突然，我驚覺自己還未購買校徽和新的西裝，頃刻不知從何而來的動力使我衝進浴室，洗了個澡，整個人即時脫胎換骨，而且精神抖擻。

　　購買校徽後再到衣服連鎖店購買了一套西裝回家，經過我的雙面膠紙改造大法，歷時不消一分鐘的拼貼，這套校服也幾可亂真，唯獨是「校褲」的顏色深了一點，短袖變成長袖，由夏季的灰色變成黑色，皮鞋也好不容易才找到一對黑色尖頭的。

　　看著這套「校服」，我不禁點了點頭微笑，對於和歐子瑜的約會，我是嚴陣以待，由於害怕失眠而錯過約會，我十二時前便躺在床上，設定好五個以上的鬧鐘，就算全無睡意也堅持合上雙眼，縱使控制不了內心的期盼和興奮，但都故意讓自己什麼都不去想，打了一個呵欠後，我便慢慢睡去。

Chapter 25
心動

歐子瑜，我們在明天見面前，在夢中重遇一次吧。

當鬧鐘響起，我立即起床衝進浴室梳洗，過程中絕無任何賴床的念頭，我趁著尚有記憶，搜索著昨晚的夢境，但好像沒有夢見過子瑜⋯⋯

我準時到達校門外，滿懷期盼的心使我不停左顧右盼，幸而天公造美，縱使烈日當空，氣溫亦是恰到好處，直到有一輛的士駛了過來，有一個女生粗魯的推開了門，還霸氣的遞了一張五百元紙幣對司機說：「我冇散紙你又冇散紙，唔使找啦，唔該晒。」

她美得猶如仙女一般，使我看得發愣，更讓我情不自禁的嘆了一口氣，她急步來到我面前笑說：「Sorry 呀，sorry 呀，我差啲遲到。」

連重逢的出場也是霸氣十足，她的霸氣和難以察覺的柔情總是無聲無息的湧入我心坎，一張五百元報以一句「唔使找啦」，是繼單人闖入禁地又一件使我眼前一亮的事情。

「歐子瑜同學，你使唔使每一次出場都咁有霸氣？」

她開心地笑道：「咩呀？咁我上車就問個司機有冇得找五百元，佢話啱啱開工冇，所以咪算⋯⋯」

「嘩！」

「嘩咩呀？我唔想遲到咋！你唔係最憎人遲到咩？」

過了這麼久，連我自己也差點忘記的習慣，偏偏歐子瑜依然記得，使我心神一盪，再打量著她今天的「校服」儀容，化了一個淡妝，但她的校裙⋯⋯有點短，只是剛好及膝，白色的恤衫加上校徽看得出也是改造而來，她穿上白襪，但配搭的是黑色高跟鞋⋯⋯

這款校服⋯⋯有點像日本 AV 中的校服衣著。

大概，我打量得歐子瑜太久，讓她有點尷尬地說：「喂呀，你望咩呀？」

女神把我煉成了玩家

「小姐，你......去完日本拍戲定係拎返你讀小學嗰時條校裙？」

她不屑的說道：「嘖！點呀？死痴漢！」

話音剛落，我們卻相望而笑。

歐子瑜，我們很久沒見了，她變得更美，美得就像午後陽光也是為她加冕。

我們走進校務處申請了一張探訪證，雖然這裡的職員對我們的校服有些微言，可是在歐子瑜施以三寸不爛之舌，熱情地說「很想念你們」、「還記得我嗎」等說話後，他便再沒有說甚麼。

當然，這裡的職員不會記得我們，始終我們都已經畢業了一段日子，唯一敵不過的大概是歐子瑜在熱情間恰到好處，說著甜言蜜語卻又甜而不膩，在適當時機又懂得拿出校長的威名，說什麼跟校長約定好回來便探望她等說話，來維持著雙方的對等關係，而不是一直低聲下氣地哀求。

正是她這種令人患得患失，所有事情都恰到好處，率直卻圓滑，溫柔間有點硬朗的特質和個性，俘虜了無數男士的心，亦令無數的男士心甘情願的著迷。

歐子瑜就是這麼犯規的存在，最犯規的是她的樣貌和氣質，還有那條校裙，襯托起她那微微翹起的臀部和那雙依舊雪白的長腿，當年今日望到此情此景，小基亦會不期然的肅然起敬。

結果這裡難纏的男女職員亦全數被她勸服，她不愧為當年全校最受歡迎的女孩排名第二位。

取得許可後，歐子瑜背著教務處對我眨眨眼說：「行得啦。」

我打量著靜得有異的校園問道：「今日咁靜嘅？」

「今日係星期六呀！而且學期尾啦，你係咪太耐冇返學校呀？」

「係喎！一時唔記得咗，好叻呀你。」

「嘻，仲唔畀個like我？」

我不禁豎起拇指示意給她一個讚，她見狀一邊捉住我的肩膊拉著我走，一邊淘氣地笑道：「嘩，痴漢男神畀咗個like我呀。」

「妖你。」

話音剛落，她停下來在後樓梯使勁按著我的肩頭：「你呢個死肥仔夠膽妖我！你一日係死肥仔，你一世喺我心中都係嗰個當年A班嘅死肥仔。」

我連聲反擊：「你都係呀！你一世都係當年嗰個夠膽一個人衝入A班搵我嘅死姣婆。」

接著，她停下來擦擦手掌自豪地笑說：「算你啦，把口冇退步到，仲識一邊讚人一邊串人，冇忘記我呢個player marker嘅教導。」

說起當年，真的令人十分懷念，雖然有些問題不應該在這刻提出，畢竟恐怕只要說出了，便會破壞難得重遇的氣氛，可是看著歐子瑜就在我面前，而不再是昔日只活在回憶裡的她，心底有些疑惑和按捺不住的好奇心，總希望快點弄個明白。

在她緩緩的轉身，再左顧右盼打量著校園的每一個角落的瞬間，我已經下定了決心：「子瑜。」

她回眸一笑猶如一個美女在月下輕舞飛揚，使我心神再盪，更差點使我丟失魂魄問不出話來。

直到歐子瑜把笑容收起，再對我報以一道疑惑的眼神並「嗯」了一聲，才使我回過神來，把語氣和思緒重新整頓後便開口問道：「點解當年你突然間會離開咗香港嘅？」

歐子瑜聽到這條問題後，皺了皺眉頭，並不作聲，眼神在那一剎間閃過一絲猶豫，她落力地裝作神態自若的模樣，又掩飾不了那副難以啟齒的臉容。

眼見她的拳頭不自覺的緊握起來,昔日的從容自若不再,顯然她對著這條問題的原委極度不安。

我倆沉默了瞬間,歐子瑜用低沉而緩緩的聲調問:「你……真係好想知?」

我的腦海就在沉默中苦苦交戰著,我知道這樣會令她難受,可是卻又滿懷好奇,致使我一時間也不知如何回答。

歐子瑜別過臉再把視線移向後樓梯續道:「睇下我哋間密室有冇開?有就話你知。」

說罷,歐子瑜已經率先前往,而我腦海還處於猶豫和糾結之間,一邊恨怨著自己的好奇心,另一邊廂卻被歐子瑜的不安感所傳染。

想著想著,終於來到了位於一樓的105室,由於整個校園只有這個地方有著我和歐子瑜相識的證據,所以我們稱這裡為密室。

看著門柄,歐子瑜望了我一眼,接著扭了門柄一下,吸了一口氣再對我苦笑說道:「睇嚟上天從來冇寵愛過我,又或者係我離棄咗佢。」

這句話,聽上去總覺得有著弦外之音,而且深深的感受到她內心的淒然。

話音剛落,她推開了密室的門,然後再嘆一口氣走進了密室內,密室內的環境竟然沒有任何改變,簡直如同由我們分別的那天起便塵封,直到今天才再一次被我們打開。

歐子瑜別過臉,故意迴避著我的視線,使我內疚得忙道:「不如唔好講。」

她合上雙眼,沉思了一會,再苦笑了一下:「所有事情既然有問號就自然會有固定嘅答案,只係我哋會唔會知曉,就算知道咗答案,都仲要睇係我哋會唔會接受。」

我沒有回應,歐子瑜開始一如往昔的一邊在課室踱步,一邊說起話來,而我就像一個聽課的乖學生,默不作聲的聽著她在授課。

Chapter 25
心動

她停下腳步問道：「唔係咩?」

我點了點頭不禁嘆唱。

她問，知道為什麼人要說謊和默許謊言的存在？

我問，因為人討厭真相？

她說，說謊是人之本性，在大多數時間裡我們甚至都不能對自己誠實。

我說，是因為人總需要在某程度上自欺欺人？

她說，人默許謊言的存在，是因為用作逃避現實，說到底是為了保護自己。

她問，為什麼人想知道真相？

我問，是因為好奇心嗎？

她搖了搖頭說，不！是因為人希望真相合乎自己的預期，就好像喜歡博彩一樣，所以我們總愛假裝接受真相，再在腦海預演千百遍知道真相和自己期望的「真相」有偏差的時刻，好讓自己有心理準備，甚至自欺欺人。

她問，知不知道什麼人會自願活在自我折磨的日子內？

我答，是懂得內疚的人。

她說，錯，和自私的人一樣，其實是為了自我感覺良好，活在自我折磨的人生，以為這是一種贖罪，其實是在逃避。

我無言以對，因為確實如此，人接受謊言，好聽一點因為用作逃避現實，難聽一點是為了保護自己，所謂因為內疚而決定活在自我折磨的日子，人以為這是一種贖罪，其實是在逃避自己的罪惡。

她說，就說一個故事吧。

　　她說，從前有兩個女孩，她們自幼相識，其中一個在某個節日應了網友的約，更自以為是的帶上了另一位女孩，結果兩個人都中了網友不懷好意設計的陷阱，度過了一個可怕的黑夜，其中一個受不了被人污辱和強奪第一次的打擊，回到英國後選擇了結自己；至於另一個女孩則活在憤恨、內疚和逃避的人生，日後所有節日更選擇離開這個傷心地。

　　此後的日子，活下來的那個女孩內心只有憤恨和內疚，更開始了解男人們的心理，再不知不覺間掌握人的心理，並以此為樂，抒發內心的憤恨。

　　直到她認識了一位男孩，男孩讓她感受到何謂真正的情愛，讓她嘗試不再逃避到外國歡度節日，可惜依然擺脫不了陰影，於是便不負責任的悄然離開。

　　她說，活下來的女孩名叫歐子瑜，在看似完美的偽裝下，那個不堪和不完整的人。

　　那個瞬間，我只是感覺到自己內心有一處崩潰了，然後空氣中蔓延傷悲。

　　她說，自從那件事以後，她害怕和人共處一室，就算和自己喜歡的人共處一室也會控制不了恐懼，所以只能一直看書，一直分散自己的注意。

　　難怪，歐子瑜這些年來都是獨來獨往，上天給她美貌和許多得天獨厚的條件，卻奪去了她感受愛的權利。

　　那個瞬間，歐子瑜的淚水讓我明瞭，誰對誰錯根本不在乎，我需要的人就是她，我最想要的就是和她的擁抱。

　　我們走近，看清了彼此的淚水，我打算摟著她的腰間，她淚眼盈眶的眼神是接受，但身體卻閃縮了一下，並輕輕的推開了我。

　　她搖搖頭說，還不能擁抱。

Chapter 25
心動

　　我說，就給予對方時間吧，我們之間還有許多事情沒有經歷過，還有起初的那個承諾沒有兌現。

　　她說，當愛情建立在錯誤和抱歉下，就注定不能結果，就讓往日的誓言作廢，就讓這段感情諷刺地彌足珍貴。

　　歐子瑜轉身背向著我。

　　我二話不說衝上前拉住了她。

　　我說，要是失去了她，我的人生便會變得迷惘。

　　她說，想得到一個人，必須證明自己不需要那個人，事實上有多少人能打破這個詛咒？

　　語末，她帶著淚微笑撫著我的臉頰。

　　她說，有些風景和人一樣不合適走近，只能從迷霧中觀賞，但迷霧並不能永久，總有一天會看清。

　　我說，自從離別以後，我再找不到更美的風景。

　　她說，人生不像電視劇，到了結局的時候，主角們可以把遺憾修好，但現實中只能一直演下去。

　　歐子瑜打開了密室的門說：「重遇唔應該太多淚水，同道別一樣。」

　　「你要走啦？」

　　她迴避著我的視線：「希望你明白。」

　　有些說話，她不用說我都能懂，她不想和不願意說出口。

　　「我哋仲會唔會見？」

　　「你仲可以喺Facebook搵到我。」

　　我合上雙眼點了點頭，她沉痛地說：「死肥仔我走啦，多謝你成全

同記住一個咁任性嘅我。」

「嗯。」

我合上雙眼，隱約地聽到她抽鼻子的聲音，再聽著她高跟鞋的「咯咯」聲漸行漸遠，一下一下的化作冰刃將我的內心凌遲，我的淚水隨著高跟鞋的節奏而落下。

我明白到每個人都有不同的故事、不同的性格，要是別的女孩想必會因為我陪伴的請求而深受感動，答允兩個人交往走在一起，但換上是歐子瑜的話，她絕不需要別人的可憐，她知道有人愛自己就夠。

她……就是任性得惹人憐憫，合乎她的人物性格設定，哈哈。

本來打算再看一次我們的對話框，怎料卻先看到她的 Facebook 上傳了一張黃昏的照片並寫上：「這個類似的黃昏，一個人經歷過兩次，但願第三次來臨的時候，這個美好的回憶並不會屬於我一個人，希望有人會記得沿路的風景也可以很美。」

我深信，倘若有一天她克服了陰影後便會回來，再和我於密室共聚。

我佇立在校門看著天空，夕陽的餘暉把天空染得火紅，遠方的雲彩卻變成了紫霞，我眼巴巴的看著天空聚散無常的白雲，她是風我是雲，風吹雲便散就像這段沒結果的緣分。太陽最後一抹的光線連同雲彩一點一點消失於夜幕，再湮沒於黑暗之中，然後月亮出來幽幽的掛在夜空。

我們之間就像太陽追逐著月亮，月亮任由太陽追逐，日光的時候只能見到太陽，晚上的時候只會見到月亮，他們總是分隔在世界的兩端，他們所等待的亦只有日蝕的降臨，因太陽和月影重疊，到了那個時候他們才會成為一對。

一抹晚風吹起，我拭去凝著臉頰上的水珠，天黑了，我是時候離開，大概今晚是阿 Ken 重出江湖的一天。

再見了，歐子瑜。

這些機會不是屬於我的

歐子瑜的離開後，她再一次食言了，她再沒有更新過Facebook，亦沒有回應過我的訊息，就像人間蒸發一樣。

我還是一如以往的光顧著酒吧獨個喝悶酒，大概我的心境已經再沒有年少的輕狂，開始喜歡坐在酒吧外的露天座位一個人享受著寧靜，發愣的看著眼前的那杯Nothing，其實loving所換來的只不過是nothing，我想不透這樣輪迴的人生，到底何時才能完結？

我握著酒杯憑空乾杯，卻有數張錯過了的臉孔在腦海間掠過，然後藉著淺醉，發了瘋的點了三十杯Jägerbombs，想起和Amanda暢飲的那個晚上，想起在這裡認識王凱汶的那個晚上，想起在活得像歐子瑜的每個晚上，還有……每個在家中擁著Cathy入睡的晚上。

許多人以為我是人生贏家，有樣貌有樓有錢，過著比一般人幸福的生活，上過許多美女，但自己的心靈深處卻荒蕪得像荒漠一樣。

一邊嘆喟，一邊杯接杯的喝著Jägerbombs，可惜上天總愛玩弄著我，該清醒的時候總讓我醉掉，該醉掉忘記痛楚的時候，總讓我清醒。

突然有一個素不相識的女生走了過來，樣貌算是不錯，她隨手拿起一杯Jägerbomb對我問道：「請我飲一杯？」

我點了點頭，她便乾脆的把酒喝下，然後再對我問道：「介唔介意我坐低？」

「Sure！」

那一刻，我不在乎有沒有人陪伴我喝酒，亦沒有心情去應酬任何人，但又矛盾地不希望讓內心變得更加空虛，於是才答允了她的請求。

　　突然手機震動了一下，竟然是王凱汶傳給我的 WhatsApp 訊息，附上一張她在婚紗店穿上婚紗的自拍：「可能，我們都愛過一個狠狠地傷害過你，然後離開過你的人。不論日子過了多久，那個揮之不去的夢魘猶在，但倘若可以重來一遍的話，深信我們依然會選擇再愛那個人一次，依然會選擇那條受傷害的道路。由認識到終結的那一天，其實我已經知道日後將踏上的旅程以及要面對的未來。不論這一刻是故事的終結或開頭，我仍會欣然接受每個時刻；人就是這麼犯賤，祝我幸福，亦祝你幸福，好嗎？」

　　在那個瞬間，我的腦海只是想到一句歌詞：「愛若難以放進手裡，何不將這雙手放進心裡。」

　　然後，我再喝了一杯酒，但今晚的酒很奇怪，讓我的頭只痛不醉。

　　像我這種人來說，最叫人無奈的莫過於所有的感覺都是後知後覺，忘了怎樣愛人的時候，卻遇見了可以和我相愛一生的女孩，找到了一個值得追求和懂得欣賞我的女生時，卻因為內疚感作祟而把她錯過了。

　　成長是一個很痛的詞，總是和失去有所關連，或許一個人一輩子可以愛上好多人，同時在不同時期和人生階段錯過了她們，每個人生的過客注定只是陪自己走一程很短的路後，他們的使命就是讓我們長大，到要分別的時候，怎樣挽留亦是徒然，雖然殘忍卻不得不接受現實。

　　愛這個字對每個人都有不同的意義，只是即使愛過幾多人，最後最愛的就只有自己。

　　正如星爺的《西遊記》一樣，只有當紫霞永遠離開至尊寶的時候，至尊寶才能成為孫悟空。

Final Chapter
這些機會不是屬於我的

　　就像我和出現過在我生命中的四個女性，她們的離開才能成就基神。

　　當我們成熟了，我們不一定會得到什麼，卻一定會有所失去，而我們只能由哭泣變成默然接受。

　　那個陌生的女孩終於受不了沉悶而好奇地問道：「你唔開心？」

　　「你真係想知？」

　　她笑說：「睇下我可唔可以安慰你嘛？」

　　我看著眼前的十數杯的 Jägerbombs 說道：「鬥快飲晒佢，你飲得快過我嘅就同你講，好唔好？」

　　女孩爽快的答允了我的請求。

　　接著，她贏了，我故意輸了。

　　接著，我清醒地對著醉掉的女孩說著心事，把往事重說一遍......

　　同樣的晚上，同樣類似的情形，讓我把往事說了一遍又一遍，可是從沒有一個人真的清醒聽著我的心事，每晚我都在自說自話。

　　我一直以為人是慢慢變老的，事實上，人是瞬間變老的。

　　世界就像是個大型的馬戲團，它讓人們興奮，卻讓人們惶恐，因為許多人都知道散場後永遠是有限溫存、無限心酸。

　　所有繁華過後皆如春夢一場，縱然頓悟，我卻依戀那邪心忽發的人生，任由半醉半醒日復日。

　　眼波流轉，又一年了......

　　世事其實只不過像一個循環，所有劇情都是演完又重演，只是每一次都有不同的角色演出而已，直到......

　　腳步輕浮的我摟著該位半醉的女孩走在尖沙咀的街頭，而她的名字我也忘了過問，任由放縱狀態的她那片薄唇徘徊在我的臉頰和耳窩，迎面而來了數個路人，他們詭異的目光沒有使我不自在，畢竟與一個美女在深夜的尖沙咀街頭上行為不檢是一件羨煞旁人的事情。

　　更令我意想不到的，是我們竟然一邊親熱著一邊有說有笑，由諾士佛臺走到尖沙咀天星碼頭！

　　當我享受著撲面而來的海風，本該夜闌人靜的碼頭傳來陣陣的結他聲，一陣風一闋歌，劃過我的心間⋯⋯

　　歌曲是《這些機會不是屬於我的》。

　　那晚，我沒有把握機會上了那個醉掉的女孩，相反把她送上的士，然後效法子華神，唯一不同的，是我說不出任何大道理，只是隨便說出一個爛gag：「當我虛呀，唔好浪費自己，愛護下自己啦。」

　　女孩驚訝的眼神猶如在地獄看見天使，在黑暗中看見曙光一樣：「你叫咩名？」

　　「阿Ken。」

　　話音剛落，不耐煩的司機便用力踩著油門，的士便呼嘯遠去。

　　我獨個到便利店買了一支啤酒，一邊喝著，一邊聽著表演歌手在自彈自唱《這些機會不是屬於我的》。

　　今晚的夜景很美，天星碼頭亦難得的少人，我拍了一張照片放上IG，往事隨著結他的旋律伴同淚水散落一地。

　　當我不停用手拭掉淚水，狼狽不已的找著紙巾的時候，一道熟悉的身影把紙巾遞到我面前，縱然我的視線因為淚水而模糊起來，但打從心底卻知道這模糊和熟悉的身影是誰，我一邊抹著淚水哽咽地說：「Sorry，唔該你呀。」

這些機會不是屬於我的

「你講sorry？」

我沒有回應。

「咁我走啦，你自己保重啦。」

　　我知道要是再讓這個人離開而不作挽留的話，這一刻的道別便會成為訣別，意味著我將永遠失去。

　　或許歐子瑜說得很對，有些風景其實更美，更值得人觀賞。

　　我拉住了她的手：「陪我一陣得唔得呀？」

　　「你唔怕我約咗人或者約咗男朋友咩？」

　　「咁咪畀我再搶多一次，今次我唔會走。」

　　她頓了一頓，坐下來對我說：「都啱嘅，至少今晚要同你傾傾個單位嘅業權，因為我再係咁住落去嘅話，我怕過多幾年我就可以申請逆權侵佔。」

　　我冷笑道：「咁……今晚傾下先。」

　　人生遠看就是一齣喜劇，近看就是一場悲劇，有時候很諷刺，想得到他，必須證明你不需要他，至少今晚……我需要她。

後記(一)
Keisson篇

12月某個大白天，王維基的一通電話便把我喚了出去，原來是接他的外甥放學，真想不到我會有當湊仔公的一天。

話說王凱汶在兒子出世後一年便離婚了，這位可憐的單親小孩由王凱汶獨力照顧，轉眼間已經三歲，正所謂外甥多似舅，而王維基像我，既然我和她們一家這麼有緣，所以乾脆把這個小孩認作「契仔」，雖然Cathy對此稍有微言，但她最後亦選擇欣然接受。

聖誕節將至，幼稚園的校門亦放置了兩棵聖誕樹，正所謂每逢街節倍思親，聖誕總會令我想念起一個人。

「Miss Au再見。」

「再見，我哋聽日見啦。」

小孩樂天的嬉笑聲中夾雜著一把熟悉的聲音，久違的身影從回憶中活生生出現在白天裡……

歐子瑜竟然當上了幼稚園教師，哈哈！

她是我的女神，我很久沒有見過她，她戴上了黑框眼鏡，而且笑容變得燦爛，彷彿往昔的陰影已經一掃而空。

剛巧她向這邊看過來，本能驅使我下意識別過臉，迴避她的視線，也許由她突然把臉書刪了開始就當一切重來。

因為一位女神竟然讓我變成了一位玩家，亦因為這位女神令我縈繞半生，或許命運的籤只讓我們遇見，就這樣遠遠的看著她過得安好的背影，過著自己想要的人生，那怕只看她一眼也頓感幸福，也會心滿意足。

有一種關係叫作「祝君好」，又或者我們的時機未到，還差一點。

後記(二)
歐子瑜篇　第一章

在香港飛往英國的航班，看著客機的窗外那一片日沉月昇的景象，黃昏的美感讓我吁一口氣，一會過後，寶藍色的天空映入眼簾。

「如果就這樣終結，如果就這樣離開，我便不再復返。」

在客機上，我的確是這樣想著。

在杜拜轉機的時候，我也是這樣想著。

在杜拜的機場等待上機的時候，借用機場的Wi-Fi看了一會社交網站，看了他最新的貼文，這是我第N次看完又看他的個人社交網站。

「與其耿耿於懷，對昔日念念不忘，反正我想見的笑臉只有懷念，不如不見。」

然後水珠卻沾濕了自己的大腿。

倘若沒有那個晚上，今天回英國的路上，我還會獨自一人嗎？

那一刻，我寧願把所有責任推諉給上天，至少我的內心會好過一點。

自從那個晚上後，有過不下數百次自殺的念頭，玩弄過無數的男生，去了世界各地的城市散心，父母對這件事一無所知，只有爺爺把這個秘密放在心裡，一邊默默承受著和我同等的痛楚，一邊微笑著陪伴我。

經過無數次的心理治療，仍然敵不過那一晚被一位愛過的人和另外三位陌生人所給予的痛楚，那種被背叛的感受和憤怒，還有友人的噩耗所帶來的內疚，在腦海中依然揮之不去。

中五會考過後，我決定面對過去，最後部分罪有應得的人受到制裁，可是真正有罪的人還有一個在逍遙地活著，法律制裁不了那個人，只能用畢生的內疚來替自己贖罪⋯⋯

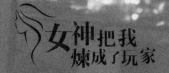

在機上直至回到英國空無一人的家，爺爺在年頭已經去世，現在這間屋子只有我一個，爺爺的後事也回港處理好了，父母在得知那個晚上的事件後也漸漸對我疏遠，大概不想見到這位讓他們丟臉的女兒。

我的心裡一直在思考著這些問題，但我確實受不了種種的打擊，連和所愛的人簡單地擁抱，心理和生理竟然也會拒絕。

是因為他所給予的感覺太像那個背叛過自己的情人，還是愛的感覺我再受不了？

這個想法折磨了我十八個小時，我再受不了，於是衝進浴室打開了藥櫃，取出一瓶一百顆的安眠藥，大概足夠讓我得到解脫……對嗎？

「如果就這樣終結，如果就這樣離開，我便不再復返。」

那一刻，我也是這樣想著。

後記(二)
歐子瑜篇　第二章

看著這個有一百顆安眠藥的藥瓶，想起英國的朋友總說，我是讓他們羨慕的人，因為每一位異性都想結識我。

這種讚美成了我的傲慢，形成了自我中心的性格，亦成了那個晚上的起因，縱使那個晚上以後，那種自我中心的性格仍在，但為的只是保護自己，而不像從前只作炫耀。

可惜在某一個人面前，我總不能維持自我……

記得第一眼見到他的時候，大約就在中四的開學日，他的感覺和那個曾經愛過的人十分相似，說不上樣貌相似，不過也算是帥氣得令人心醉，更該死的是我還看到他和我的死敵邂逅的一幕，後來他們戀愛了。

大概，望見自己的敵人——Amanda和一位貌似自己曾經愛過恨過的人幸福，是人生中最不能接受的事情。

於是，我決定進行一場暗地裡的破壞，雖然算不上由我來出手，畢竟討厭這對戀人的同學為數不少，只需要我一句煽風點火的說話，我便能坐享其成。

當我揭破了那個人的黑歷史，看到敵人丟臉和尷尬的情景，不禁內心暗爽起來，再看到這對情侶在爭吵的時候，自己暗自站在道德高地諷刺著年少輕狂的情感十分脆弱，而且覺得十分好玩。

別人會受傷害？我不會在乎，這個世界人們是互相傷害，互相提防，沒有人是聖人，每個人都有黑暗面，為了討好朋友和炫耀，就算是心愛的人也會出賣。

我在憤世嗎？我沒有否認，奈何我有才能憤世和破壞我討厭的東西，我亦有能力可以建立自己想要的東西，包括無數追求者的愛慕，把男人們玩弄於鼓掌中所帶來的快感，是唯一可以安撫內心憤怒靈魂的方法。

當我以為取得勝利而滿足的那個瞬間，從遠處望到那個人惘然若失的模樣，卻心生內疚。

那一刻我認為，每個人總有不想被揭破的黑歷史，可是我只顧報復敵人，忘記了旁人也會受傷。

可是，我沒有打算做任何事情作出補救。

我沒有錯，反正這個世界，只要你學會抹殺那點惻隱，從此便不會受到傷害。

但是，自那天起我開始在意那個人。

歐子瑜篇　第三章

喜歡不是因為面對著那個人心神迷亂，而是視線自此離不開那個人。

明知道 Amanda（我很討厭用自己的嘴巴喚出她的名字）從那天起對自己的情人一邊口裡說原諒，另一邊其實已經另有打算，但我依然選擇袖手旁觀，因為別人的事我管不了，我亦沒有義務去理會，直到……他們在後樓梯攤牌的時候，過程剛好被我親眼目睹。

Amanda 那無情的轉身，那個人明知道自己被拋棄卻故作硬朗的眼神，讓我回想起在那座昏暗的度假別墅，由於自己痛得不能動彈，只能眼巴巴的看著那班人離開，遺下我和在另一間房間的姐妹，我還能聽到她那無力的微泣……

那一刻，我決定把自己內心的怒火發洩在忘情棄愛的人身上。

翌日，我決定主動去找那位被拋棄的人，可是他的一臉樂天和裝作沒事的模樣，更加想起從前的自己，亦覺得他和我十分相似，大概在某個對的時機，或許他會明白我的感受。

由於看不過眼，於是我有意無意地把他徹底改造，其實都算不上有意，主要原因是因為我對和男生獨處時十分抗拒，所以總是不停找話題聊著說著，可是在過程中，我愛上了這個人，可惜在那個時候我才發現我愛不到這個人。

因為我身體總是不由自主地抗拒這個人。

愈回想往事，感覺則愈來愈難受，淌下的淚水只能證明自己的軟弱和心疼，拿著那瓶可以讓我解脫的安眠藥，走進臥房隨機播放了一首「安魂曲」，我的情緒一直壓抑著，直到安魂曲《Komm , süsser Tod》的旋律響起，手心顫抖地握緊那瓶安眠藥。

　　對不起，我知道我讓你失望了，我一直在逃避現實，我以為我能夠不為任何人而存在，發現自己唯一能做的就是讓它落幕並且頭也不回地離開，其實我已經盡力了卻還是避不開那痛苦的感受，過去淚水已覆蓋了幸福。

　　我再也不會去愛了，我的世界已經到了盡頭，我多希望我能讓時間倒流，因為我是如此內疚，失去了對愛的信任就像是失去了存活的信念。

　　我懂，我們都無法忘掉過去，因此不斷地自相矛盾地活著。

　　現在就由我首先把一切歸零。

　　或許就是這樣吧，什麼都沒有了，就不會有痛苦了。

　　把半瓶藥服了後，隨著時間漸漸地失去了所有感覺，開始忘卻了傷感，可是忘卻了傷感後每分鐘也很想吐，我知道藥效開始發作，在眼前一黑失去知覺的瞬間，腦海卻浮現起那個人的模樣，當我差一點便可以和他擁吻，我的胃卻突然回復知覺，經過數下的翻滾，然後嘔吐大作，把服下的安眠藥悉數吐了出來。

　　一邊吐著，眼淚就流下來，那一刻我才發現自己求死的心理，被自己的生理所否決了。

　　接下來的事情，我忘記了，大概是剛好到訪的鐘點工人發現了我，然後把我送往醫院，經過一個月的時間，夢境不停把往事輪迴，直到醒來後，我不停在想，既然死不了就須要活著，但為了甚麼？

歐子瑜篇　第三章

出院後，我離開了英國，看到那個人所發給我的三十條訊息，而每一條訊息都是一段真心的話語，就像他的日記，我在機場把這三十條訊息細閱後，我還在糾結著應否回覆他。

生理上是支持，而心理上是否定，因為有些人只能夠從回憶中懷念，走到現實反而會變得不太「真實」，於是我決定已讀不回。

或許就是這樣吧，不須要到什麼都沒有才不會痛苦，或許再讓我好好休養一下，去了二十個不同的地方，去一趟只有開始未知何時完結的旅行，直到心理也支持我去愛一個人，到時候我便會回去找他，縱使相愛的時機已經錯過了，但仍然希望可以和一位老朋友好好地看一場日落。

我知道，他會等待這一天，讓那個童話的遺憾得以補完，在再一次遇見的時候，但願我們的臉一如從前沒變。

我已經用了我一生的愛去錯過了他，剩下的也全都給他，這就是我的愛，深信他會知道。

再見了，就讓我們的故事待續吧。

有人說過，女孩所選擇的情人都是潛移默化以父親作基準。

那個晚上以後，二人的關係逐漸惡化，他感到乏力，我感到無助。

而他就像我的父親一樣，天生多情，在面對困難和相處不好時只會逃避，或許在男人們的觀點中，離開是最好和最負責任的方法。

也許正是這個原因，我才會喜歡他。

女作家葉希林說過：「分過手的人都會明白你好愛一個人，但你也同時很受不了的感覺，不是一句愛就可以解決所有問題，包容所有缺點，你當他，他當你，換了角色也一樣，因為無人完美，只在於我們的缺點是不是對方的死穴。」

更何況，我們都沒有說過一聲我愛你，無可否認我有過期待這三個字，可是我知道我們之間存不下這三個字。

剛好，他那些與我父親相似的缺點正是我的死穴，而我尋根究底的個性也是他的死穴，諷刺的是他那點細心和溫柔太像我的父親，所以在那個除夕夜的下午才對他動心。

因為他令我憶起兒時父親細心地替我選購衣服和鞋子，然後再無微不至地替我穿上。

而且，當我從姐妹口中得悉他的過往時，心底起初只是錯愕了數秒，那錯愕之感不是來自他的風流，而是他和父親的相似。

那個坦白的晚上以後，我們再沒有見面，他選擇了離開自己的家，而我選擇留在這裡等待，我們希望把事情沉澱，但我們明知道這個裂痕並不會痊癒。

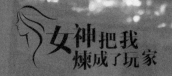

　　我感到疲憊，卻不曾想過放棄，一想到這些日子我們其實一直在裝著幸福，裝作把感情看開一點，沒有任何誓言讓一切隨緣，我們的相處便可以很好。

　　不過愈是完美的愛，就愈容易存有破綻；愈是幻想美好的未來，則愈走愈遠。

　　感情這回事很奇怪，明明對方不是最愛，但隨著時間的相處變成習慣，就會變成比最愛更不可或缺的存在。

　　那個晚上以後，我知道他有悄悄地回來，看一下自己的家，再碰一下運氣，看看會否得以遇見。

　　直到我們再相見，往日為愛願意做主動的我，在他面前卻變得愛面子，而日常厚著臉皮不知廉恥的他，在我面前卻變得薄臉皮，變得怯懦，這一點是我最受不了。

　　然後，他哭著離開了，而我就哭著讓自己變回單身。

　　這些日子間，我曾經約會過無數位追求者，可是在每一次答允交往的關口上，每一次總是卻步，結果漸漸地習慣了一個人過活，再沒有戀愛。

　　某程度上，我還一直在等待著他，一直暗地裡關注著他，不過這些關注實情只不過是Facebook和IG的讚好而已。

　　直到某個晚上，與第N位追求者約會過後，他是一位醫生，年輕有為而且性格挺好，可是總不能令我心動，結果我再一次卻步。

後記(三)
Cathy 篇

然後我一個人在街頭上閒逛，看一下海，在那個我們交往的第一個晚上的海旁坐了很久，接著再看一下手機之際，他的限時動態告知我，他就在附近。

起初，我以為我會有所猶豫，然而我是想也不想便走過去找他。

他的一聲抱歉，令我頓感錯愕，因為總覺得他改變了很多。

不會落淚的他哭了，不會說抱歉的他學會道歉。

或許，每個人都愛著一位三番四次令自己痛心，然後離開自己的人，可是不論多少次，我們依然會選擇再愛那個人一次。

或許，我們就是深愛著一位看來不堪，好友姐妹都批評的人，更該死的是他的缺點正是我們的死穴，可是偏偏有另一點俘虜了我們的心，就是這麼毫不顯眼的一點，成為我們深深愛著的原因。

至於，這次再愛下去的結果會怎樣？縱使我不看好，可是為這個人停下一陣子我也情願。

愛一個人不是因為他而變得小鹿亂撞，而是他能夠讓自己變成另一個人。

愛一個人不是為他付出一輩子，而是他總能夠每一次讓自己不期然停留一陣子。

一陣或一輩子，對與錯又何須執著，倘若再去糾纏，連自己也覺得貪婪。

後記(四)
Amanda篇　第一章

　　人最難征服的就是自己，要是每個人都能輕易征服自己的話，世界便會大亂。

　　有一位女孩，童年被母親安排的課外活動所填滿，可是由小到大聽盡親戚尖酸和刻薄的說話，所以她絕對體諒母親的不忿同時討厭父親的無能，於是對母親所安排的課外活動毫無怨言。

　　她成為母親的期望和復仇機器，而她希望藉著滿足母親的期望而得到真正的自由，可是在過程中她迷惘了，內心不知從何時開始被人戳了一個小洞，滿足了愛情，後來發現愛情滿足不了自己，於是把它拋棄了，同時開始想追求得更多，而隨著時間的過去，所追求的慾望和願望則愈來愈多，這個破洞變得愈來愈大，最終吞噬了心靈，在追逐的過程中更失去了自己。

　　結果，好像得到了許多，但實際上甚麼都沒有了。

　　在那個坦白的晚上得到釋懷，其實在那個晚上我才發現自己對於當年的背叛亦有所內疚。

　　在那個晚上，我明白到自己為何曾經喜歡過這個男人，亦喜歡得願意付出所有，至少我當年的眼光沒錯，只是我待不到他奮發成熟的某天，又或者沒有我的離開，他便不會學懂成熟，亦不會被那位姣婆教壞。

　　可惜這個地方是容不下好人，當上一個壞人才可以在這個地方有立足之地。

　　那個晚上以後，我放下了事業，變賣了許多家當，隻身一人離開了香港，到歐洲周遊列國，再到德國生活了一段日子。

　　老實說，原來我在白人眼中並不漂亮，追求者以黑人或者中東人為主，可惜我還是偏好華人，畢竟在外國生活的日子，對外國人的觀點有所改變，不過德國人這個民族於歐洲而言，已經是十分優秀。

　　回到香港後，總是懷念在德國生活的日子，看著靜得猶如畫廊的城市待上半天，回港後仍然維持著這個習慣，拿著一杯咖啡在尖東海

旁待著，可惜香港這個地方很喧鬧，所以我會選擇戴上耳機，這段日子沒情沒愛，沒有想任何事情，沒有追逐的東西，內心竟然變得踏實，或許甚麼都沒有了，人生可以重新開始。

看著這個人來人往的城市，看著林立的高樓，那種壓迫令人覺得可悲，最可悲是活在這個城市的人，有90%都沒有任何選擇，只能硬著頭皮苦中作樂。

我是在貓哭老鼠嗎？有點吧，無可否認我是幸運兒。

想得入神，直到有一抹身影在我面前走過，大概彼此都有所感應，畢竟在中學的五年生涯裡，我們都互相討厭過對方，互相競爭，亦因此認識得很深，因敵對而須要了解和揣摩對方，所以衍生出一種感應。

很諷刺嗎？

歐子瑜，提起這個名字也覺得有點不情願。

不過自從她在中五會考突然退學後，已有多年沒見，想不到她的樣貌仍然沒有多大的改變，是老了一點和眼袋深了一點，而且有點憔悴。

想起當年只因為成績而變成敵人，沒有實際的利益，只為追求彼此的差異而敵對，想起也覺得無聊和幼稚。

歐子瑜唯一令我會有所嫉妒的就是她的樣貌和氣質總在我之上，只要和她同班的話，班上的男性都會毫不猶豫地選擇拜倒她石榴裙下。

面對著她，有一種「既生瑜何生我」的感覺，更要命的是，彼此的名字都有一個瑜字，她叫大瑜，而我因為晚一點出世而屈居於小瑜，公平嗎？

我們沉默對望了一會，放下成見和嫉妒，報以雲淡風輕的微笑，她走了過來說了一聲你好，然後兩個曾經是天敵的女生，吹著海風聊了一整晚……

　　歐子瑜，曾是我最討厭的女孩，怎料一抹微笑一聲你好，我們就像重遇老朋友一樣打開了話匣子，從前的誰對誰錯，所執著的事情瞬間便一筆勾銷了，如像電視劇結局的情節一樣，過往的對對錯錯在片尾曲的旋律響起的一刻起便煙消雲散。

　　「好耐冇見。」

　　「中五嗰年做咩退學？明明你同我嘅成績都係不相伯仲。」

　　歐子瑜搖頭道：「我記得我好似高你一分。」

　　「好似係，可惜你個如意算盤都打唔響呀，始終你心底期望高分過我嘅人係另有其人。」

　　歐子瑜笑說：「係咩？至少可以令你後悔下。」

　　「冇咩後悔呀，未到最後一日都唔知邊個贏邊個輸。」

　　「佢而家都過得唔錯呀，我可以肯定你見過佢啦。」

　　「你又知？」

　　「有幾多個同學會有我Facebook呀？我哋當年互add都係為咗監察對方。」

　　「咁都要多謝你令佢成熟嘅，歐子瑜小姐。」

　　「小瑜唔好咁講啦，不過我估唔到當年為咗避開佢，故意叫個同學界個假嘅MSN佢，以為過咗一段時間佢就會心死，點知到最後令我失去預算嘅都係你。」

　　由歐子瑜口中喚出這個名字，還真的令人覺得刺耳。

　　「咁冇辦法啦，大瑜姐姐，你『成熟』嘛，教導人嘅工作就梗係交界你啦。但明明你咁同情佢，做咩最後都要捨佢而去同埋避開佢呀？唔通你都嫌棄佢呀？」

　　「我冇嫌棄過佢，只係有啲事情到最後都過唔到自己。」

「你知唔知當我見返佢嘅時候，我好意外嘅係佢變咗另一個人咁，但最令我意外嘅就係佢第一時間係問起我關於你嘅嘢。」

歐子瑜低沉地嗯了一聲，我接著說道：「不過聽你咁講，深信你都見過佢啦。」

「係呀，不過見返佢之後，最後都係過唔到自己，返咗英國。」

「做咩呀？係發現冇咗感覺，覺得只係當年一時衝動，定係覺得咁樣拖住一個人咁多年好好玩呀？歐子瑜小姐，你唔會要我難得對你改觀之後又要否定返個觀點？」

說到這裡，要是歐子瑜還像往常一樣冷靜的話，意味著答案是因為嫌棄才迴避，可是她的態度和語調立即緊張起來，然後臉上無光的嘆道：「總有原因。」

「你有心事？」

她的神色有點怪異，不過每個人選擇離開都有她們言不由衷的原因，知道答案又如何，就算說上千言萬語的安慰或者表示萬般的理解，亦不能掩飾自己只為滿足好奇心的念頭。

歐子瑜打量了我數眼：「我覺得最有心事嘅係你。」

難怪許多男性總被她迷得如痴如醉，因為她就是一位懂人心術的女孩，縱使她說話的語調和態度總是傲慢得不行，可是這一點我也如是。

「嗯嗯，追逐咗咁耐，發現好多嘢都可以睇得好淡。」

她說，其實戀愛就像鏡面的湖水一樣，唯一能夠泛起了那一點漣漪就只有開頭和終結，接著便甚麼都沒有了。

這一刻，我留意到她的左手手腕被一道紗布包紮著，而本應雪白的紗布亦沾有一點血跡，雖然被她一直用外套的衣袖掩蓋，只是被我不經意地看到。

她到底怎麼了？是……曾經打算割腕嗎？

這一刻，我竟然會擔心這個人，大概因為我們都是同一類人，了解對方的感受，畢竟傲慢的人，實際上是出於自我中心和自大，但心靈深處其實十分脆弱，所謂傲慢和自我的一面是保護色而已，實際上我們受不起任何挫折，一旦受傷了要再站起來便有難度，甚至覺得結束自己的生命總好比留在世上丟面好。

我問，原來歐子瑜是逃避主義者？

她說，反正有些人活在懷念中是最美，撥開了懷念的迷霧便會換來失望。

我說，就像人生一樣嗎？遠看是喜，近看是悲。

歐子瑜沒有回應，只是合上雙眼點了點頭，這一下舉動我更加確定了她那傲慢的面具背後是厭世尋死的心。

「知唔知呀？其實見返佢呢，真係覺得佢愈來愈迷人，仲會覺得如果同返佢一齊都唔錯。」

歐子瑜聽到後，裝作冷靜，但眼神有點醋意：「我知道佢唔會。」

「好難講呀，如果我搵返佢，深信佢而家個女朋友都唔會夠我爭。」

「許善瑜！」

「自私嘅人，一向係活得最幸福㗎啦，歐子瑜活得自私啲啦。」

她反應不來，我接著笑說：「咁……歐子瑜小姐就算你唔要，你都要好好咁樣放長雙眼睇實我同佢啦，如果唔係難保有一日，我真係想食回頭草，或者乘虛而入，你知道佢同佢女朋友感情都唔太穩定。」

語末，彼此的眼眸交錯，歐子瑜沉思了數秒嘴角微揚，大概她猜中我的用意，但又不敢肯定，畢竟猜中和肯定有一段距離，而且當中所需要的便是她真的好好地活下去觀察著我。

歐子瑜笑道：「嗯，你都要好好觀察住我，難保有一日我哋可能會爭埋同一個男人。」

「係呀，但呢一日唔知係幾時，所以你唔好早死過我，冇你做對手我會覺得幾寂寞。」

話音剛落，我們相望而笑。

在這個世界上，朋友一旦變成敵人是世上最難纏的對手，而敵人一旦變成朋友便是世界最了解自己的知音，不論是敵是友，至少今個晚上我們知道彼此不會寂寞。

晨曦的第一抹陽光掠過天際，歐子瑜便動身離開了，她說她會繼續旅行，人睡得愈久便愈難清醒，縱使清醒一會，不需一段時間便會再度沉睡，直到有一個人狠狠地把沉睡中的人摑醒，再給她一個清醒的理由。

我知道她會好好的活下去，始終我們二人其中一個有事的話，日後的人生便會很寂寞。

那天以後，我離開香港，再沒有見過歐子瑜，直到一年後見到她在 Facebook 更新了近況，是一張日落的照片，還寫上：

這個類似的黃昏一個人經歷過兩次，第三次來臨的時候，這個美好的回憶不再屬於我一個人，原來沿路的風景也可以很美，縱然身邊換了別人和我觀賞，可是這份回憶仍想和他分享，那個和老朋友好好地看一場日落的心願和許諾永遠不變，就讓我們好好的活下去，直到某個終點把故事待續。

👍 Amanda Hui、Keisson Wong 讚好

Keisson Wong 和 Cathy Wong Ka Ki 交往中。

👍 Amanda Hui、Samantha Au 讚好

(四) Aman

女神把我煉成了玩家（增訂版）

作者： 唉瘋人
出版經理：望日
責任編輯：Carmen Cheung
設計排版：Raiden Leung
攝影： Royston Chan
模特兒： 啤啤Bear
拍攝機構：再構造劇場 Reframe Theatre x Felixism Creation

出版： 星夜出版有限公司
網址：www.starrynight.com.hk
電郵：info@starrynight.com.hk

香港發行：春華發行代理有限公司
地址：九龍觀塘海濱道171號申新證券大廈8樓
電話：2775 0388
傳真：2690 3898
電郵：admin@springsino.com.hk

台灣發行：永盈出版行銷有限公司
地址：231新北市新店區中正路499號4樓
電話：(02)2218-0701
傳真：(02)2218-0704

印刷： 嘉昱有限公司

分類：流行讀物／愛情小說
2021年11月增訂版初版
988-79775-2-0
8元／新台幣540元

實的人物、地點、團體等無關。

ns Limited
ng